M. K. WAUTHOZ

La Mort pour Divorce

Déjà paru dans la même série

La Mort pour Compagne
La Mort pour Maitresse

Du même auteur

La Statue-Dragon – IL

A paraître

La Statue-Dragon – Le Livre de Gwendegarde
La Statue-Dragon – Le Voleur d'Âmes
La Statue-Dragon – L'Apogée du Mal
La Statue-Dragon – Déesse Edox

ISBN : 978-2-9601346-5-0
© Matthieu Wauthoz, 2015
Tous droits réservés

4

Avec la fin de cette trilogie, je tiens à remercier tous ceux qui m'ont soutenu jusqu'ici. Je pense bien entendu à ma mère et aux nombreuses heures qu'elle a passées à relire et corriger mes textes et continue à le faire avec toujours le même souci de perfection. Je pense également à ma chère et tendre qui a lu mes livres dans leur version inachevée pour m'aider à corriger le fond et les a même parfois relus après correction.

Je tiens également à remercier tous ceux qui m'ont lu dès le début (souvent pour me faire plaisir mais quand même) car leur enthousiasme et leurs critiques (positives comme négatives) m'ont permis de progresser et m'ont donné l'envie de continuer.

Sans toutes ces personnes, rien de ceci n'aurait pu voir le jour.

Merci à tous.

Caroline, tel était mon nom avant ma mort. Aujourd'hui que je suis revenue à la vie, c'est toujours ainsi que l'on m'appelle, mais suis-je toujours cette jeune fille de dix-sept ans ? Le monde a été dévasté, en partie par ma faute. Des millions de zombies retenus prisonniers par les Laneiros et les Acostas aux quatre coins du monde furent libérés de leurs prisons. Aujourd'hui, ils sont devenus l'espèce dominante sur la terre, se propageant inlassablement et augmentant leur nombre de manière exponentielle. Rien ne peut plus les arrêter ... même pas moi.

J'aurais pu simplement tenter de survivre dans un tel monde, mais les *familles* me cherchaient ... j'étais l'héritière, la seule descendante de la famille originelle qui n'ait pas été transformée par la source. Ils voulaient savoir ce dont j'étais capable et si je représentais une menace.

Pour survivre, j'allais devoir les affronter ... mais comment ?

Livre 5

UN LONG CHEMIN

Quelques dizaines de mètres devant nous, bloquant la rue, se dressait une grande barricade constituée de panneaux de bois, de métal, d'un bus et de gros pneus. Le chemin vers ce quartier avait été obstrué pour empêcher les zombies d'entrer. C'était de loin le meilleur moyen de se mettre à l'abri ... mais pour combien de temps. Nous avions traversé presque toute la ville et ce quartier défavorisé était l'un des seuls qui avait su se protéger efficacement. Le reste de la ville était tombé en quelques jours.

Quelques jours ... si peu.

Il n'avait pourtant pas fallu plus de temps aux dix mille morts-vivants que nous avions libérés pour faire de notre ville une ville fantôme. Nous ne croisions plus que sporadiquement des humains essayant encore de se battre pour leur survie. Mais les cris de détresse aux quatre coins de la ville se raréfiaient déjà.

La police et l'armée avaient longtemps constitué un réel espoir, mais l'Ange m'expliqua alors le plan des Laneiros et des Acostas, les deux familles à présent maîtresses du monde. Les foyers de zombies avaient été disséminés de manière stratégique, près des grandes villes bien sûr, mais surtout près des casernes et autres bases militaires. Les défenses des humains avaient été détruites en priorité, ne leur laissant aucune chance. Je ne pouvais qu'espérer la victoire de certains groupes armés et bien entraînés pour reprendre un jour le contrôle. Mais cet espoir n'était-il pas vain ? En tout cas, il n'était pas envisageable de se baser sur cette simple conviction.

Je ne compris pas à cet instant la logique des familles. En lâchant les zombies, ils détruisaient leur source de nourriture et risquaient donc de mettre leur propre survie en danger. Mais à cette question, ni l'Ange, ni Peitane n'avaient de réponse et je n'étais pas convaincue de le découvrir un jour.

Traverser la ville exigea la journée. Aidée de mon pouvoir, j'écartais les zombies sur notre chemin pour éviter de devoir nous battre contre une horde trop massive. Nous restions également en alerte vis-à-vis des quelques humains amoureux d'armes à feu et heureux de trouver des cibles « vivantes » sur lesquelles se défouler en toute impunité. La traversée du centre fut la plus périlleuse et la plus lente. Nous devions contourner les voitures abandonnées ou accidentées et d'impressionnants carambolages. Des zombies s'étaient fait écraser sous les voitures ou les camions mais également des hommes, des femmes … et des enfants.

Un peu partout, des corps déchiquetés répandaient une odeur de mort dans toute la ville. Lorsqu'il s'agissait d'enfants, mon cœur se serrait et souvent des larmes mouillaient mes joues.

Parfois, quand les zombies n'étaient pas trop nombreux, je ne leur ordonnais pas de partir, nous les massacrions à l'aide de nos marteaux afin qu'ils ne fassent plus de mal.

Le soir tombait et les lumières automatiques de la ville commencèrent à brûler. Nous les regardâmes comme si c'était la dernière fois car nous savions que d'ici quelques jours ce ne serait plus le cas. Nous imaginions bien que les gouvernements s'étaient réfugiés dans un bunker quelconque et donneraient bientôt l'ordre de couper les centrales nucléaires pour éviter des catastrophes partout dans le monde. Une centaine de zombies reniflant la chair fraiche s'agglutinaient en râlant contre le mur et poussaient de leur corps. Heureusement pour ceux qui s'étaient retranchés à l'intérieur, les morts-vivants n'avaient pas l'intelligence d'escalader. Lorsque certains se retournèrent à notre approche, je leur ordonnai d'aller infester un autre coin de la ville, nous ouvrant avec facilité un chemin jusqu'au bus. Ils étaient trop nombreux, nous battre aurait été trop risqué.

Au pied du rempart, des zombies au crâne fracassé gisaient pêle-mêle. Ceux-là avaient dû se montrer plus entreprenants que les autres.

A quelques mètres, prudents, nous nous arrêtâmes pour ne pas provoquer d'hostilité à notre égard.

— Hé, ho, du mur ! criai-je.

Peitane et l'Ange n'avaient pas du tout apprécié mon caprice de passer par ici. Mais j'avais été intraitable. Dans un sens, je me sentais obligée d'intégrer cette étape dans notre périple.

— La petite fille perdue s'en est finalement sortie, semble-t-il, lança une voix par-dessus les barricades.

Je souris. J'avais reconnu sa voix même si je ne l'avais entendue qu'une seule fois et mon sourire s'élargit encore lorsque je le vis apparaître sur le toit du bus.

—Et en plus, elle a gardé mon pull, admira-t-il.

Je ne m'étais pas trompée la première fois que je l'avais vu. Il avait un charme certain et, avec un tel sourire, il était même craquant. Peitane le vit dans mes yeux et vint se placer à ma hauteur en se raclant la gorge. Elle aussi était craquante quand elle montrait « discrètement » sa jalousie. Je lui adressai un clin d'œil et un sourire.

—Pouvons-nous entrer ? demanda l'Ange.

—Je ne vous connais pas, dit le jeune homme pour toute réponse.

—Ce sont mes amis, dis-je ensuite. Si tu as confiance en moi, je me porte garante pour eux.

—Je ne suis pas seul ici, ce n'est pas moi qui décide pour les autres.

—Nous ne faisons que passer. J'ai insisté pour passer par ici car je voulais te rendre ton pull et te remercier.

—Me remercier de quoi ?

—Et bien, d'abord pour le pull, lui dis-je gentiment. J'avais froid lorsqu'on s'est rencontré (même si ce n'était pas la vérité) et tu m'as offert ton aide sans contrepartie. Et puis tu m'as permis de quitter votre quartier peu sûr sans encombre cette nuit-là.

—Qui te dit que c'était grâce à moi ?

—L'instinct. C'est toi qui donnais les ordres déjà à l'époque et là encore, pour parler aux étrangers, c'est toi qui t'y colle.

—Un peu faible comme raisonnement, non ? affirma-t-il avec le sourire. Tu n'as pas l'impression d'aller un peu vite en conclusion ?

—Si, je l'admets, dis-je en riant. Mais me suis-je trompée ?

—Disons plutôt qu'il n'y a pas de chef. Que cherchez-vous ?

Je m'étais visiblement fait des illusions sur un éventuel accueil chaleureux mais c'était compréhensible. En fait, il ne me connaissait pas vraiment.

—Lors de notre première rencontre, tu m'as dit que ton quartier n'était pas sûr et qu'il n'était pas bon s'y promener la nuit. Aujourd'hui, c'est plutôt l'inverse.

—Et oui, les choses changent. Mais les zombies ne vous ont pas attaqués et sont même partis en vous laissant le passage. S'ils ont peur de vous, que devons-nous penser ?

—Ils ont peut-être compris qu'il n'y avait plus d'espoir ici.

—Les zombies ne sont pas aussi malins que ça. Ça fait trois jours qu'ils martèlent nos murs et ceux des autres rues sont toujours là. Tu admettras que c'est plutôt étrange.

Il ne m'avait naturellement pas crue mais il était difficile de lui exposer la vérité de but en blanc. Je devais donc trouver une autre approche.

—C'est une longue histoire et elle est compliquée à croire. Le plus important est que je suis réellement venue ici pour te voir et te remercier pour le pull. Nous ne vous voulons aucun mal et nous ne sommes pas intéressés par votre nourriture ou vos armes. Comme tu as pu le constater, nous n'en avons pas besoin.

—Qui me prouve que vous ne nous voulez aucun mal ?

A cet instant, les actes seraient plus parlants que

n'importe quel discours, j'en étais persuadée. Je me tournai vers Peitane et lui sourit. Elle demanda confirmation d'un mouvement de la tête, je lui fis signe d'y aller doucement quand même.

Sans plus se faire prier, elle bondit dans les airs, retomba à côté de lui, plaça son marteau sur sa tempe et redescendis près de nous avant que quiconque ait eu le temps de réagir.

Le jeune homme en resta bouche bée, presque tétanisé sur place. J'en profitai.

—Je te promets que nous ne vous voulons aucun mal, sinon ce serait déjà fait depuis longtemps.

—Euh, oui, euh, d'accord, bégaya-t-il, en n'ayant manifestement pas vraiment compris ce qui s'était passé.

D'un signe de mains, les panneaux de métal glissèrent bruyamment sur le côté. Lorsque nous franchîmes les remparts, il était déjà descendu et nous accueillait avec hésitation.

Devant nous, au bout de la rue, une petite place articulée autour d'une fontaine. L'eau n'y coulait plus depuis longtemps et les oiseaux se l'étaient appropriée. Dans tous les sens, des gens se hâtaient pour s'organiser face au récent fléau. La peur et parfois le désespoir se lisaient dans leurs yeux, mais au moins, se déplaçaient-ils dans leur zone avec un semblant de sécurité. Crédules, ils ignoraient tout du monde dans lequel ils vivaient en réalité.

Les gens nous dévisageaient bizarrement, nous n'étions pas de chez eux. Dans ces quartiers autrefois catalogués malfamés, la solidarité leur avait permis de survivre à l'inverse des quartiers cossus où l'individualisme de règle leur avait été fatal. N'étant

16

que de passage, nous ne prêtâmes pas attention aux regards désapprobateurs qui nous suivaient. Le but n'était pas de se faire des amis mais juste de revoir le mien une dernière fois. J'étais heureuse qu'il soit toujours vivant.

— Je te remercie et je te promets que je vais te donner un maximum d'explications, mais il y a des choses qu'il vaut mieux que tu ignores.

— C'était quoi, ça, dit-il en pointant Peitane.

— Hé ! s'offusqua-t-elle.

— Elle s'appelle Peitane, c'est mon amie. Mon nom est Caroline et lui, c'est l'Ange.

— L'Ange ? demanda-t-il dubitatif.

— C'est une longue histoire. Et toi, au fait, je ne connais même pas ton nom.

— Eric.

— Eric ?

— Ben oui, tu t'attendais à quoi ?

— Euh, je ne sais pas, dis-je en le détaillant sans vraiment m'en rendre compte.

— Ah ! D'accord ! Je vis dans une cité, je suis bronzé, alors je dois m'appeler Rachid ou Ahmed. C'est ça. Avec des préjugés pareils, tu dois venir d'une cité de bourges.

— Euh, oui, pardon, ce n'était pas voulu. Et aujourd'hui, cela n'a de toute façon plus beaucoup d'importance.

— Non, en effet, confirma-t-il après un moment de silence. Et puis, tu es venue jusqu'ici me rendre mon pull, c'est que tu vaux quand même mieux que les autres bourges.

— Merci.

— De rien, mais tu peux le garder. Bien qu'on ne

puisse pas dire que tu sois très sexy avec, ...

—Hé !

—... mais ça non plus ça n'a plus beaucoup d'importance, dit-il en souriant.

Je lui rendis son sourire. Il avait beaucoup d'esprit, c'était agréable.

—Mais dis-moi, poursuivit-il, quelle est la vraie raison de votre visite ? J'ai un peu de mal à croire que ce ne soit que pour le pull. De quoi avez-vous besoin ?

—De rien, je te promets. Je voulais venir voir si vous vous en étiez sortis après l'invasion. Tu m'avais offert ton aide sans condition et j'avais l'impression d'avoir cette dette envers toi.

—C'est honorable. Mais comme tu vois, nous nous en sommes sortis ... pour l'instant.

—Oui, ça me soulage. Mais je voudrais faire plus. Alors, est-ce que tu pourrais m'amener au centre de vos fortifications ?

—Au centre ?

—Oui, plus ou moins au milieu. A quelle distance des murs serons-nous environ ?

—Pour l'instant, pas très loin, une trentaine de mètres tout au plus. On a paré au plus pressé.

—Ce sera parfait.

—Parfait, pourquoi ?

—Tu verras.

Il me regarda dubitatif mais dévia malgré tout légèrement notre marche vers l'est de la petite place. Non loin de là, un grand tas de cendres fumait encore. Ils avaient brûlé des zombies, sans doute ceux qui avaient infesté leur quartier avant qu'ils ne parviennent à bloquer les rues. Ils avaient réagi très vite et cela leur avait sauvé la vie.

—Vous n'avez pas traîné pour vous barricader, lui dis-je.

—On a vu beaucoup de films de zombies. Et même si cela nous a paru complètement dément, on savait que c'était la première chose à faire.

—C'était intelligent.

—Merci. Nous y voilà. Et maintenant ?

—Ce que je vais faire va te paraitre totalement bizarre, mais je te demanderai de ne pas poser de question car je ne pourrai pas te répondre. Je fais ça pour vous aider, rien de plus.

—Caro, non ! objecta Peitane.

—Je veux le faire ! insistai-je. Il m'a offert gracieusement son aide alors que je n'avais rien demandé. C'est le moins que je puisse faire pour lui.

Eric nous interrogeait du regard, perplexe sur ce qui se déroulait sous ses yeux.

—Que vas-tu faire ? demanda-t-il. Tu commences à m'inquiéter.

—Regarde tes hommes sur les remparts.

Je fermai les yeux pour me concentrer au maximum. L'ordre que j'allais donner aux zombies devait avoir une portée maximale. Eric vit ses amis s'agiter sur les remparts puis descendre en courant.

—Ils partent ! hurlaient-ils dans toutes les directions.

Une certaine agitation anima le quartier, tous se demandant ce qui se passait. Eric se tourna vers moi, stupéfait, je lui adressai un sourire discret.

—Que … ?

Mais je signai non de la tête avant qu'il ne termine sa question.

—Tout ce que tu dois savoir est qu'ils ne

reviendront normalement pas. J'espère que beaucoup d'autres les accompagneront en suivant le mouvement et que peu d'entre eux resteront. Je ne puis malheureusement pas faire mieux. Sache également qu'il est probable qu'il en viendra encore malgré tout. Mais ce ne sera sans doute que sporadique et vous devriez arriver à gérer.

—Je ne saurai donc jamais d'où viennent ces pouvoirs de sorcière … mais je te remercie. Si les rues sont moins encombrées, nous aurons plus de facilité pour nos sorties ravitaillement.

—Ce ne sera que temporaire, ne tardez pas et faites-en le plus possible rapidement.

Il nous invita à rester cette nuit avec eux, nous acceptâmes. Une nuit en bonne compagnie ne pouvait pas nous faire de mal avant de reprendre la route. Comprenant le trajet que nous devions faire jusqu'à la *Casa Originale*, il nous expliqua même où trouver un véhicule fiable et qui ne consommait pas trop.

Je me sentais soulagée, j'avais l'impression d'avoir payé une dette. Mais plus que cela encore, j'étais heureuse de les voir sains et saufs. Ils s'en sortiraient bien, j'en étais persuadée à présent.

Le soleil fondait déjà à l'horizon lorsque mon père et moi aperçûmes les grilles de la maison. Il était blessé. Nous avions été surpris par des somnambules dans le magasin où nous nous ravitaillions d'habitude. Somnambules. Tel était le surnom que nous avions donné aux zombies du fait de leur démarche. Dans un sens, cela les rendait moins effrayants.

Heureusement pour mon père, il n'avait pas été mordu. Il avait juste heurté une ferraille en fuyant la masse qui s'était abattue sur nous. Son bras saignait, mais l'entaille n'était pas profonde, il guérirait vite.

— Marc, m'appela-t-il. Ralentis un peu, je n'ai plus ton âge.

— Pardon 'pa. Ça va ? m'inquiétai-je en pointant son bras.

— Ça va aller. Ralentis juste un peu, fiston.

Le chemin entre le magasin et la maison n'était pas très long, mais avec la horde sur nos talons, nous avions préféré faire des détours par de petites rues pour les perdre. C'était naturellement un risque supplémentaire, mais nous ne voulions pas les ramener avec nous. Heureusement, ça s'était bien passé. Nous ne croisions plus que quelques zombies dont nous nous débarrassions plutôt aisément.

Nous en parlions parfois en rigolant. Cela ne faisait que quelques jours que les somnambules avaient envahi la ville et pourtant, il nous arrivait déjà de considérer qu'ils étaient là depuis bien plus longtemps. Ce jour-là, les rues semblaient un peu plus calmes et nous savions qu'il fallait faire rapidement des réserves. Bientôt, les magasins seraient pillés par d'autres pour qui survivre était également devenu la priorité. Nous aurions pu attendre un apaisement plus visible de la situation et prendre moins de risque. Mais si tout le monde réfléchissait de la sorte, le péril d'une confrontation possible serait plus grand.

Au moins les somnambules n'étaient-ils pas armés.

Nous nous étions barricadés dans la maison de mes parents. Les palissades qui entouraient la propriété suffisaient à dévier les zombies et la grille d'entrée était solide. Quelques plaques opaques évitaient qu'ils nous aperçoivent à l'intérieur et s'amassent contre les barreaux de métal.

Une fois à l'intérieur, nous étions en sécurité … contre les morts-vivants.

—Bon dieu ! s'exclama mon père. Qu'est-ce que c'est que ça ?

—Et m… !

Je sprintai, talonné par mon père.

La grille était ouverte, défoncée par un gros pick-up. Une des deux portes était tombée, si bien que les zombies proches ou attirés par le vacarme entraient sans problème.

En pleine course, je m'allégeai en jetant mon gros sac à dos dans une poubelle, je viendrais le récupérer après avoir nettoyé la place ... si j'étais encore vivant.

Mon père m'imita.

Une trentaine de morts-vivants foulaient notre pelouse et Lucas était seul pour les combattre. Déjà, une quinzaine de corps gisaient derrière lui, il était incroyablement efficace avec le marteau de mon père.

Je tuai un premier zombie à l'aide de ma batte de baseball puis criai après Lucas pour le prévenir qu'il n'était plus seul. Cela me permit en même temps d'attirer l'attention sur moi.

Lucas ne me répondit pas, mais je savais qu'il m'avait entendu.

Je frappai un second intrus qui s'écroula d'une masse. A cet instant, mon père nous rejoignit et se mit à son tour à frapper à l'aide de sa barre de fer.

— Referme la grille ! lui criai-je dans la pagaille.

Il monta dans le pick-up après avoir percé la tête d'un mort-vivant et tourna la clef. Le moteur toussa quelques fois avant de démarrer. Il avança pour que nous puissions nous approprier le véhicule.

Baissant la vitre, il tua encore deux zombies qui agressaient la portière puis courut vers la grille. Il la souleva difficilement mais parvint à la replacer dans ses gonds. La force de mon père m'avait toujours épaté. La grille ne tiendrait sans doute pas longtemps, mais ça devrait bien suffire pour l'instant ... il le fallait !

Je frappai un autre zombie dont la tête éclata comme une pastèque tant j'y mis de la force.

Je me tournai pour voir où en était mon père, il terminait de refermer la grille ... et deux zombies arrivaient derrière lui !

Je hurlai pour attirer son attention ... mais il était trop tard, ils étaient sur lui.

Il tenta d'écarter le premier mais, trop lent, celui-ci s'accrocha à son bras, l'entrainant avec lui dans sa chute. Ils tombèrent d'un bloc tandis que le deuxième mort-vivant se jetait sur son dos pour le mordre. Je l'entendis hurler de douleur ... et jurer de rage.

Je courus vers lui en criant toute ma peine et décapitai d'un coup de batte celui qui s'était redressé en m'entendant. J'avais frappé si fort que le choc remonta tout mon bras jusqu'à l'épaule.

Mon père transperça la tête de l'autre, puis, épuisé, roula sur le côté.

— Et merde ! Je suis désolé, fils.

— Papa ... je ...

— Tais-toi, me coupa-t-il. Va aider Lucas, il ne faut pas que des zombies rentrent dans la maison, sinon ils auront Axelle.

— Mais ...

— File !

Hésitant, je me relevai et courus vers la maison, ne jetant qu'un dernier regard dans sa direction ... il avait raison.

Il ne restait que quelques zombies et sur le temps que j'en tue encore trois, Lucas termina les cinq autres.

Le souffle court, fatigués, nous considérions les lieux. Des cadavres de somnambules ... plus deux autres.

— Les chauffeurs ?

Lucas confirma d'un signe de tête.

— Je n'ai pas voulu leur ouvrir ... ils n'avaient pas l'air « catholique », sourit-il.

Je lui souris également, mais la tristesse qui m'habitait bloqua rapidement mon effort.

— Axelle ?

—Je vais bien, dit-elle en larmes, en sortant de la maison pour se jeter dans mes bras. Mon dieu, qu'elle horreur ! Ils étaient si nombreux, heureusement que Lucas est avec nous.

—En effet, confirmai-je. Sans toi, nous serions déjà morts à la première attaque.

Lorsque les zombies envahirent pour la première fois le jardin, quelques jours plus tôt, j'organisais une fête à la maison. Après la mort de Caroline, suivie de la perte des parents de June et de la disparition de celle-ci, nous avions tous besoin de nous changer les idées.

Mes parents avaient donné immédiatement leur accord. Ils pensaient que je vivais très mal la mort de Caroline. J'étais triste bien sûr, mais en réalité, je ne me sentais pas moins bien que les autres. Depuis un certain temps déjà, notre relation battait de l'aile, les sentiments s'en étaient allés. Il n'aurait sans doute plus fallu longtemps pour que nous rompions. Axelle et moi nous sommes vite rapprochés et cette fête concrétisa ce que nous sentions arriver.

A l'arrivée des somnambules, nous crûmes d'abord à une mauvaise blague. Certains s'exclamaient même que les maquillages étaient « super mal faits », me félicitant pour l'organisation. Mais je n'y étais pour rien et lorsque les premiers se firent dévorer, ce fut la panique.

Beaucoup s'enfuirent, tentant de rentrer chez eux. J'espère qu'ils y sont parvenus. Nous avons bien essayé d'appeler la police, mais le réseau était saturé … naturellement.

Encerclés, nous restions moins d'une dizaine dans la maison à tenter de nous défendre. Peu ont survécu, seulement Axelle, Lucas, mes parents et moi. Et très honnêtement, je pense que c'est Lucas qui nous a sauvés. Son habileté au combat et l'idée qu'il eut de fermer la grille furent décisives.

Les premières heures, nous étions paniqués, ne sachant trop que faire. Les zombies s'agglutinaient à la grille et nous avons longtemps craint qu'elle ne tienne pas le coup. Puis, finalement, ils s'en allèrent, sans doute attirés par un autre bruit.

Plus tard, Lucas eut l'idée d'aller voir hors de la propriété si d'autres personnes que nous avaient subi les mêmes attaques. Nous l'avons d'abord pris pour un fou puis, une fois calmés, l'idée nous sembla la seule chose à faire. Je partis dès lors avec lui, armé d'une clé à molette et lui d'un marteau.

Arrivés sur une hauteur non loin de notre demeure, nous comprîmes.

Toute la ville était envahie, la police ne viendrait pas nous aider. Il n'y avait d'ailleurs sans doute plus de police.

Perdus face à cette situation hors du commun, nous avons entassé les corps dans le jardin, près de la grille. Nous ne savions pas quoi faire d'autre en attendant qu'une quelconque autorité nous donne des explications.

A notre retour, les premiers invités se relevaient et un nouveau massacre commença mais cette fois, il s'agissait de nos amis et je le vécus très mal. Ma mère et Axelle hurlaient en sanglotant, inconsolables et à deux doigts de perdre l'esprit. Même moi, force m'est d'admettre que je n'en étais pas très loin. Ce furent le sang-froid de Lucas et de mon père qui, je crois, nous maintinrent à flot.

Lucas resta avec nous. Nous n'en savions alors rien,

mais il n'avait plus de famille. Ses parents et ses deux sœurs avaient trouvé la mort dans un tragique accident. Sans doute était-ce la raison pour laquelle il était si réservé et si particulier. Deux jours s'écoulèrent où nous errions dans la maison, n'y croyant pas encore vraiment. Mais nous ne pouvions nous permettre de rester sans rien faire. Face à l'absence d'aide venue de l'extérieur, nous finîmes par comprendre qu'il fallait nous organiser.

Une nuit, des somnambules nous suivirent alors que nous étions de retour d'une sortie ravitaillement et parvinrent à pénétrer dans la propriété par un côté mal sécurisé. Nous comprîmes à cet instant qu'il nous faudrait vérifier partout et mieux nous barricader. Nous nous sommes défendus et les avons tous tués … mais ma mère a été mordue. Elle est morte dans d'atroces souffrances quelques jours plus tard. Alors que mon père et moi étions envahis de chagrin, Lucas fit le tour de la propriété avec Axelle et consolida notre rempart face au monde extérieur.

Et aujourd'hui encore, j'étais à genoux, planté devant le corps sans vie de mon père. Alors que nous exterminions les zombies, il avait succombé à ses morsures. Nous savions à présent qu'il ne tarderait pas à se relever … mais je n'avais pas la force de faire ce qu'il fallait. Une fois de plus, comme pour ma mère, c'est Lucas qui s'en chargea.

La seule chose que j'entendis, alors qu'Axelle me raccompagnait vers la maison, fut le bruit craquant du marteau qui s'abattait sur son crâne.

Je me mis à sangloter.

Je n'étais pas encore vraiment adulte, j'étais désorienté par tous ces évènements et une profonde tristesse m'envahissait face au décès de mes parents.

Une heure plus tard, un grand brasier consumait les corps dans le fond du jardin.

Assis sur la terrasse, anéantis, avec Lucas et Axelle nous regardions brûler les corps au loin. Je sentais au plus profond de moi que nous ne pouvions plus rester ici. A nous trois seulement, nous ne tiendrions plus très longtemps. Si les morts-vivants ne nous tuaient pas, d'autres humains avides s'en chargeraient, et trois gosses ne les en empêcheraient pas.

—Nous devons partir, leur affirmai-je.

—Quoi ? s'exclama Axelle.

—Pour aller où ? demanda calmement Lucas.

Je marquai un moment de silence, le regard absorbé par le feu crépitant.

—Marc ? insista Lucas.

—Chez mon oncle à Saint-Béa.

—C'est où ? s'inquiéta Axelle.

—Loin dans le sud, à la frontière au pied des montagnes.

—Ça fait un long chemin, constata Lucas. Et il ne s'agit plus de simplement prendre la voiture pour partir en vacances, j'espère que tu en es conscient.

—Je sais. Mais avons-nous le choix ? Combien de temps tiendrons-nous encore ici ? D'ici quelques semaines, nous aurons épuisé toutes nos ressources et les magasins auront tous été pillés. Et encore faudrait-il que nous tenions aussi longtemps, nous ne sommes déjà plus que trois.

—C'est vrai, confirma-t-il. Je crois aussi que c'est la seule chose à faire. Et puis, nous avons un tout nouveau pick-up, ajouta-t-il en souriant.

—On peut en faire le plein avec l'essence de nos

trois voitures et mettre le reste dans des bidons, il doit y en avoir cinq dans la cave.

—Ce sont toutes les trois des diesels, fit judicieusement remarquer Lucas.

—Et m... ! Non, seulement deux des trois.

—Il faudra bien faire avec. Je m'en charge.

—D'accord. Pendant ce temps-là, Axelle et moi allons rassembler des affaires et de la nourriture pour le trajet. Moins nous devrons nous arrêter, plus nous serons en sécurité.

—Je m'occupe des vêtements, intervint Axelle.

Je signai oui de la tête.

La route qui nous attendait allait être plus périlleuse encore que de rester. Nous savions à présent que nous devions nous méfier aussi bien des somnambules ... que des humains. Et beaucoup d'entre eux seraient prêts à tout pour un pick-up.

La benne était remplie de quelques vêtements et de beaucoup de nourriture. Je n'avais pris que des aliments et des boissons qui pouvaient se conserver facilement et de l'eau. Nous avions fait un dernier tour avec Lucas pour trouver des outils et tout ce qui pourrait nous servir d'armes. J'aurais voulu prévenir mon oncle, mais depuis la veille, les portables ne fonctionnaient plus.

C'était le début de la fin.

Derrière nous, je voyais la maison rapetisser, cet endroit où j'avais grandi ... et où mes parents étaient morts. Le cœur lourd, j'abandonnais tout ce qui avait fait ma vie jusqu'ici.

Lorsque j'entrai dans l'immense salon, j'eus une étrange sensation. Un picotement remonta le long de mon dos et j'eus l'impression que ma vue se brouillait un instant. Un homme très chic était assis dans un vieux sofa, à l'image de la décoration, sirotant un verre d'eau comme s'il s'agissait de whisky et fumant un gros cigare.

Je me suis souvent demandé pourquoi les hommes riches avaient ce besoin caricatural de se donner le même style ringard, boire un verre comme si chaque gorgée était aphrodisiaque et fumer ces bâtons de chaise malodorants.

—Cela date d'une époque aujourd'hui révolue, mademoiselle Nordion, s'exclama l'homme en riant.

Je restai sans voix. Lisait-il dans mes pensées ?

—En effet. C'est un de mes dons. Mon nom est Adolfo Laneiros, je suis heureux de vous rencontrer enfin, et de vous accueillir à la *Casa Originale*. On m'a beaucoup parlé de vous. (Je ne relevai pas) Vous pouvez m'appeler Adolfo, puis-je je vous appeler June ?

—Si vous voulez.

—Désirez-vous boire quelque chose ?

J'hésitai un instant car je n'avais que dix-sept ans,

mais combien de fois étais-je allée dans des soirées alcoolisées, le plus souvent possible à vrai dire. Cette idée me donna envie de sourire.

La première image qui me vint à l'esprit fut un porto, sans doute à cause de l'endroit où je me trouvais. Mais j'aimais également cet alcool sucré et légèrement liquoreux, surtout le blanc, un peu moins fort au goût que le rouge.

—Un porto blanc dans ce cas, dit-il avant que je réponde.

—Ça pourrait vite m'énerver si vous devancer toutes mes paroles.

—Oh, veuillez m'excuser. Simple habitude. Ça n'arrivera plus.

Je ne portais déjà plus attention au picotement léger dans mon dos, mais lorsqu'il s'arrêta, je remarquai tout de même la différence.

Il se leva et se dirigea vers un petit meuble dont il fit coulisser la planche supérieure en bois. Posées délicatement l'une à côté de l'autre, les carafes remplies d'alcools aux couleurs multiples ne toléraient pas la moindre poussière. Bien qu'aucune étiquette ne les identifiait, il en saisit une, prit un verre brillant et servit un fond de liquide.

—Mais je manque à tous mes devoirs ! s'exclama-t-il en se tournant vers moi. Asseyez-vous, je vous en prie.

Je regardai autour de moi. Les deux hommes qui m'avaient accompagnée n'étaient plus là, ils s'étaient évaporés sans que je m'en rende compte. Il n'y avait plus que cet homme étrange et moi.

Hésitante, je m'assis et tendis le bras pour prendre le verre qu'il me présentait.

— Qu'attendez-vous de moi ?

— Ma chère, il ne s'agit pas de ce que nous attendons de vous, mais de ce que nous pouvons vous offrir. Nous savons que ...

— Ne me prenez pas pour une adolescente attardée, l'interrompis-je. (Je vis sur son visage qu'il n'avait pas l'habitude qu'on le traite de la sorte, je devrais m'en souvenir dans le futur, mais je continuai malgré tout sur ma lancée) Vous ne me connaissiez pas avant qu'il arrive ... toutes ces choses à Caroline. Je n'ai peut-être que dix-sept ans, mais il est évident que vous n'allez rien m'offrir sans attendre quelque chose en retour.

— Hum, en effet. J'admire votre franchise et votre perspicacité. J'aurais plutôt dû dire qu'il ne s'agit pas de ce que nous attendons de vous, mais de la coopération que nous pouvons vous proposer.

— Je vous écoute.

— Vous êtes trop aimable. Comme vous le savez à présent, Caroline n'est plus vraiment humaine. En fait, elle est devenue ce que nous appelons une *sicar*. Pour employer des termes que vous comprendrez mieux, nous pourrions dire qu'elle est une sorte de zombie amélioré. Nous savons que vous voulez vous venger d'elle, mais sans notre aide, vous n'y arriverez pas. Elle est devenue bien plus forte que le plus entrainé des humains. La famille des Delarivière est une famille très ancienne qui tente de nous détruire, nous, les *élégides*. Ils nous prennent pour des démons, c'est une bande de fanatiques qui n'acceptent pas ce que nous sommes.

— Et vous êtes ?

— En gros, des zombies plus-plus-plus. Nous sommes comme les sicars ... avec certains pouvoirs en bonus.

—Des … pouvoirs ? Comme des magiciens ?

—Oh, certes, nous ne traçons pas d'étoiles dans la terre et ne prononçons pas de formules secrètes, mais oui, en quelque sorte. Chacun d'entre nous à un pouvoir. Parfois deux comme moi, mais c'est plus rare.

—Vous lisez dans les pensées et …

—La suggestion.

—Mais bien sûr. Etes-vous certain que ce sont les Delarivière qui sont des fanatiques et pas vous ? Des pouvoirs. N'importe quoi !

—Pourtant, dit Adolfo, légèrement excédé par mon impudence, vous avez eu la preuve que je peux lire dans vos pensées.

—Certains humains ont la même faculté et je sais que c'est truqué même si j'ignore leur truc.

—Ce n'est pas un *truc*.

—Oui, ben, je crois que vous êtes plus fou encore que je ne le croyais. Je pourrai me débrouiller seule pour tuer Caroline. J'ai vraiment l'impression que je risque moins en l'affrontant qu'à rester avec vous … pour ma santé mentale, je veux dire.

Je me levai et fit mine de partir.

—Je vous en prie, ne nous quittez pas si vite. Il est vrai que je vous donne la version courte et qu'elle peut sembler abracadabrante, mais s'il le faut vraiment, je peux vous donner une version encore plus courte.

—Pff, je suis vraiment curieuse.

Il sourit et déposa calmement son verre sur la table.

Puis, il se leva et me regarda droit dans les yeux. A cet instant, j'eus une sensation bizarre dans tout le corps. Dans son regard, je vis l'hôte courtois disparaître et la démence prendre sa place. Ses yeux semblaient surgir d'un autre âge, comme s'il avait vécu des centaines d'années et que ces siècles n'avaient été remplis que de torture. Je me mis à transpirer malgré moi et une peur sournoise m'envahit. Des images de torture, de meurtre et de massacre s'imposèrent à mon esprit, me plongeant dans un intense état de panique. Je chancelai et faillis tomber.

— J'ai essayé de rester raffiné, dit-il d'une voix sépulcrale, mais il semble que la jeunesse d'aujourd'hui préfère l'affront à la politesse d'une bonne discussion. Vous m'avez insulté en me prenant pour un fou. A présent, vous allez comprendre que je n'ai dit que la stricte vérité mais je vous assure que vous allez vite regretter notre discussion amicale.

Les images s'intensifièrent dans ma tête, devenant de plus en plus sanglantes et de plus en plus horribles. Soudain, je commençai à ressentir les douleurs des tortures infligées à des pauvres gens. D'abord comme une simple démangeaison puis, de plus en plus fort jusqu'à ce que la douleur domine. Je me recroquevillai sur moi-même, essayant de la contenir, mais sans succès. La douleur s'intensifia avec les images jusqu'à devenir insupportable, comme si ces tortures m'étaient infligées directement. Je me mis à hurler.

— Pitié, arrêtez ça !

— Il est trop tard pour regretter. A présent, vous allez comprendre pour être sûre de ne plus jamais oublier à qui vous vous adressez.

Et pendant que les images me rendaient folles et que la douleur s'intensifiait à me tordre sur le sol, sa voix à présent tonitruante résonna dans la pièce.

— Je suis Adolfo Laneiros, le premier des élégides. J'ai près de cinq cents ans aujourd'hui. Je suis ce qu'il y a de plus puissant sur terre à cet instant. J'ai droit de vie ou de mort sur chaque créature qu'elle soit humaine, animale ... ou zombie. Je ne tolère pas l'insolence. La politesse est la moindre des courtoisies. Lorsque je vous parle, vous vous inclinez et vous répondez sans mentir ...

Je me tordais en hurlant sur le sol, me couvrant les oreilles de mes mains. Mais sa voix pénétrait dans ma tête comme si le silence régnait dans la pièce.

— ... car je saurai immédiatement le moindre de vos mensonges. Je vais vous offrir les armes nécessaires pour tuer Caroline mais ne me prenez pas pour un fou.

D'un coup, la douleur s'arrêta. Je pleurais et transpirais à même le sol. J'avais l'impression de devenir folle, non seulement à cause de la souffrance, mais des images qu'il m'avait implantées dans la tête. Peu après, avec la douleur, elles disparurent à leur tour. Il avait un pouvoir, je l'admis sans réserve ... mais quel pouvoir terrifiant !

— A présent, relevez-vous, très chère, dit-il ensuite d'une voix à nouveau suave. Je vais vous expliquer en quoi consistera notre coopération.

Il m'aida à me relever et me tendis un mouchoir en tissu brodé. Je m'essuyai le front et les larmes qui avaient mouillé mes joues. Je ne ressentais plus aucune douleur, mais mon corps était groggy, je titubai jusqu'au sofa.

L'idée me traversa l'esprit que j'avais peut-être été aveuglée par ma colère envers Caroline et que le prix que j'allais devoir payer s'avérerait démesuré. Mais rien qu'à la pensée de mon ancienne amie, une vague de colère m'envahit. Elle semblait artificielle et pourtant je l'acceptai ... elle avait tué ma mère ! Il m'appartenait à présent d'être suffisamment disponible pour obtenir réparation sans me mettre en danger avec cette étrange famille qu'étaient les Laneiros. Assise dans le sofa, je repris doucement mon souffle et toisai Adolfo. C'était plus fort que moi. Mais il faudrait que j'apprenne à me contrôler pour ne plus endurer pareille torture. S'il exerçait à nouveau son pouvoir sur moi, je n'étais pas sûre que mon esprit tienne le coup.

—Votre amie est actuellement dans un de nos manoirs.

Je relevai les yeux vers lui. Pourquoi dès lors étais-je ici ?

—Mais pour l'instant, nous ne pouvons pas intervenir et ce, pour deux raisons. La première est que vous n'êtes pas prête à l'affronter. Vous vous feriez tuer. La deuxième est que nous essayons de la rallier à notre cause. (J'accusai le coup.) Et là, vous vous dites que si nous y arrivons, vous perdrez votre vengeance. Mais rassurez-vous, cela n'arrivera pas, car même si nous arrivons à la convaincre, nous avons pour seul but de découvrir de quoi elle est capable. Après, vous pourrez la tuer. Quoi qu'il en soit, je ne crois pas que mon fils parviendra à la convaincre et donc, vous aurez votre vengeance plus tôt encore. Êtes-vous satisfaite ?

J'opinai du chef mais une question restait encore ouverte.

—Si je ne suis pas assez forte pour la tuer, que ce soit maintenant ou plus tard, je ne crois pas que cela changera grand-chose.

—En effet, et c'est là que nous intervenons. D'où le terme adéquatement choisi de collaboration. Nous pouvons vous rendre aussi forte que nous et vous aurez vous aussi un pouvoir.

—Lequel ?

—Nous ne le savons jamais à l'avance. Cela dépend de vous, de votre constitution. Vous ne le découvrirez qu'après.

—Après quoi ?

—Après votre *transformation*.

—En quoi cela consiste-t-il ?

—A boire une gorgée de notre élixir, rien de plus.

—C'est tout ?

—Oui.

—Mais alors, je ne comprends pas en quoi je pourrai vous aider car jusqu'ici, vous me donnez des armes et ne me permettez pas de la tuer. En quoi vous serai-je utile ?

—Nous ne connaissons pas encore l'étendue de ses pouvoirs et dans le cas où nous devrions l'affronter, vous seriez un atout non négligeable grâce à votre amitié. L'hésitation qu'elle aurait à vous combattre vous donnerait l'avantage. Comme vous pouvez le constater, nous préférons ne courir aucun risque.

—C'est ce que je vois.

—Et acceptez-vous les termes de ce contrat implicite entre nous ?

—Ai-je le choix ?

—Pas vraiment, en réalité. Si vous refusez, vous ne nous êtes plus d'aucune utilité et si aucun humain n'est au courant de notre existence, ce n'est pas sans raison.

—Tout ce que je veux, c'est la mort de Caroline, peu importe les moyens. Je ferai ce que vous voudrez.

—Parfait ! Dans ce cas, je vous prierai de m'excuser car j'ai énormément de choses à faire. Comme le temps nous est compté, un de mes hommes va vous conduire à l'endroit de votre transformation après quoi nous pourrons commencer votre entrainement.

Je quittai cet homme intrigant et effrayant pour suivre un de ses sbires à travers un dédale de couloirs. La villa était vraiment immense. Tout en marchant, je repensais à Caroline. Une partie de moi persistait à la considérer comme l'amie qui m'avait accompagnée depuis ma plus tendre enfance, celle avec qui j'avais tellement ri et partagé tant de confidences. Ce côté-là voulait la pardonner à tout prix et repensait à ce qu'elle avait écrit dans mon journal. Son regard lorsqu'elle m'aperçut dans l'escalier avant de s'enfuir confirmait encore ce sentiment.

Mais rien que son image dans mon esprit faisait naître une telle rage en moi que tout sentiment de pardon, aussi fort fut-il, se retrouvait étouffé avant même de pouvoir s'exprimer. Une bataille effrénée se déroulait dans mon esprit et dans mon cœur, mais chaque fois, la colère l'emportait. Pourtant, cette colère avait quelque chose d'étrange. L'énervement était un sentiment que je connaissais bien, je savais comment il se traduisait chez moi. Ici, c'était différent. Il ressemblait plus à un greffon sur l'image de Caroline mais je n'aurais su, à cet instant, expliquer cette sensation.

Nous descendîmes une série d'escaliers qui s'enfonçaient profondément dans la colline sur laquelle reposait la villa, pour finalement déboucher dans une cave au détour d'un couloir sombre et lugubre.

—Pourquoi enterrer quelque chose si profondément ? demandai-je à l'homme qui me guidait.

—Ce n'était pas comme ça avant, mais certaines personnes sont arrivées à nous en voler une partie. Elle

39

se trouvait alors au sommet de l'ancien clocher. Nous avons donc décidé de mieux protéger *la source* en la rendant moins accessible.

— La source ?

— L'élixir si vous préférez, mais nous l'appelons la source. D'ailleurs, nous arrivons.

Les deux gardes de l'entrée dépassés, nous débouchâmes dans une grande salle quasiment vide. Quelques colonnes la soutenaient et, en son centre, une toute petite piscine, presque une mare en fait. Le sol et les murs étaient recouverts de marbre beige de magnifique facture et le tour de la piscine était bordé de pierre naturelle provenant sans doute de la région.

Aux quatre coins, d'autres gardes attendaient comme des statues.

— *Quel métier passionnant !* pensai-je sans oser en sourire.

Au bord de la piscine, un verre doré n'attendait visiblement plus que moi.

— A quoi dois-je m'attendre en buvant ce verre ?

— Pas grand-chose. Vous sentirez bien un changement mais c'est plus dans la tête que réellement physique.

— Et après ?

— Cela dépendra de votre pouvoir, nous adapterons votre entrainement en fonction.

— D'accord, me contentai-je de confirmer sans grande conviction.

Il tendit la main en direction du verre et m'invita à avancer seule pour la dernière étape. Je signai timidement oui de la tête puis m'exécutai. Hésitante, regardant les gardes qui ne cillèrent pas, je m'agenouillai près du verre. La main un peu tremblante, je le trempai dans l'eau ... et le portai à mes lèvres.

Dès que j'eus fini de boire, le verre à peine reposé, deux hommes me saisirent par les bras sans autre forme de procès et m'emportèrent vers un mur sombre. Je me débattais et hurlais mais ils étaient trop forts.

—Laissez-moi ! Qu'est-ce que vous faites ?

Mais ils restèrent sourds à mes supplications. Seul l'homme avec qui j'étais venu m'adressa encore une phrase.

—Croyez-le ou non, c'est pour votre bien.

Même mes coups de pieds ne déviaient pas d'un pouce la trajectoire des deux titans, ils étaient d'une force incroyable. Sans ménagement, ils me jetèrent contre le mur en me maintenant les bras. Bizarrement, il n'était pas dur comme de la pierre, on aurait dit de la mousse. Ils m'attachèrent les mains et les pieds avec des lanières en caoutchouc et tirèrent sur deux cordes pour me plaquer contre le mur, bras et jambes écartés.

Je paniquais.

—Que voulez-vous de moi ? hurlai-je, les larmes aux yeux.

Je regrettais amèrement d'avoir accepté de venir jusqu'ici pour me venger de Caroline et j'avais l'impression que mes regrets n'allaient pas s'arrêter là. La position dans laquelle je me retrouvai ne présageait rien de bon ... j'étais à leur merci. Aucun d'eux ne répondit, restant plantés devant moi, stoïques. Pour autant ne se moquèrent-ils pas de moi, c'était déjà ça.

Un instant plus tard, ma colonne vertébrale se tordit dans un spasme d'une incroyable violence, j'étais persuadée qu'elle s'était brisée à plusieurs endroits. La douleur était si fulgurante que je n'arrivais même pas à crier. Ce que j'avais subi dans le bureau d'Adolfo n'était rien en comparaison. Ma tête heurta le mur de mousse dans un bruit sourd et les lanières flexibles claquèrent d'un coup sec. Lorsque le spasme s'interrompit, je pendais au bout de mes liens comme un sac inerte, le souffle court et la transpiration perlant déjà de mon front.

Je perdis presque connaissance.

Brutalement, un nouveau spasme m'arracha à ma catatonie expulsant un râle d'agonie pendant plusieurs secondes. Convulsion après convulsion, je me désarticulai comme une poupée guidée par ses fils. La souffrance était intolérable. Je crus mourir.

Une éternité plus tard, me sembla-t-il, mon corps se relâcha. Je ne m'étais pas blessée en heurtant le mur, mais je sentais ma peau brûlée par le caoutchouc qui me retenait. Mon épaule gauche était déboîtée, je crois. Haletante, je récupérais péniblement. Ma transpiration perlait goutte à goutte le long de mon visage abandonné vers le bas, mouillant le sol sous moi.

—C'est presque fini, dit l'homme en s'approchant de moi.

Presque ? Y avait-il encore quelque chose ? Je ne tiendrais pas un nouveau choc, c'était trop. Je n'arrivais pas à relever la tête pour le regarder mais je n'en eus pas besoin. Une main sur le front, il le fit pour moi.

—Il n'y a plus qu'une seule étape et je te rassure, elle ne sera pas douloureuse … en tout cas, tu n'auras pas le temps d'avoir mal.

De quoi parlait-il ? Mais peu importe après tout, tant que je n'avais plus mal, je pouvais tout accepter … du moins c'est ce que je croyais.

L'instant d'après, il saisit mon visage, une main

sous le menton, l'autre à l'arrière du crâne et, me regardant en souriant, tourna d'un coup sec.

Peitane me réveilla en douceur, je m'étais allongée à l'arrière du pick-up pour fermer les yeux un instant, fatiguée de voir la route défiler depuis des heures. J'aimais voir son visage à mon réveil, cela me mettait de bonne humeur ... la plupart du temps. Mais pour l'instant, il en fallait un peu plus.

L'Ange conduisait avec prudence dans les petites routes qui nous menaient à destination : le village où nous devions retrouver ses amis. Nous avions bien essayé d'emprunter l'autoroute, mais les accidents en chaine bloquaient le passage. Les seules voies d'accès praticables restaient les routes secondaires, et même là nous dûmes nous arrêter à plusieurs reprises pour déplacer des voitures.

Au début, je crus que je n'arriverais jamais à fermer l'œil tant le paysage était effrayant. Partout, des zombies en nombre erraient sans but. Nous ne craignions rien grâce à mon pouvoir mais cela faisait quand même peur. Ils nous regardaient passer, le regard vide, surtout avides de chair fraîche. Les villages, les campagnes, chaque route étaient infestés de ces corps errants. Je savais ce que cela impliquait d'être comme eux. Une douleur permanente, ralentissant considérablement les mouvements et une faim omniprésente qui faisait perdre toute raison. Si je les craignais et s'ils représentaient une menace considérable, je n'en avais pas moins pitié d'eux. Ils n'avaient plus aucun but dans la mort, si ce n'était celui de se nourrir pour calmer leur souffrance … ne fut-ce que temporairement.

Mais à la longue, mes yeux s'étaient malgré tout fermés et je finis par m'allonger. Je dormis une heure ou deux, pas plus, avant que Peitane me réveille.

—Caro ?

Je remuai la tête en grognant, j'étais trop bien. Je sentis sa main se poser sur mon épaule et elle me secoua gentiment.

—Caroline, tu dois te réveiller, on va devoir faire une halte.

—Déjà, répondis-je encore brumeuse.

—Le pick-up est peut-être sécurisant, mais il consomme beaucoup et le plein n'était pas fait.

—On ne peut vraiment plus faire confiance à personne, dis-je en souriant.

—Tu l'as dit.

—Il y a beaucoup de zombies dans le coin, intervint l'Ange. Pourrez-vous les éloigner lorsque nous arriverons à la station ?

—Oui, bien sûr, confirmai-je en me redressant.

Le spectacle restait inchangé et pourtant, je m'étonnai encore du nombre de zombies qui arpentaient les routes et les trottoirs. L'Ange essayait de les éviter, mais parfois, ils étaient trop nombreux, s'agglutinant contre la voiture et il n'avait alors d'autre choix que de leur rouler dessus, dégoutant !

—Là ! s'exclama l'Ange en pointant le bout de la rue pour désigner une station-service. Caroline ?

—Je sais, m'irritai-je.

Je fermai les yeux et pensai très fort au magasin que j'avais vu quelques centaines de mètres avant. Les morts-vivants pivotèrent comme si une invisible ficelle les faisait tourner et prirent la direction que je leur avais imposée.

La station-service se vida en une minute. L'Ange sortit prudemment de la voiture, évitant de claquer la porte. Nous l'imitâmes. Alors qu'il se dirigeait vers le pistolet, je m'avançai de quelques pas, laissant mon regard errer dans la rue. La masse de zombies exceptée, tout était désert. Les voitures abandonnées attendaient patiemment à leur emplacement de parking tandis que d'autres, ouvertes et souvent sanguinolentes, obstruaient en partie le passage. Des carcasses calcinées s'éparpillaient çà et là. Dans la rue, les maisons se serraient l'une contre l'autre de chaque côté comme si, dans ce monde dévasté, elles cherchaient à se rassurer. Des maisons élancées de quelques mètres de large à peine s'élevant sur plusieurs étages.

Moi qui venais d'une banlieue aisée, je trouvais cela écrasant, limite étouffant. Par contre, dans la situation actuelle, en diminuant le nombre d'accès, elles offraient de bien meilleures protections contre les zombies que nos villas avec jardin.

La chance fut de notre côté, la station dispensait encore de l'essence. En y pensant, cela ne faisait qu'une quinzaine de jours que nous avions déclenché l'apocalypse et la plupart devaient encore pouvoir nous servir.

Soudain, j'entendis un cri émaner d'une maison

dans la rue. Nous ne voyions rien, tout semblait immobile, mais j'avais entendu ce cri, j'en étais certaine.

—Vous avez entendu ? demandai-je pour confirmation.

Peitane ne répondit pas, mais regarda dans la même direction que moi, ce fut une confirmation suffisante.

—Nous n'avons pas le temps de nous en occuper, dit l'Ange, nous avons d'autres priorités que d'aider tous ceux que nous croisons.

—Quoi ? m'insurgeai-je. Ça va pas non !

Pas question pour moi de rester sans rien faire. Cette situation était en partie de notre faute. Je considérais dès lors qu'il était de notre devoir d'aider autant que possible ceux que nous croiserions et qui s'avèreraient en difficulté.

Sans attendre d'autre permission, je me mis à courir. J'entendis l'Ange jurer, je ne savais pas qu'il en était capable. Lorsque je tournai la tête pour voir si Peitane me suivait, je la vis lever les épaules en souriant en direction de l'Ange et démarrer à ma suite. Un peu d'action devait certainement la motiver. Je souris. Merci Peitane !

Quelques maisons plus loin, j'entendis à nouveau le cri, ce qui me permit de localiser l'endroit avec précision. Il s'agissait d'un immeuble à appartements. Avant d'entrer, je me concentrai et ordonnai aux éventuels zombies de s'immobiliser dans un coin. D'un coup de pied, j'explosai le chambranle de la porte qui s'ouvrit violemment. Je bénis notre force qui fit céder si facilement la serrure et les charnières de métal.

—Il y a quelqu'un ? hurlai-je dans la cage d'escalier.

J'entendis le bruit sourd d'une arme lourde

s'écrasant sur le crâne d'un zombie puis, une tête à la peau sombre émergea de la balustrade du troisième.

—Oui, ici !

—Ça va ? cria Peitane.

—Maintenant oui, hurla l'homme. Merci, apparemment vous l'avez distrait en enfonçant la porte. Venez, je vous en prie.

Nous avions distrait le mort ? ... Bah, oui, en quelque sorte.

Arrivées au troisième, nous sommes tombées sur un couple et deux enfants terrorisés qui se réfugièrent dans un coin à notre vue. Ils étaient tous les deux magnifiques, le teint basané et très clair, avec de grands yeux d'un noir profond. Ils étaient sales, blottis l'un contre l'autre derrière le divan. Leur mère était filiforme et visiblement éprouvée par les derniers évènements. Une ombre foncée lui cernait les yeux, elle n'était pas beaucoup plus belle à voir que les zombies eux-mêmes. Je fus envahie par un vif sentiment de pitié face à tant d'impuissance. L'homme par contre était grand et costaud, cela devait leur avoir sauvé la vie jusqu'ici.

—Vous allez bien ? demandai-je tristement bien malgré moi.

—Oui, merci, vous êtes arrivées juste à temps.

—Nous n'avons rien fait, dit Peitane un peu sèchement.

—Vous m'avez donné la marge de manœuvre nécessaire, la contra-t-il en soulevant le corps pour le balancer dans la cage d'escalier.

—Vous n'aviez pas encore nettoyé l'immeuble ? demanda froidement Peitane.

—Si, il y a plusieurs jours. Ou du moins je le

croyais. Celui-ci devait s'être perdu dans un des appartements au-dessus. Comme je pensais l'immeuble sûr, j'avoue avoir relâché mon attention. Lorsque j'ai vu tous les zombies déserter la rue d'une masse, (je regardai discrètement Peitane), j'ai voulu sortir voir. C'est là que je suis tombé nez à nez avec lui. Ma femme a hurlé et, pendant que je le repoussais à coup de pied pour l'empêcher de rentrer dans l'appartement (il regarda ses enfants), elle courut chercher mon pied de biche. La suite, vous vous en doutez. Je me demande vraiment ce qui a pu le décider subitement à vouloir quitter l'immeuble pour ...

Un bruit au rez-de-chaussée l'interrompit au milieu de sa phrase. Immédiatement, Peitane fit signe d'observer le silence et se pencha doucement par-dessus la rambarde. Mais elle poussa rapidement un profond soupir.

—Hé l'Ange, t'arrives enfin !

—C'est un ami, dis-je à la petite famille pour les rassurer. Vous pouvez ranger votre arme.

Avec hésitation, et très peu de conviction, il appuya le pied de biche contre le mur à l'intérieur de l'appartement, mais à portée de main malgré tout.

Quelques instants plus tard, l'Ange posait le pied sur le pallier, un sac en plastique à la main. Il le tendit immédiatement à l'homme.

—J'ai pensé que vous auriez besoin d'un peu de nourriture. C'est tout ce que j'ai pu trouver à la station.

—Euh, merci, dit-il un peu perdu. Mais je vous en prie, s'agita-t-il subitement, ne restez pas dehors. Nous n'avons pas grand-chose, vous vous en doutez, mais nous pouvons vous donner un peu d'eau.

—Merci, le rassurai-je, mais nous n'avons besoin de

rien.

—Je m'appelle Sébastien, voici ma femme Roxanne et nos deux enfants ... cachés derrière le divan ... Adeline et Ang.

—Bonjour les enfants, les saluai-je. Mon nom est Caroline, voici Peitane et l'Ange.

—L'Ange ? s'étonna Sébastien.

—C'est une longue histoire. Où comptez-vous aller ? demandai-je pour éluder.

—Nulle part pour l'instant. Il n'y a plus personne à des lieues à la ronde et la plupart des magasins disposent encore de beaucoup de choses. (Roxanne ferma la porte derrière nous) En plus, les zombies semblent avoir trouvé un meilleur endroit où aller.

—Peut-être, mais pour combien de temps, dit Peitane.

—Les enfants, vous pouvez sortir, ce sont des gentils. (Ils passèrent timidement la tête par-dessus le dossier) Je ne sais pas combien de temps nous pourrons rester ici, nous verrons, en attendant, nous y sommes plus en sécurité que dans la rue. Nous pouvons encore tenir quelques semaines avec nos réserves et vous venez de nous offrir quelques jours de plus. Lorsqu'il sera temps de partir, nous n'aurons qu'à descendre pour prendre une voiture. Nous espérons que d'ici-là, les zombies auront décidé de partir.

—Je ne rêverais pas trop à votre place, le contredit-elle.

Je m'étais dirigée vers la fenêtre et regardais la rue déserte. Quelques papiers poussés par le vent planaient maladroitement dans les courants d'air qui se faufilaient entre les voitures. Vu d'ici, cela ne semblait en effet pas une si mauvaise idée de rester. Et pourtant, il fallait être réaliste. A terme, rester dans un endroit pareil n'était pas viable. Les vivres allaient manquer et les zombies revenir, rendant les sorties toujours plus dangereuses.

—Vous pourriez venir avec nous, dis-je sans me retourner.

Ma question fut accueillie par un grand silence, ce qui m'incita à me retourner. L'Ange tirait une tête de six pieds de long et Peitane ne semblait pas plus d'accord que lui.

—C'est impossible ! dit catégoriquement l'Ange.

—Pourquoi ? le questionnai-je. Dans un village comme celui où tu nous emmènes, ils seraient en sécurité et au moins, un village peut vivre en autarcie.

—C'est impossible ! Un point c'est tout.

—Et pourquoi ? m'énervai-je. Tu ne veux pas leur offrir une chance ?

—Ça n'a rien à voir. Simplement, là où nous allons, ils ne peuvent pas venir, personne d'autre ne le peut.

—Ah bon, et c'est toi qui en décides.

—Oui, parfaitement ! Nous en avons déjà discuté. Si vous venez avec moi, c'est à *mes* conditions. Et celle-ci en est une. Je suis désolé, ajouta-t-il en regardant la petite famille, je ne peux expliquer pourquoi, mais je vous assure que c'est réellement impossible, même si je le voulais.

Au regard triste qu'il leur adressa, je compris qu'il ne s'agissait pas d'une simple décision arbitraire … je décidai de ne pas insister.

—Ce n'est pas grave, dit Sébastien. Vous devez avoir vos raisons et je les respecte. Nous vous sommes déjà reconnaissants de nous avoir aidés contre le zombie et avec la nourriture. Si vous voulez, vous pourriez rester ici cette nuit et repartir demain matin. La nuit tombe, ce n'est peut-être pas une bonne idée de vous remettre en route.

A ce point de la discussion, je préférais ne plus intervenir et laisser l'Ange décider. Il nous toisa tour à tour Peitane et moi et, hésitant devant notre passivité, poussa finalement un large soupir.

— C'est d'accord. Je resterai de garde sur le palier. Les zombies risquent de revenir lorsque vous dormirez, dit-il en me regardant.

Heureusement, nos hôtes ne firent pas le lien avec moi. C'était mieux ainsi, je préférais ne pas exposer à tout le monde ce que je suis … ce que nous sommes.

— Je resterai avec vous, ce sera plus facile pour rester éveillé.

— Ce ne sera pas nécessaire, mais je vous remercie pour votre proposition. Profitez de notre présence pour passer ne fut-ce qu'une nuit en paix. Elles seront de plus en plus rares.

— Merci, je ne dis pas non, avoua Sébastien.

— Peitane et moi dormirons dans le salon.

— Ce ne sera pas nécessaire. Nous avons deux chambres et depuis … (il regarda ses enfants) vous savez quoi, nous ne laissons plus les petits dormir autre part qu'avec nous.

— Merci à vous. Une nuit dans un bon lit nous fera le plus grand bien, cela fait si longtemps. (Puis, je réfléchis un instant) Peitane et moi allons profiter des dernières heures avant la nuit pour aller vous chercher de la nourriture en plus.

— Vous n'allez quand même pas vous risquer dehors seules, objecta Roxanne.

— Ne vous inquiétez pas pour nous, nous avons

l'habitude d'être sur la route et Peitane était une championne de combat libre, (elle se retourna sur moi avec un regard accusateur, je souris) nous ne risquons donc rien.

—Euh, c'est d'accord. En attendant, nous allons vous préparer un repas, c'est le moins que nous puissions faire.

J'avais complètement oublié ce détail lorsque nous avons accepté leur invitation. Nous ne pouvions pas manger avec eux … et nous devions trouver un moyen de refuser.

—C'est vraiment aimable à vous … mais … euh … nous mangerons en ville. Comme ça, nous n'entamerons pas vos réserves.

—Et votre ami qui reste ici.

Et M… ! Je n'avais pas pensé à ça.

—Je ne mange jamais le soir, dit-il simplement sur un ton détaché.

—Dans ce cas, c'est entendu, conclus-je avant que d'autres questions ne surgissent. Allons-y !

Ils nous indiquèrent un magasin qu'ils imaginaient encore bien fourni et nous descendîmes dans la rue.

Il n'y avait pas âme qui vive, ni zombies. Le soleil de fin de journée rougissait déjà et des zones orangées coupées par les ombres des immeubles se dessinaient sur les murs d'en face. Il régnait un calme absolu, même le vent n'était pas assez fort pour provoquer le moindre sifflement.

Peitane et moi prîmes la direction que je le jeune couple nous avait indiquée et nous avançâmes avec prudence. Par mesure de sécurité, je pulsai encore un ordre mental aux éventuels zombies de retour pour les faire partir dans une autre direction.

Mais nous savions que si les zombies ne représentaient pas une menace pour nous, d'autres menaces pouvaient encore poindre. Les humains par exemple. Comme le monde était dévasté et que les lois n'étaient plus d'application, les plus forts survivaient ... et par là, pas nécessairement les plus commodes. Deux filles seules se promenant en rue pouvaient représenter une cible facile et attrayante. Car, je dois l'admettre, si je répugnais à m'attaquer aux humains, remerciant par là notre nourriture artificielle, si des abrutis s'attaquaient à nous, je pense que je pourrais prendre du plaisir à les massacrer sans trop de remords. Mais j'espérais malgré tout, au plus profond de moi, ne pas arriver à cette extrémité.

Nous marchions silencieusement en direction du magasin qui devait se trouver à moins de cinq cents mètres au détour de notre rue, mais ce calme me pesa rapidement.

—Que sais-tu du village où l'Ange nous emmène ? demandai-je.

—Rien, je suis comme toi, dans l'expectative. Pourquoi ?

—Ben, je me pose des questions. Pourquoi a-t-il été si vindicatif par rapport à cette pauvre famille ?

—Je ne sais pas, peut-être ne voulait-il simplement pas qu'ils nous accompagnent. Il n'avait peut-être pas envie que nous soyons trop nombreux pour voyager.

—Oui, peut-être. (Nous franchîmes le coin de la rue, le magasin était en vue) Mais, sans savoir vraiment pourquoi, j'ai l'impression qu'il s'agit d'autre chose.

—Qu'est-ce qui te fait dire ça ?

—Une intuition, et l'intonation qu'il a prise pour

leur dire. Je ne sais pas, ça m'a semblé bizarre tout à coup.

— L'Ange est bizarre au départ, tu te fais peut-être de fausses idées.

— Oui, mais s'il y avait malgré tout quelque chose.

— Et bien nous le saurons une fois sur place. On devra donc aviser au moment même. Mais quoi qu'il arrive, ajouta-t-elle en me prenant la main, je ne t'abandonnerai pas.

— Merci. Je te promets la même chose.

Sourire aux lèvres, nous terminions les derniers mètres main dans la main. Cela me rassurait et me permettait de relâcher un peu la tension. Arrivées devant le magasin, après un dernier coup d'œil sur la rue pour éviter les mauvaises surprises, nous entrâmes en forçant les portes.

Le jeune couple ne s'était pas trompé, le magasin n'avait pas encore été pillé.

C'était une grande surface avec un peu de tout dedans, de la nourriture au matériel de camping. Nous en profitâmes pour prendre deux grands sacs à dos et une bâche de chantier. Dans les sacs à dos, nous fourrâmes quatre marteaux bien solides et des machettes. La famille en aurait besoin pour se défendre correctement contre les zombies. Nous prîmes également quelques lampes de camping qui se rechargeaient à l'aide d'une manivelle. Nous savions que, d'ici peu, le courant serait coupé et tout système sans alimentation, même pas des piles, était le bienvenu. Dans le rayon multimédia, nous trouvâmes les mêmes systèmes en lecteurs mp3. J'en pris quatre pour la famille et trois pour nous. Il ne nous restait plus qu'à trouver un ordinateur, ce qui fut vite fait dans les bureaux. Je téléchargeai en vitesse un maximum de musique et en plaçai encore plus sur des cartes mémoire que nous pouvions connecter sur nos lecteurs.

Pendant ce temps, Peitane entassait de la nourriture sur la bâche en la trainant entre les rayons. Je la rejoignis près de deux heures plus tard, et je la vis, calme et silencieuse, jetant toujours des boites de denrées non périssables et de l'eau sur la bâche déjà bien chargée qu'elle tirait pourtant sans peine derrière elle. Etrangement, pour la première fois, je la regardai de haut en bas. Elle était vraiment très belle malgré un simple jean et un t-shirt clair ... juste au corps, dessinant à merveille ses courbes ... bien plus parfaites que les miennes. Je m'arrêtai un instant, juste pour la contempler. Ses cheveux charbons tombaient négligemment sous ses épaules et voletaient à chaque mouvement de sa tête. Malgré plusieurs jours sans entretien, ils restaient souples, elle avait bien de la chance. Machinalement, j'entrepris de peigner les miens du bout des doigts. Ils ressemblaient plus à des cordes qu'à autre chose, je fis la moue. Elle m'aperçut et me lança un sourire imparable de ses lèvres généreuses. Je m'avançai pour la rejoindre.

—Encore quelques conserves de viande et de légumes, dit-elle.

—Oui, et quelques-unes de fruits, les enfants adoreront.

Elle tendit le bras pour saisir une boite en hauteur, mais j'arrêtai son mouvement de la main en la regardant tendrement. Elle me fixa, surprise de mon geste.

—Je suis vraiment heureuse que tu sois avec moi dans cette épreuve, lui dis-je.

—Et je suis heureuse de pouvoir t'accompagner dans cette aventure, nuança-t-elle en souriant.

—Je suis sérieuse, ajoutai-je en m'approchant un peu plus, sans toi, tout ça n'aurait pas le même intérêt.

Nous étions à présent si proches que je pus sentir son souffle chaud sur mes lèvres, mon ventre se serra. Je vis dans ses yeux qu'elle ressentait la même chose que moi et elle rougit légèrement.

—C'est avec pl...

Mais je ne la laissai pas terminer sa phrase pour l'embrasser. A son contact, mes lèvres prirent feu. Tout comme j'avais ressenti le froid du mal dans les lèvres de Cayetano, je perçus toute la chaleur de la bonté de Peitane. Je compris à cet instant ce que ces sensations essayaient de me faire comprendre. Je passai mes bras autour de son cou pour l'embrasser plus intensément. Une vive chaleur m'envahit le ventre, signe de l'amour que j'éprouvais pour elle. Elle me saisit la taille pour me rapprocher un peu plus encore. Chaque zone de mon corps pouvait sentir intensément le contact avec celui de Peitane, provoquant une incroyable envie. Jamais je n'avais ressenti cela auparavant. Je croyais avoir déjà été amoureuse, je me trompais. Le baiser s'éternisa, aucune de nous ne voulant interrompre ce moment.

Pourtant, il fallut bien, à contrecœur.

—Je me demandais si tu le ferais un jour, me dit-elle presque les larmes aux yeux.

—Je te l'ai dit, je voulais être sûre. Et aujourd'hui, je le suis.

—Je t'aime, me dit-elle, et depuis longtemps déjà.

—Je t'aime, et je sais à présent que ça fait longtemps aussi. Désolée de t'avoir fait attendre.

—Tout est oublié, conclut-elle en m'embrassant à nouveau.

Cette fois, je ressentis un feu interne puissant, décuplant mon désir. Ma respiration s'accéléra et mon cœur partit en vrille. Mais ...

—Hé ! C'est pas juste ! Tu ne peux pas utiliser ton pouvoir sur moi.

—Oups, hoqueta-t-elle une main sur la bouche pour couvrir son sourire.

—C'est pas du jeu, la houspillai-je en lui frappant l'épaule, garde cela pour d'autres moments, ajoutai-je en souriant. Mais à présent, il fait presque nuit, nous devrions rentrer.

—T'es pas drôle ! Tu ne sais pas ce que tu rates.

Je lui souris sans répondre.

Saisissant la bâche chacune d'un côté, nous la trainâmes sur le sol du magasin et dans la rue jusqu'à l'appartement. Lorsque nous gravîmes les dernières marches du long escalier, Sébastien voulut nous aider, et avant que Peitane ait pu dire non, il avait saisi la bâche et tenta de la tirer ... mais il resta bloqué. Elle était trop lourde pour lui.

—Laissez, dit alors Peitane, on s'en charge.

Sans trop d'efforts, nous la fîmes glisser jusque dans le salon, l'homme resta derrière nous, la mâchoire pendante jusque par terre.

—Mais qui êtes-vous ? dit-il. Comment avez-vous eu la force de porter tout cela depuis le magasin ?

—Nous sommes pleines de ressources, dis-je simplement pour éviter de répondre. Avec ceci, vous devriez tenir pas mal de temps.

—Je ... oui, balbutia-t-il. Nous en avons pour des mois, c'est vraiment ... merci.

Ses yeux se mouillèrent de larmes, sa femme vint le prendre dans ses bras et se mit à sangloter. Ils nous remercièrent au moins dix fois avant de s'en remettre.

— Dans le sac de Peitane, il y a également des armes et des lampes.

— Des lampes ?

— Oui. D'ici peu, le courant sera certainement coupé, ce sera alors votre seule source de lumière. Pour Ang et Adeline, (je me tournai vers eux) j'ai ceci, dis-je en sortant les lecteurs mp3.

Ils accoururent en criant de bonheur et saisirent leur cadeau.

— Regardez, pour les charger, vous décoincez la petite manivelle et vous tournez jusqu'à ce que la lampe soit verte. Je vous ai déjà mis de la musique.

Avec empressement, ils mirent les écouteurs et coururent s'asseoir dans le divan.

— Nous vous devons énormément, dit Roxanne en pleurant. Cela fait des jours qu'ils n'avaient plus eu l'occasion de rire. Et grâce à vous, nous sommes à l'abri du besoin pendant des semaines, voire des mois. Merci, merci beaucoup.

Elle s'avança vers moi et me prit dans ses bras. Je sentais son corps hoqueter de sanglots alors qu'elle me serrait aussi fort qu'elle pouvait.

— Elle a raison, merci infiniment. Y aurait-il quelque chose que je puisse faire pour vous ?

— Oui, auriez-vous un ordinateur ?

— Euh, oui, répondit-il un peu surpris d'une telle question.

— Prenez ces cartes mémoires et téléchargez un maximum de musique pour vous et les enfants, dis-je en lui tendant deux autres lecteurs mp3.

Il sourit.

— Bien sûr, je m'en charge dès demain.

— C'est parfait, conclus-je. Alors dans ce cas, n'en parlons plus, essayons simplement de passer une bonne soirée en parlant d'autre chose. Demain sera un autre jour.

La soirée se déroula calmement. Nous tentâmes de parler de tout et de rien, évitant autant que possible l'apocalypse, mais la situation était telle que cela fut pratiquement impossible. Les zombies étaient un phénomène récent, omniprésent ... et totalement inconcevable. Il était dès lors compliqué d'arriver à penser à autre chose.

Nous restâmes très vagues sur ce que nous savions, faisant semblant de ne pas vraiment en connaître plus qu'eux. Mais plus la conversation amenait de détails, plus je me sentais mal à l'aise. Si cette famille était aujourd'hui dans cette situation, c'était à cause de moi. Me réfugier derrière le fait que ce serait arrivé tôt ou tard ne m'aidait pas vraiment.

Lorsque Peitane remarqua ma gêne, elle prétexta la nuit déjà avancée et une longue route à venir pour aller dormir. Nous nous excusâmes et gagnâmes notre chambre.

Je me déshabillai sans conviction, les larmes aux yeux, moins à cause de ma culpabilité qu'en raison de cette famille au bord du gouffre. Malgré un lit bien plus confortable que notre pick-up, je ne m'en extasiai pas, l'esprit trop occupé. Peitane se déshabilla à son tour et se coucha à côté de moi, puis attira ma tête au creux son épaule.

— Tu dois arrêter de culpabiliser, dit-elle tendrement.

Je n'ajoutai rien, je ne savais trop quoi dire en réalité.

Mes doigts caressaient son ventre alors que je réfléchissais à tout ... et à rien. Sa peau était incroyablement douce. Je sentais sa main caresser mon bras puis, ses doigts démêler tendrement mes cheveux. C'était très agréable et me détendait efficacement. Je me sentais bien auprès d'elle. Elle me procurait un profond sentiment de sécurité, pas uniquement parce qu'elle savait se battre, mais également du fait de sa personnalité affirmée.

—Si tu continues à me caresser le ventre comme ça, dit-elle, je ne réponds plus de rien.

—Je suis désolée, dis-je à contrecœur en la regardant tristement. Je t'avoue que je n'ai pas trop la tête à ça.

—Je m'en doute, ne t'en fais pas, je n'y comptais pas.

—Merci. Je voudrais juste m'endormir au creux de ton épaule, si ça ne t'ennuie pas.

—Au contraire ! M'endormir en te tenant contre moi est la plus belle chose que je puisse espérer.

—T'es vraiment géniale.

Je me blottis un peu plus après l'avoir embrassée et fermai les yeux. Je crois qu'un instant plus tard, j'étais endormie.

A notre réveil, l'ambiance était maussade. Sébastien et sa petite famille nous voyaient partir avec tristesse, surtout après le sentiment de sécurité que nous leur avions apporté. Se retrouver seuls n'allait pas être facile pour eux. J'étais également accablée de les abandonner de la sorte. Tout cela parce que l'Ange ne voulait pas les emmener pour une quelconque raison obscure.

Nous les embrassâmes une dernière fois et je m'effondrai devant les larmes d'Ang et Adeline. Ils me serraient si fort que je pouvais ressentir toute leur détresse.

Je m'en voulais tellement ... mais je n'avais pas le choix. L'Ange était catégorique et j'étais, pour l'instant, obligée de rester avec lui. Si je le quittais, les familles me retrouveraient facilement et en dehors du risque évident que je courrais, cette jolie famille serait également en danger.

C'est dès lors le cœur déchiré que je me résignai à les quitter.

Nous reprîmes le pick-up et la direction du village inconnu où l'Ange espérait trouver de l'aide pour attaquer la *Casa Originale*. Je me posais toujours la même question depuis notre départ. Comment pouvait-il être aussi sûr d'y trouver du secours ? Ce village devait avoir été détruit comme les autres, envahi par les morts-vivants et réduit à quelques personnes qui essayaient de survivre comme Roxanne et sa famille. Pourtant, il ne semblait pas avoir le moindre doute. A défaut de plus d'explications de sa part, Peitane et moi devions bien lui faire confiance. Mais je lui en voulais atrocement de les avoir abandonnés.

—Je ne comprends toujours pas pourquoi vous n'avez pas voulu les emmener, lui dis-je agacée. (Il resta silencieux) Qu'est-ce que ce village peut bien avoir de si particulier pour que ce couple et leurs deux enfants ne puissent pas s'y trouver en sécurité.

—Vous comprendrez lorsque nous y serons.

—Est-ce un village changelin ? (De la banquette arrière, je le vis relever les yeux dans le rétroviseur)

Alors, c'est ça ?

— Ce n'est pas aussi simple.

— Pourquoi ? Les changelins sont-ils si sectaires envers les humains qu'ils ne pourraient pas accepter une famille ?

— L'Ange répète, ce n'est pas aussi simple. Et poser des questions ne vous servira à rien. L'ange n'en dira pas plus jusqu'à ce que nous soyons arrivés.

— Pourquoi ? Aide-moi, Peitane.

— Je suis désolée Caro. Je connais l'Ange depuis longtemps maintenant et même si je n'approuve pas ses méthodes et que je ne vois pas quelles raisons peuvent se cacher derrière cette atroce décision, je sais également qu'il ne changera pas d'avis et qu'il ne sert à rien d'insister.

— L'Ange à ses raisons, dit-il simplement.

— *L'Ange à ses raisons*, répétai-je avec dédain avant de me plonger dans un mutisme total.

A mes yeux, rien ne pouvait justifier une telle décision. Abandonner ainsi quatre personnes adorables à une mort quasi certaine était d'une cruauté et d'une lâcheté abominables. Et j'avais participé à cela. Je me dégoûtais au plus haut point.

Les heures s'écoulèrent avec une lenteur exagérée, faisant défiler des paysages très variés au fil de notre descente vers le sud, jusqu'à ce qu'enfin la voiture s'immobilise. L'Ange avait conduit pendant tout ce temps, zigzagant entre les carcasses de voitures, évitant autant que faire se peut les zombies. Plus compliqué encore fut d'éviter les hordes errantes car, vexée au plus profond de mon être, je refusais désormais d'utiliser mon pouvoir pour nous faciliter le trajet.

Et pourtant, malgré toutes ces difficultés, il ne montrait pas le moindre signe de fatigue. Lorsqu'il sortit de la voiture, il n'avait même pas l'air courbaturé après un si long trajet, contrairement à Peitane et moi qui nous étirâmes dès la portière ouverte.

L'ennui du trajet m'incita à effectuer l'inventaire de notre nourriture. A nous trois, nous en avions encore pour maximum une dizaine de jours. Un rapide calcul mental me confirma que la faim, la douleur et la colère allaient revenir en force. Nous devions encore nous arrêter au village changelin, qui n'était toujours pas en vue, aller jusqu'à la *Casa Originale* et l'attaquer, puis revenir au manoir ou en trouver un autre pour nous procurer de la nourriture. En dix jours, c'était mission impossible. Dans les jours qui suivraient, nous nous comporterions comme n'importe quel mort-vivant ... recherchant et massacrant tous les humains. Un détail faisait pourtant une énorme différence, nous étions beaucoup plus efficaces que les zombies. Des innocents allaient payer et nous ne pourrions rien faire contre ce fait. J'en avais l'estomac retourné. Et j'avais peur. Peur que la douleur ne revienne et que rien ... à part le sang et la chair humaine ... ne puissent l'atténuer. Je n'étais pas assez forte pour résister. Egoïstement, je massacrerais pour me sentir mieux. J'avais honte de ce sentiment, mais je savais qu'il me serait impossible de lutter.

—Que faisons-nous ici ? demandai-je pour sortir de mes sinistres pensées. Nous avons roulé des heures et vous vous arrêtez ici, au milieu de nulle part, devant ces ruines.

—Il s'agit d'un site protégé. Ces ruines et les bois qui les continuent ne peuvent être détruits ni même entretenus. Cette zone est considérée comme zone naturelle, elle est laissée à elle-même. Nous avons dû corrompre beaucoup de monde à pas mal de niveaux, mais nous y sommes heureusement arrivés. Et il y a encore beaucoup d'autres endroits protégés comme celui-ci.

—Comment ça ?

—Croyez-vous que l'amour des humains pour la nature suffisse à autorisez ce genre d'endroit non-exploitable ? Loin s'en faut. Sans corruption, ceux-ci n'aurait jamais vu le jour. Personne n'aurait autorisé de laisser des hectares de terre à l'abandon.

—Ça se voit, dis-je en regardant les plantes et autres herbes qui recouvraient en partie les ruines. Il est évident que personne ne vient jamais ici. Mais alors pourquoi nous y arrêter ? Même si une visite guidée peut être agréable, je ne crois pas que ce soit le bon moment.

Je regardai Peitane, elle restait immobile, fixant les ruines sans dire un mot. Elle avait un caractère bien trempé, mais elle savait faire preuve de patience et, contrairement à moi, évitait les questions inutiles ou irritantes. Mon plus grand défaut : je ne savais pas me taire, même quand j'aurais dû. Aussi loin que je me souvienne, cela avait toujours été le cas et je doutais pouvoir changer un jour.

—Nous sommes arrivés, dit-il simplement.

—Quoi ? C'est ici que vous vouliez nous emmener. C'est ridicule ! Sérieusement, que faisons-nous ici ?

Il leva les yeux au ciel, agacé par mon insistance et s'enfonça de quelques pas dans l'herbe jusqu'à l'entrée des ruines. Il ouvrit la poche latérale de son pantalon et en sortit une petite pierre brillante que je n'avais jamais vue auparavant. Nous approchâmes alors qu'il la déposait sur un morceau de mur qui tenait à peine. Ne sachant trop que penser, je décidai d'emmener le sac à dos avec notre nourriture, juste au cas où.

—Restez bien dans le cercle, nous dit-il.

—Quel cercle ? demandai-je en regardant tout autour.

Je remarquai alors une série de pierres presque enfouies formant un arc en rejoignant le mur. Nous étions tous les trois à l'intérieur.

Sans dire un mot, l'Ange saisit son marteau et frappa violemment la pierre brillante qui éclata dans une pluie de minuscules étoiles. La constellation tournoya autour de nous en suivant le cercle de pierres, prenant de plus en plus de vitesse. Le paysage alentour ondula, brouillant notre vision, puis changea. Des rues de pierre et des maisons se dessinèrent, remplaçant progressivement les ruines et la forêt.

Sous forme d'ombres, nous vîmes des gens avancer vers nous puis, peu à peu, les détails de leurs corps et de leurs vêtements s'esquissèrent pour finalement devenir bien nets.

Nous n'étions plus dans les ruines mais dans un village !

Je me retournai, la route était toujours là avec notre voiture mais elle semblait dans le brouillard, comme si elle nous était inaccessible. C'était tout simplement incroyable.

Etrangement, l'Ange semblait aussi perdu que nous, regardant tout autour les maisons et les villageois qui vaquaient à leurs occupations comme si nous n'étions pas là.

Trois hommes s'approchèrent de nous et les lignes

de leur visage se détaillèrent.

— Oh bord… ! s'exclama Peitane.

— Quoi ? demandai-je stressée.

— Regarde celui du milieu.

Les derniers traits de son visage apparaissaient enfin. C'était l'Ange !

Surprise, je tournai la tête dans sa direction et le vit rouler des épaules comme s'il cherchait à se détendre la nuque. Puis, il tomba à genoux et posa les mains sur le sol devant lui, se retrouvant à quatre pattes. Tout son corps se mit subitement à vibrer dans un sifflement aigu. Peitane et moi reculâmes d'un pas, nous serrant l'une contre l'autre pour nous rassurer. Le corps tout entier de l'Ange changea et quelques secondes plus tard, au milieu des tremblements, nous pouvions distinguer … un loup !

Lorsque les vibrations s'arrêtèrent, le loup redressa la tête, se lécha les babines et se tourna légèrement pour nous faire face.

— *N'ayez pas peur*, dit alors une voix dans notre tête. *C'est toujours comme cela lorsqu'un changelin est proche de son humain d'origine.*

— C'est exact, dit l'homme qui ressemblait à l'Ange. Soyez les bienvenus à Wielka, l'un des cents quatre-vingts *Villages Origine* répartis à travers le monde.

Nous restâmes sans voix devant l'irréalité du spectacle qui s'offrait à nous. Nos yeux voyageaient de tous côtés, observant les gens, les maisons moyenâgeuses et, plus loin sur la gauche, des cultures et des élevages. Une vie en parfaite autarcie dans cet endroit en dehors du monde ... et en dehors du temps.

—Nous t'avons senti arriver, continua l'homme en s'adressant au loup. Mais nous ne pensions pas que tu franchirais la porte. Cela fait des siècles qu'une telle chose n'est pas arrivée.

—*Je sais*, répondit mentalement l'Ange, à présent loup, *mais je pense ne pas avoir eu le choix*.

—Il vaudrait mieux, persista l'homme, prendre un tel risque de nous découvrir au monde ne doit pas être fait à la légère. Et en plus, tu as amené des humains avec toi. C'est à se demander si tu n'as pas perdu la tête.

D'un coup, l'homme nous parut beaucoup moins sympathique et nous nous demandâmes si l'Ange avait pris la bonne décision en nous emmenant ici. Pourtant, le sosie de l'Ange nous invita cordialement à le suivre jusqu'à une maison modeste en rondins de bois et toit de chaume. A côté de la bâtisse, un arbre immense plusieurs fois centenaire lui faisait de l'ombre. Les villageois nous regardaient d'un air sceptique, évitant autant que possible notre regard. Nous n'étions décidément pas à notre place.

—Ne t'éloigne pas de moi, me glissa Peitane.

—Aucun risque, répondis-je en lui prenant la main.

L'Ange-loup et les trois hommes s'assirent à une énorme table en bois massif … et nous invitèrent poliment à rester sur le côté, assises sur deux chaises qui devaient être aussi vieilles que l'arbre. En temps normal, je me serais offusquée d'un tel machisme, mais ici, je préférais m'exécuter sans objecter.

Leur discussion s'éternisa, le loup tournant simplement la tête vers la personne à laquelle il s'adressait mentalement. Nous ne l'entendions pas, c'était extrêmement frustrant. Il leur expliquait certainement la situation dans notre monde mais ses interlocuteurs jetaient régulièrement des regards dans notre direction. Il était évident que les trois hommes pesaient lourdement leurs mots avant de formuler certains commentaires. Si la politesse ne les avait pas empêchés de nous mettre dehors, ils parleraient certainement plus librement.

Cela nous mit plus mal à l'aise encore.

Le débat semblait interminable et déjà, les rayons du soleil qui perçaient par la fenêtre viraient à l'orange. Finalement, l'un des hommes se leva et vint dans notre direction. Il s'arrêta à moins d'un mètre de nous et, au moment où je serais la main de Peitane un peu plus fort, nous invita à le suivre. Sans discuter, et même sans poser de question, nous le suivîmes jusqu'à une maison ou un jeune couple nous accueillit avec distance.

—C'est ici que vous passerez la nuit, dit-il pour seule phrase avant de repartir.

Nous restâmes un instant à regarder nos hôtes un peu gênées puis, dans un silence total, ils nous indiquèrent notre chambre, l'air aussi désarçonné que nous. Ne souhaitant pas les déranger ni les mettre plus mal à l'aise encore, nous pénétrâmes dans la pièce où un double lit trônait.

La porte se referma derrière nous sans un mot.

—Quelle horreur ! s'exclama Peitane, libérée. Mais où sommes-nous tombées ?

—Tu l'as dit, pouffai-je à mon tour. J'ai cru qu'on ne sortirait jamais vivantes de leur réunion. Ce village est vraiment étrange et puis, tu as vu, ils n'arrêtaient pas de regarder dans notre direction, comme s'ils devaient peser chacun de leurs mots en notre présence.

—J'ai remarqué oui, confirma Peitane. J'ai même eu l'impression un moment que l'Ange nous avait attirées dans un piège.

—Oui, moi aussi ! Et puis c'est quoi ce truc où il se change en loup ?

—Et l'autre qui lui ressemble comme deux gouttes d'eau. C'est vraiment du grand n'importe quoi. Et puis, pourquoi ils ont dit que personne n'était plus venu de l'extérieur depuis des centaines d'années ? Comment l'Ange aurait-il pu savoir pour le village alors ? Et comment aurait-il eu la pierre pour y arriver ?

—Je vois que nous nous sommes posé les mêmes questions, dis-je à mon tour. Et regarde ce village. On dirait qu'ils sont restés bloqués au Moyen Age.

—C'est complètement absurde ! Et puis je t'avoue que, si peu de choses m'effraient, je n'étais vraiment pas à l'aise. Je ne sais pas expliquer pourquoi puisqu'ils ne sont pas très nombreux mais ils me font vraiment flipper.

—Moi aussi.

—Ça, je l'ai senti à ma main, dit-elle en se décontractant les doigts.

—Désolée.

—C'est pas grave.

Après ce déballage hâtif de nos toutes premières impressions, un moment de silence suivit.

—Et maintenant, qu'est-ce qu'on fait ? demanda-t-elle soudain plus calme.

—J'ai peur que nous ne puissions pas faire grand-chose à part attendre.

—Je le crains aussi. Et demain ?

—On verra ce qu'ils nous diront, dis-je sans pouvoir donner de réponse plus concrète. Je crois que, pour l'instant, nous ne sommes pas les bienvenues. Peut-être que l'Ange arrivera à les relaxer un peu. On en apprendra sans doute plus à ce moment-là. Je t'avoue que tout ça m'a mise KO, ajoutai-je, en me laissant tomber sur le lit. Je suis tellement tendue que je crois que mes muscles ne vont pas tarder à lâcher.

—Alors, il serait bon qu'on se détende un peu, affirma-t-elle.

—Je suis assez d'accord, confirmai-je en regardant le plafond, mais comment ? Je ne crois pas qu'on puisse sortir se bal...

Mes paroles furent interrompues par ses mains remontant doucement le long de mes jambes. Je relevai la tête d'un coup sec ... elle s'avançait tel un félin au-dessus de moi.

Je lui souris alors que mon cœur s'emballait. Lorsque ses lèvres entrèrent en contact avec les miennes, elles prirent feu instantanément et tout mon corps se souleva d'un intense plaisir dans un souffle profond tandis que ses mains caressaient ma peau sous mes vêtements.

—Cette fois, dit-elle tout bas, je pense que je peux utiliser mon pouvoir.

—Je ne peux pas toujours t'en empêcher, confirmai-je malicieusement.

Un baiser plus intense mit le feu au reste de mon corps. Sans séparer nos lèvres, ses mains s'aventuraient sous mes vêtements, faisant gronder un volcan en moi. À l'unisson, nos souffles s'intensifièrent.

Lorsqu'elle se redressa, je voulus défaire mon pantalon, mais elle repoussa mes mains avec le sourire. Je ne m'y opposai pas tant chaque frôlement de ses doigts sur mon ventre faisait monter ma température. Elle ôta son t-shirt, dévoilant son buste magnifiquement sculpté puis s'allongea à côté de moi. De concert, nous ôtâmes le reste de nos vêtements pour nous retrouver entièrement nues. Le temps se figea alors que nous nous caressions. Chacune de nous admirant le corps de l'autre. Dans un sens, j'étais un peu gênée du regard envieux qu'elle posait sur moi car je la trouvais bien plus belle que moi. Mes doigts parcouraient ses formes parfaites, démarrant de sa cuisse et glissant doucement jusqu'à ses hanches puis son ventre, provoquant chez elle une fugace contraction de plaisir. Je continuai ensuite lentement vers ses seins. Sa main caressait mes cheveux, attisant mon plaisir à chaque frôlement. Même mes caresses sur son corps si doux alimentaient encore le feu qui brûlait en moi. Nous restâmes ainsi de longues minutes, laissant le plaisir monter en nous jusqu'à ce que nos respirations ne fassent plus qu'une. Nous n'en étions qu'aux prémices et nos corps étaient déjà moites de sueur.

Sa main descendit le long de ma cuisse puis remonta lentement entre mes jambes, m'incitant à les écarter légèrement. Ma respiration s'accéléra. Le contact de ses doigts glissant doucement vers mon sexe me faisait bouillir de l'intérieur. Son pouvoir était vraiment fabuleux ! Je la serrai contre moi alors que ses doigts pénétraient en moi m'arrachant un cri que j'essayai d'étouffer. Elle m'incita à basculer sur le dos et m'embrassa en passant sur moi.

Libérant tendrement ses lèvres des miennes après y avoir mis à nouveau le feu, elle descendit doucement, embrassant chaque centimètre de mon corps. Je sentais en moi le feu sous pression. J'essayai de le contenir, mais elle maîtrisait son pouvoir à la perfection. Lentement, elle embrassa mon ventre, attardant sa langue sur mon nombril puis descendit encore un peu. Lorsque sa langue entra en contact avec mes lèvres, le volcan entra en éruption et n'arrêta plus d'exploser pendant de longues secondes. Mes mains agrippèrent le drap, serrant le poing aussi fort que possible. Je me cambrai tant le plaisir était puissant. Bientôt, je n'arriverais plus à contenir mes cris et pourtant, je ne voulais pas l'interrompre, je n'avais jamais ressenti pareille jouissance alors même que l'orgasme se faisait encore attendre. Je me redressai pour la voir, la tête entre mes jambes et posai ma main sur sa nuque, comme pour mieux la sentir en moi. J'eus alors l'impression que je pouvais lui transmettre mon plaisir par le simple contact de ma main. Alors que le volcan en moi entrait en éruption, m'obligeant à contenir un cri bien malgré moi, je libérai tout mon plaisir d'un coup, l'imaginant traverser mon corps par ma main pour le communiquer à Peitane. Elle se crispa et accentua encore son mouvement au moment où tout mon corps se raidissait en un orgasme ahurissant qui m'obligea à me couvrir la bouche pour ne pas hurler de plaisir.

Le souffle court, couchées l'une à côté de l'autre, nous tentions désespérément de récupérer. Incapable de bouger, je posai ma main sur sa cuisse, elle avait le corps chaud et moite, tout comme moi. J'aurais voulu dire tant de choses, mais …

— Waw !

— Comme tu dis, confirma-t-elle.

— Je ne suis pas sûre de pouvoir en faire autant, tu m'as tuée.

— Ce ne sera pas nécessaire.

— Pourtant, tu y as droit aussi.

— C'est fait, dit-elle à mon grand étonnement. Je ne sais pas comment, mais tu m'as transmis ton plaisir, ce qui fait que j'ai joui en même temps que toi. C'était très bizarre … mais magnifique à la fois.

Je me tournai alors vers elle, ma respiration commençait à reprendre un rythme normal. Lorsque mes doigts entrèrent en contact avec son ventre pour la caresser, elle eut un léger soubresaut, reste du plaisir que nous venions de ressentir.

— Je crois que c'est un don que je possède.

— Que veux-tu dire ? demanda-t-elle.

— Je crois que je suis capable de faire passer mes sentiments et mes émotions vers les autres. Je ne l'ai pas fait consciemment, mais au moment de jouir, je sus que je devais placer ma main sur ta nuque pour te faire partager ce que je ressentais.

—Et bien, ça a fonctionné. Ça te fait donc un troisième don.

—Trois ?

—Ben oui, tu sais communiquer avec les sicars par la pensée, tu sais donner des ordres aux zombies et puis ça. Ça fait trois.

Je marquai un moment de silence, réfléchissant à ce qu'elle venait de dire ... mais ce n'était pas tout à fait exact.

—En fait, je pense que j'en ai encore un quatrième. Je ne veux pas gâcher ce moment privilégié, mais lorsque je t'ai embrassée pour la première fois, j'ai ressenti une intense chaleur, comme si elle émanait de toi pour me faire comprendre à quel point tu es quelqu'un de bien.

—C'est plutôt bien, dit-elle l'air sceptique. En quoi est-ce que cela pourrait gâcher ce moment ?

—Quand j'ai ... embrassé Cayetano ...

—Ah ! D'accord.

—J'ai été envahie par une vive vague de froid, comme si tout mon corps gelait sur place. Nous avons cru qu'il s'agissait d'une attaque d'un autre sicar envoyé par les familles, mais je sais aujourd'hui que ce n'était pas le cas. Cela venait de lui ... et du mal qu'il incarnait.

—Ça peut être utile pour tester les gens et connaître leurs réelles intentions.

Je souris, elle n'avait manifestement pas réfléchi aux implications de sa phrase.

—Oui, confirmai-je en souriant, il faudra que j'embrasse chaque personne que nous voudrons tester.

—Euh, je pense que tu devrais plutôt apprendre à

l'utiliser sans devoir les embrasser, rigola-t-elle.

—Je crois en effet que ce serait mieux.

Elle me caressa tendrement la joue et reprit un air plus sérieux quelques secondes plus tard. Elle réfléchissait manifestement beaucoup.

—Quatre dons. Ça fait beaucoup, dit-elle sévèrement en me regardant droit dans les yeux. Alors que les sicars n'en ont aucun et les élégides un seul, il n'est pas étonnant que les familles cherchent à te mettre la main dessus. S'ils découvraient cela, il leur suffirait de donner les sérums de ton père à des descendants Laneiros pour former une armée d'une incroyable puissance.

—C'est aussi ce que je crois. Mais crois-moi, soufflai-je, j'aurais préféré n'avoir aucun don et qu'on me laisse tranquille. Je n'aime pas devoir me cacher et fuir.

—En l'occurrence, on ne fuit pas puisqu'on va à leur rencontre.

—C'est pas faux. Espérons que ça marchera.

—Oui, espérons-le, confirma-t-elle.

Au matin, quelqu'un frappa à la porte alors que nous dormions encore profondément. Comme ils nous avaient placées dans une chambre sans fenêtre, je ne pus déterminer si le jour était déjà avancé ou pas. Lorsque nous répondîmes enfin, notre hôtesse entra avec un plateau de jus de fruit, de pain encore chaud et un pot de confiture. Comme il s'agissait d'une femme, nous négligeâmes de protéger plus avant notre nudité. Elle nous regarda avec étonnement en constatant que nous avions dormi ensemble … et nue ! Elle s'empressa de déposer le plateau et sortit en évitant notre regard.

Je regardai Peitane. Nous sourîmes.

—Il va falloir nous y habituer. La plupart des gens vont nous adresser des regards choqués ... ou pervers pour certains.

—Tant pis pour eux.

—Tu l'as dit, sourit-elle.

Le contenu du plateau avait l'air délicieux. Le jus de fruit était fraîchement pressé et la confiture visiblement faite maison. Il nous fit forte envie. Mais nous ne pouvions pas en manger sous peine d'empoisonnement. Nous prîmes nos propres jus et notre barre de céréales insipides qui nous procurèrent malgré tout un vif soulagement. Après pas mal d'heures sans manger, ayant oublié le repas la veille au soir, la faim accompagnée de cette pénible douleur commençaient à refaire surface.

Mes yeux s'attardaient continuellement sur le plateau, regrettant encore ma vie d'avant. Je n'accordais à cette époque pas beaucoup d'importance à la nourriture et, je l'avoue, je ne prenais pas le temps d'en apprécier toutes les saveurs. Je voudrais aujourd'hui retourner en arrière et déguster lentement cette tranche de pain, cette confiture et ce jus pressé. Mais c'était impossible.

Sans pouvoir nous rafraîchir comme la plupart des matins depuis notre départ du manoir, nous nous habillâmes. Nous avions été bien heureuses de pouvoir prendre une douche chez Sébastien et Roxanne la veille, mais dans ce village, allez savoir quand nous en aurions l'occasion et dans quelles conditions.

Lorsque nous sortîmes de la chambre, notre hôte, le regard accusateur, nous escorta jusqu'à la maison où s'étaient tenus les débats de la veille.

L'Ange en loup, son sosie et deux autres hommes nous attendaient. Nous nous dirigeâmes vers nos deux chaises sans affronter leurs regards, mais le sosie nous invita à nous asseoir avec eux.

Un peu surprises, nous obtempérâmes pourtant.

—Nous avons longuement discuté, dit-il, et Fausto est parvenu à nous convaincre que vous êtes de notre côté et que nous pouvons vous faire confiance.

Il vit notre interrogation sur nos visages : qui était Fausto ?

—*C'est moi*, s'insinua une voix dans nos têtes. *Mon nom de naissance est Fausto Liberos.*

Nous regardâmes le loup dans les yeux, c'était bien lui qui nous parlait. Donc, l'Ange s'appelait ainsi. Il nous avait raconté son histoire, mais je ne m'étais jamais demandé quel était son vrai nom. Dans un sens, cela l'humanisait enfin.

—Et vous, demandai-je, quel est votre nom ?

—Fausto Liberos.

Une nouvelle surprise marqua notre visage. Se moquaient-ils de nous ? Puis, je me rappelais ce que Peitane m'avait expliqué sur les légendes au sujet des changelins. Les bébés étaient enlevés à la naissance et remplacés par un changelin. Serait-il donc possible que … ?

—Je suis le vrai Fausto. L'Ange, puisque c'est comme cela qu'il se fait appeler aujourd'hui, est ma copie. (Mon visage se décomposa en imaginant l'endroit dans lequel nous nous trouvions) Ce village regroupe les enfants qui ont été enlevés à leur famille depuis des siècles. Cet endroit est particulier car une fois adulte, nous ne vieillissons plus. (Je regardais l'Ange changé en loup) Le loup est la forme basique des changelins. Lorsqu'une copie se trouve dans le même monde que son original, elle reprend sa forme originelle. C'est pourquoi les villages comme celui-ci sont séparés de votre monde par un sort. Si ce n'était pas le cas, les changelins de votre monde seraient en fait des loups.

— Donc, dis-je en me redressant dans ma chaise, vous êtes dans une sorte de prison.

Peitane me fusilla du regard.

— On pourrait le croire, mais en fait, nous sommes très bien ici. Quand nous voyons comment évolue votre monde, surtout ces derniers temps, nous sommes heureux où nous sommes.

— Et vous n'avez jamais eu envie de retourner voir vos parents ?

— Caro ! s'interposa Peitane.

— Ce n'est rien, la rassura Fausto. Non, pourquoi ?

— Ben, ce sont vos parents, répondis-je sceptique tant cela me semblait une évidence.

— Non, nous n'avons jamais eu de tels projets.

Le sort qui les retenait ici devait être extraordinairement puissant. Ceux qui avaient fait cela, qui qu'ils soient, elfes ou autres monstres, devaient également s'être assuré qu'ils ne retourneraient jamais de l'autre côté, sinon l'existence même des changelins n'aurait pas pu rester secrète.

— Quoi qu'il en soit, continua Fausto, l'Ange nous a expliqué son plan et, étant donné les circonstances, nous avons décidé de le soutenir. D'ici trois jours, un conseil exceptionnel des cent quatre-vingts *Villages Origine* se tiendra pour décider si nous sortons au grand jour ou pas.

Alors tel était le but de l'Ange en venant ici. Il

voulait lever une armée … bien joué ! Cent quatre-vingts villages ! Des milliers de personnes.

— Et donc, vous pouvez sortir quand vous voulez.

— En effet.

— Mais personne n'en a jamais eu envie, même pas pour faire juste un petit tour ?

— Non, pourquoi ?

— Oh ! Pour rien.

Le sort qui les retenait enfermés était décidément bien pensé. Plus efficace qu'un mur, il suffisait de les convaincre qu'ils étaient mieux ici que dehors. Heureux d'être emprisonnés … incroyable !

— Et quel est votre plan exactement ? demanda Peitane qui prenait si rarement part aux discussions.

Elle devait avoir un doute quant à leurs intentions et son regard sévère confirmait mon impression. De mon côté, j'avais beau réfléchir, je ne voyais pas de mal à ce qu'ils nous prêtent main forte.

— Lorsque les originaux sortiront dans votre monde, tous les changelins se transformeront en loups. A partir de ce moment, nous pourrons communiquer facilement avec chacun d'eux par la pensée et les faire venir ici. Ceux qui ont accès par la terre nous rejoindrons en quelques jours. Les autres … resteront où ils sont.

— Et combien comptez-vous en recruter ? demanda Peitane. La plupart sont sans doute morts, assassinés par la vague de zombies.

— Autant qu'il reste d'originaux. Un original est lié à son changelin. Si le changelin meurt, l'original aussi. L'inverse par contre n'est pas vrai.

— Et donc, vous voulez lever une armée de changelins et d'originaux pour attaquer la *Casa*

Originale, affirmais-je.

— Non, pas exactement, me contredit Fausto. Les changelins sont extrêmement vulnérables sous leur forme loup et nous, les originaux, ne savons pas nous battre. L'armée la plus efficace sera donc une armée composée uniquement de changelins sous leur forme humaine.

— Et donc, vous allez sortir, appeler tous les changelins puis rentrer dans vos villages pour qu'ils reprennent leur forme humaine.

— Non, dit-il avec calme et sérénité. Nous ne pourrons plus rentrer. Une fois sortis, c'est impossible.

— Mais, objecta Peitane. L'Ange est bien rentré en cassant une pierre.

— Chaque changelin à une pierre. Nous n'en avons pas et de toute façon, nous ne sommes pas des êtres magiques, nous ne serions pas capable de les utiliser.

— Mais comment vont-ils reprendre leur forme humaine dans ce cas ?

— Ils vont nous tuer, conclut-il sur le même ton calme.

Cette affirmation, faite sur un ton atone et détaché, nous transperça le cœur. Notre regard se posa instinctivement sur l'Ange-en-loup qui nous fixait sans la moindre émotion.

— Et vous acceptez cela ? demanda Peitane.

Sans dire un mot, Fausto se leva, s'écarta légèrement de la table, prit un long couteau … et se le planta en plein cœur sans la moindre hésitation. Il s'effondra sur le sol la seconde qui suivit.

— Oh bord … m'exclamai-je. Qu'est-ce que … ?

En panique, je me retournai vers l'Ange pour essayer de comprendre ce qui venait de se passer. Tout le corps du loup se mit à trembler et, en quelques secondes, l'Ange avait repris sa forme humaine.

— Ah ! Je préfère ça, dit-il avec un vif sentiment de satisfaction.

— Mais que … ? bégaya Peitane en regardant l'Ange.

— Les originaux nous sont entièrement dévoués. Si leur mort peut nous sauver, ils le feront sans hésiter … la preuve, dit-il en pointant la direction du cadavre.

Fausto était encore en train de se vider de son sang quand deux hommes entrèrent et l'emmenèrent sans être affectés le moins du monde.

— A présent, je suis en pleine possession de toute ma force. Et c'est ce que je veux offrir aux autres changelins. C'est le seul moyen pour vaincre les familles.

— Le seul moyen ! hurlai-je furieuse. Et pour cela, tu vas commettre un génocide. Ça ne vous a pas suffi de les enlever à la naissance et de les emprisonner, il vous faut aussi les tuer !

— C'est un sacrifice nécessaire.

— Vous êtes des monstres ! Et après, que ferez-vous ?

— Nous règnerons sur le monde qui nous revient.

— Quoi ! cria Peitane.

— Les humains ont perdu leur chance. Ils se sont autodétruits. C'est à notre tour. Nous allons nettoyer le monde et en prendre le contrôle.

— Tu es complètement cinglé, lui lançai-je furieuse. En faisant cela, tu ne fais pas mieux que les familles que tu combats.

— En fait, en essayant de prendre le pouvoir, les élégides nous ont offert la plus belle des opportunités.

Nous devons les détruire, mais c'est réellement grâce à eux si nous y parvenons. Nous ne serons dès lors plus obligés de nous cacher, nous pourrons vivre en totale liberté au grand jour.

— Je t'en prie, réfléchis, dis-je plus calmement. Si tu m'as sauvée, c'est que tu n'as pas un si mauvais fond. Je suis sûre que cela ne te plaît pas de perpétrer un tel génocide.

— Au contraire, je m'en moque complètement. Si je t'ai libérée, c'est uniquement parce que j'avais besoin de l'aide de Peitane pour fuir et que je ne voulais pas que tu restes entre les mains des Laneiros, tu es trop importante à leurs yeux. Et puis, sans toi, je ne serais sans doute pas arrivé à battre Cayetano. Alors n'y voit rien de personnel, mais tu ne représentes rien pour moi.

Il se leva de sa chaise et fit le tour de la table pour venir se placer près de nous. Il était toujours aussi calme, mais son ton changea pour devenir moins froid.

— Par contre, je te donne l'occasion de te joindre à nous. C'est pour cela que je t'ai amenée ici. Tes pouvoirs nous seront très utiles et nous pourrons t'offrir la vie tranquille dont tu rêves, sans les familles. N'est-ce pas ce que tu as toujours voulu ?

Bien sûr que j'en rêvais, mais à quel prix ? Etais-je prête à payer par un génocide ? Les élégides, d'accord, car ils cherchent à me tuer, mais les humains. Des humains comme Sébastien et Roxanne … et leurs enfants … non, un tel prix m'était inconcevable.

— Non, dis-je ne me levant brutalement, pas comme ça ! Abandonne cette idée, il n'est pas question de massacrer tous ces pauvres gens.

— Oh là ! Serait-ce un ordre ?

—Disons plutôt un conseil avisé, répondis-je sévèrement alors que Peitane se levait à son tour pour se placer à côté de moi.

Elle n'avait pas l'air très à l'aise. La tournure que prenaient les événements était vraiment inattendue et cela ne la rassurait pas car elle connaissait la force de l'Ange. Pourtant, il n'était pas question que je le laisse faire.

—Mes demoiselles, nous ne sommes pas obligés d'en arriver là. Allez, je suis bon prince, je vous donne l'occasion de partir si vous ne voulez pas vous joindre à moi. Partez et faites comme bon vous semble.

—Ce n'est pas possible, répondis-je immédiatement. Nous ne voulons pas de ce plan horrible, il faut que tu l'abandonnes ... ou que tu meures. Alors, abandonne, je t'en supplie !

—Hors de question, tu comprends bien que ...

Bien consciente de ce que nous n'avions pas l'avantage de la force, je ne pouvais compter que sur l'effet de surprise. Dès lors, avant la fin de sa phrase, je bondis à son cou en saisissant mon marteau au vol.

Mais il était rapide.

Avec aisance, il esquiva ma frappe et, me faisant perdre l'équilibre, m'envoya heurter le mur en bois. Un bruit sourd de bois plein résonna dans toute la pièce. Peitane n'avait pas encore bougé. La main sur son marteau, elle ne savait trop que faire, elle avait peur de l'Ange. Mais en me voyant en si mauvaise posture avec l'Ange qui s'avançait sur moi, elle hurla pour attirer son attention et dégaina son arme.

—Peitane, ne sois pas aussi stupide qu'elle. Nous avons fait un fameux bout de chemin ensemble, tu sais que j'ai raison.

—La raison n'est pas toujours le bon chemin. Si ton plan assure la réussite, le prix à payer est trop élevé. Je suis d'accord avec Caroline, nous devons trouver une autre solution.

—Il n'y a pas d'autre solution, pas pour nous en tout cas. Tu dois l'accepter. L'important, c'est la victoire, pas les moyens d'y arriver. Si les changelins ne saisissent pas cette opportunité, ils ne pourront peut-être jamais avoir la place qui leur revient.

—Alors sur ce point, mon opinion diverge de la tienne.

—C'est vraiment dommage.

Le combat s'engagea entre les deux, voletant dans la pièce. Leurs coups se succédaient de frappes et de parades. Puis, sentant bien que l'Ange était plus fort qu'elle, Peitane changea de tactique et le saisit au cou.

Mais il sourit.

—As-tu oublié que je suis insensible au pouvoir des élégides ? demanda-t-il de manière purement rhétorique.

Il la frappa violemment de sa main libre avant qu'elle ne puisse réagir. Elle s'effondra lourdement sur le sol.

Entretemps, je m'étais relevée et lui sautai dessus. Le marteau levé bien haut j'allais frapper de toutes mes forces. Mais avec une incroyable rapidité, il fit volteface, saisit mon bras et, continuant ma course, me projeta contre le mur. Je n'avais pas encore assez d'entraînement, je étais encore trop lente.

Occupé à me neutraliser, il ne vit pas Peitane qui s'était redressée. Elle le frappa au genou. Sous la violence de l'impact, j'entendis les os éclater. Il tomba à genoux dans un cri de douleur. Elle bondit, le marteau saisi fermement prêt à s'abattre sur le crâne du changelin.

Soudain, une lumière vive apparut sur la poitrine de l'Ange, la même qui avait pris naissance lors de son combat dans le manoir. La seconde suivante, la lumière explosait, projetant Peitane contre le plafond et me faisant basculer en arrière contre le mur. Le choc fut tel que je perdis presque connaissance. Peitane heurta le plafond si fort que le bois craqua. Elle s'écrasa sur le sol … inconsciente.

L'Ange se releva en boitant, le visage marqué par la douleur. Peitane ne représentant plus une menace, il se tourna vers moi et s'avança de quelques pas.

—C'était idiot de votre part. Je vous aime bien les filles mais je ne peux accepter que quiconque se mette en travers de notre route. Au nom de cette amitié qui fut réelle, quoi que tu puisses en penser, je vous laisse partir. Mais ne vous retrouvez jamais plus sur mon chemin. La prochaine fois, je vous tuerai.

Je n'y avais pas prêté attention, mais toute la durée du combat, les villageois étaient restés passifs. Ils n'avaient pas fui et ne semblaient même pas avoir eu peur de ce qui se passait. Je me rendis compte une fois de plus de la puissance du sort qui les liait aux changelins et à cet endroit. Des robots au service de ces monstres, des marionnettes articulées par une magie d'une incroyable force. Leur vie leur avait été volée à leur naissance … et ne leur serait jamais rendue.

Un villageois m'aida à me relever et un autre prit Peitane dans ses bras. Du sang coulait de son front et de sa lèvre. En voyant mon regard triste et inquiet, l'homme déposa l'oreille sur sa poitrine puis me regarda.

— Elle est toujours en vie.

Je poussai un soupir de soulagement alors qu'elle reprenait déjà connaissance. Peitane exigea qu'il la dépose, elle pourrait marcher seule. Je courus dans ses bras puis nous marchâmes de concert jusqu'à l'endroit indiqué par le villageois.

— Attendez ! cria l'Ange derrière nous. N'oubliez pas ceci.

Il me tendit le sac à dos avec notre nourriture en nous regardant d'un air triste. Il éprouvait manifestement la même déception que nous face au comportement de l'autre. Mais au-delà de cette possible compréhension, le principe en lui-même était inacceptable.

— Merci, dis-je malgré tout. En as-tu gardé pour toi ?

— Naturellement. Mais je vous en supplie, restez loin de ma route à l'avenir, je détesterais devoir vous tuer.

Je ne répondis rien … il n'y avait rien à répondre.

Quelques pas seulement nous séparaient du monde réel et nous les franchîmes le cœur lourd. L'Ange était notre ami malgré tout, il m'avait sauvé la vie et Peitane avait partagé beaucoup de moments avec lui.

Le brouillard qui enveloppait la voiture et la route disparut progressivement. Nous étions revenues dans notre monde. Nous restâmes silencieuses un bon moment ne sachant trop que dire face à cette situation. J'avais une fois de plus été trahie. Cayetano d'abord et l'Ange à présent. Il ne me restait que Peitane, la seule qui avait toujours été à mes côtés et ne m'abandonnerait jamais. Je n'arrivais plus à réfléchir. Pour l'instant, la seule chose qui importait était de s'éloigner d'ici, nous ferions le point à un autre moment.

— As-tu les clés ? me demanda Peitane assise derrière le volant.

— Non, je crois que l'Ange les a encore.

— Et m... ! Alors on va devoir marcher.

— Quand nous sommes arrivés, nous avons traversé un village à quelques kilomètres. On devrait y aller pour se mettre à l'abri, dis-je en montrant de gros nuages noirs qui s'avançaient vers nous.

— C'est le plus sage en effet.

—Regarde les rues, me dit Lucas. Les zombies errent avec une lenteur extrême. A mon avis, ils n'ont plus eu de nourriture depuis plusieurs jours. Ce sera un avantage pour nous.

Nous avions arrêté le véhicule un bon kilomètre avant le village, le long de la grand route. Il n'y avait aucun zombie en vue et nous préférions nous faufiler discrètement, ne sachant pas qui nous pourrions croiser dans le village. Par mesure de précaution, le pick-up représentant notre seul moyen de transport, Lucas préféra enlever la batterie et la cacher un peu plus loin au pied d'un arbre.

C'était le troisième village où nous nous arrêtions depuis notre départ pour trouver de la nourriture et d'éventuelles armes. Mais jusqu'ici, la chance nous avait manqué, les zombies étaient trop nombreux. Nos provisions n'étaient pas éternelles et nous n'en aurions pas suffisamment pour arriver chez mon oncle, c'est pourquoi nous devions continuer à chercher.

Vingt jours s'étaient écoulés depuis l'apparition des premiers somnambules et aujourd'hui, ils étaient partout, rôdant dans les rues, les campagnes et les forêts telles des âmes perdues. Chaque pas impliquait de grandes précautions, l'un deux pouvant surgir de l'ombre à tout moment. Un endroit tranquille à première vue n'était pas sûr pour autant car certains restaient simplement immobiles à attendre leur proie telle des plantes carnivores. Ils pouvaient dès lors se trouver derrière un café, au détour d'un rayon dans un magasin, au coin d'un mur, dans l'ombre d'une ruelle … ou simplement derrière vous. A moins de vous enfermer dans un endroit que vous aviez nettoyé vous-même, aucune zone n'était sécurisée, vous n'étiez en paix nulle part.

Voilà le monde dans lequel nous évoluions à présent.

—Oui, répondis-je, cette fois on devrait pouvoir prendre le risque de s'y aventurer, ils n'ont pas l'air trop nombreux.

—Marc ? appela Axelle. Regarde sur la gauche.

A part les lumières des rues qui brûlaient toujours, toutes les maisons étaient plongées dans le noir … sauf une. A la lucarne, une lumière scintillait. Il y avait encore quelqu'un dans ce village.

—Je vois. Fait ch… ! pestai-je.

—Pourquoi ? demanda-t-elle ne comprenant pas ma réaction. Ce n'est que dans une seule maison.

—On ne sait plus à qui on peut se fier. S'ils sont plusieurs et sont animés des mêmes intentions que ceux qui ont enfoncé la grille chez moi, nous risquons de tout perdre, voire pire. En plus, s'il y a encore quelqu'un, il y a plus de chance pour que les magasins soient déjà vidés.

—Qu'est-ce que tu proposes alors ? demanda Lucas.

—Je ne sais pas, honnêtement. Toi, que ferais-tu ?

Lucas était généralement plus réfléchi que moi et ses propositions s'avéraient souvent les meilleures. Même s'il ne voulait pas prendre la tête et décider pour le groupe, il valait mieux l'écouter avec attention. C'est pourquoi je prenais toujours le temps de lui demander son avis.

—Je crois qu'on peut prendre le risque. Ils ne peuvent pas être des dizaines dans cette maison et ils sont apparemment les derniers. En plus, en vingt jours seulement, les magasins ne doivent pas encore être totalement vides. Comme on n'a que nos sacs à dos pour rester mobiles, on n'a pas besoin de prendre beaucoup de choses dans les rayons.

— Alors on tente le coup ?

—Je crois qu'on peut, oui.

— Axelle ?

—Je vous suis quoi que vous décidiez.

J'observai encore un instant le village.

Quelques zombies dans chaque rue. Grâce à l'habileté de Lucas, on devrait en venir facilement à bout tant qu'ils ne se regroupaient pas. On pourrait également éviter la maison habitée, les magasins étaient situés quelques rues plus loin.

— C'est bon, on y va.

Nous descendîmes silencieusement la rue pour ne pas attirer inutilement l'attention. Nous mettions aisément hors d'état les quelques somnambules que nous croisions. Arrivés à l'entrée du village, nous nous cachâmes au coin d'une maison. Un rapide coup d'œil confirma le peu de somnambules dans la rue. Je fis le signe « six » avec mes mains vers Lucas qui fermait la marche pour s'assurer qu'on ne soit pas surpris par derrière.

—On reste autant que possible dans l'ombre, dis-je tout bas, et on agit en silence, ajoutai-je comme si cela était encore nécessaire.

Nous nous faufilâmes dans l'obscurité, frappant d'un coup sûr chacun des zombies rencontrés. Sans difficulté, nous rejoignîmes le bout de la rue qui formait un carrefour en « T ». Nous devions partir vers la droite. Côté gauche, une dizaine de zombie erraient sans but et à droite, j'en vis seulement trois. Nous avions donc un peu de chance, mais il nous fallait encore passer et liquider les trois sans attirer l'attention des dix autres. Je fis signe à Lucas de se placer au coin gauche pour nous couvrir en cas de besoin. Axelle et moi nous chargerions des trois autres. Un instant plus tard, Axelle faisait signe à Lucas de nous rejoindre. Plus que trois rues et nous serions au magasin. Avec la même prudence, nous progressâmes jusqu'au magasin sans trop d'encombre. Mais cette artère, plus importante, était forcément plus bondée. Une vingtaine de morts-vivants déambulaient à l'affut du moindre bruit. Pas question de prendre le risque de les affronter tous. Nous pourrions faire du bruit dans une rue proche pour les disperser, mais cela risquait de rameuter et donc de rapprocher les zombies des autres rues. Certains seraient peut-être même arrivés par notre rue, nous prenant en tenaille. Nous ne retînmes pas cette option. Paradoxalement, le plus prudent nous sembla encore de rejoindre la porte du magasin et de la refermer derrière nous. Même si les zombies se regroupaient devant l'entrée, nous pourrions les tuer l'un après l'autre plus aisément en utilisant la porte comme entonnoir. Pressant le pas mais sans courir pour éviter de nous séparer, nous contournâmes les zombies trop lents et pénétrâmes dans le magasin. Lucas ferma la porte derrière nous et la bloqua avec le dossier d'une chaise à proximité.

Les lumières de la rue pénétraient par tranches dans le magasin provoquant de vastes zones éclairées … mais également des zones très sombres. Devant la porte, les zombies de la rue s'agglutinèrent, poussant la vitre et écrasant leur visage pour essayer de nous mordre. Leurs râles d'envie et de frustration nous parvenaient de manière étouffée à travers la vitre. Le moment où nous devrions sortir m'angoissa plus que je l'avais imaginé.

Contrairement à ce que nous avions supposé, les rayons étaient encore bien fournis, quasiment pleins en réalité. Nous allions pouvoir remplir aisément nos sacs à dos.

—On ne traîne pas ici, dit Lucas en s'avançant déjà dans le rayon des boites de conserve.

Je m'occupai du rayon matériel pour y trouver des bandages, du désinfectant ou tout ce qui pourrait nous servir d'arme pendant qu'Axelle et Lucas remplissaient les sacs de nourriture. Nous nous étions organisés de la sorte et nous n'avions plus besoin d'en parler. Je jetai quelques boites de bandages et de pansements dans mon sac quand …

—On sort d'ici ! cria Lucas après un hurlement d'Axelle.

Sans hésiter, je sortis du rayon.

—Il y en a plein ! cria Axelle en me voyant.

Je regardai rapidement autour de nous. L'unique porte du magasin était bloquée. Lucas sortit du rayon, une dizaine de morts-vivants à ses trousses. Il en tua encore un puis nous rejoignit. On était coincés ! On avait tellement pensé aux zombies des rues qu'on en avait négligé ceux qui pouvaient nous piéger à l'intérieur des bâtiments. Mon regard passait frénétiquement des zombies à la porte, ne sachant quoi faire.

—Par là ! cria Lucas en pointant du doigt derrière moi.

Je me retournai et aperçus une fenêtre. Il passa à côté de moi, n'attendant pas que je réagisse. Axelle courait à sa suite. Je pivotai à nouveau, les zombies arrivaient sur moi, je devais réagir ! Je frappai le premier zombie qui s'écroula sur le sol puis je reculai de deux pas. J'entendis la fenêtre éclater, Lucas venait d'y jeter un petit fut de bière et poussait déjà Axelle pour l'aider à sortir. Je me mis à courir et une fois Lucas dehors, je me jetai par la fenêtre. Heureusement pour nous, la rue était déserte, mais les bruits de verre attireraient indubitablement les zombies. Nous devions fuir rapidement. Nous courions sans nous retourner, contournant les somnambules autant que possible, ne ralentissant pour les tuer que lorsque nous n'avions pas d'autre choix. Plusieurs rues plus loin, perdus dans le village, nous débouchâmes à bout de souffle sur une petite place cerclée de parking où les voitures s'empoussiéraient. Au centre, quelques bancs et deux grands chênes. La place était délimitée par des habitations à plusieurs niveaux, une taverne, une boulangerie et une librairie. Derrière nous, plusieurs dizaines de zombies nous poursuivaient, attirés par notre course.

Sur la place, une cinquantaine de zombies !

Mais d'où venaient-ils ? Lorsque nous les avions

observés depuis l'extérieur du village, ils ne semblaient pourtant pas si nombreux. Je regardai les quatre rues qui rejoignaient la place, les zombies continuaient à affluer, attirés par le mouvement des autres.

Nous nous retrouvions encerclés par une horde de somnambules et nous n'avions presque aucune chance d'en sortir.

— Les amis, dit Lucas, je pense que nous allons être très fatigués ce soir. Il y a du monde et d'autres arrivent encore.

— Alors, il vaut mieux choisir une direction et foncer avant d'être submergés, lança Axelle.

— Là, près du bar, la rue est plus étroite. Il y en aura certainement moins.

A force de frapper, nous nous frayâmes un passage en perçant les crânes des zombies sur notre route. Sur cette place, nous fûmes confrontés plusieurs fois à ce qui nous terrorisait le plus, des enfants. Même si nous savions qu'ils étaient déjà morts et n'hésiteraient pas à nous dévorer, leur exploser le crâne laissait toujours un vif sentiment d'amertume. Malgré les morts-vivants qui nous ralentissaient, nous progressions plus vite que nos poursuivants mais il en arrivait toujours plus. La rue n'était plus très loin et même si nos membres s'ankylosaient, nous ne baissions pas la cadence ni la force. Notre vie en dépendait. Puis …

— Oh ! Bordel d …, s'exclama Lucas, plus loin devant nous. (Il frappa deux zombies et se retourna en hurlant) La rue est totalement bouchée !

Nous n'avions plus aucun moyen de fuir, la place était bondée et les premiers nous rattraperaient dans les secondes qui suivaient. Ils étaient trop nombreux, des centaines de coups de marteau et de battes de base-ball seraient nécessaires pour en venir à bout, nous ne tiendrions jamais le coup.

—Marc, que fait-on ? pleura Axelle, presque hystérique.

Je ne répondis rien, je ne savais pas. Je ne savais plus.

Même Lucas semblait perdu, lui qui gardait toujours un sang-froid irréprochable. Nous n'avions en fait pas le choix, mourir ... ou nous battre en espérant tenir le coup.

Hurlant de toute mes forces, je fonçai dans le tas, frappant à tout va. Ma respiration lourde ne me gênait plus, mes bras douloureux n'entravaient en rien la force de mes coups. Ce n'était plus moi qui frappait mais une machine soudainement inconsciente du danger. Axelle et Lucas m'imitèrent. Je frappai et frappai encore, les cadavres s'amoncelaient autour de moi ... mais ma liberté de mouvements s'amenuisait au fur et à mesure que le nombre de zombies croissait autour de moi. Ma rage n'allait pas suffire.

Je regrettai à cet instant l'arme que j'utilisais. Ma batte de base-ball était lourde et lente face à la horde trop proche de moi, elle devenait presque inutilisable. J'aurais dû prendre un marteau comme Lucas, qui laissait en toute circonstance une facilité de frappe. J'allais payer chèrement cette erreur. D'ici quelques secondes, ils allaient me submerger et me dévorer ... Je ne pouvais plus rien y faire. Mes coups baissaient d'intensité à mesure que le désespoir me gagnait.

Je m'apprêtai à frapper un autre zombie, lorsque je vis éclater son crâne, brisant net mon élan. Je restai coi un instant alors qu'un vacarme assourdissant de coups de feu successifs retentissait sur la place. Deux zombies s'effondrèrent à mes côtés. Le temps que je me retourne pour voir ce dont il s'agissait, quatre autres somnambules s'effondraient.

Trois hommes d'âge mûr étaient sortis du café armés de fusils et de pistolets pour nous aider. Les morts-vivants s'effondraient les uns après les autres alors que je ne réagissais plus tant la surprise était grande.

—Entrez ! hurla un des hommes.

Sans me faire prier, je courus vers la porte, happant Axelle au passage. L'instant suivant, nous étions tous entrés et ils fermaient le volet métallique protégeant la porte. Je m'effondrai sur le sol, épuisé. Axelle se jeta sur moi pour m'embrasser.

—J'ai cru que tout était perdu.

—Moi aussi, mon amour. Waw, on s'en est sortis ! hurlai-je de soulagement.

—Ouais ! Ben, vous avez eu de la chance ! lança un des hommes. Qu'est-ce que vous foutiez dehors, vous êtes malades ou quoi ?

L'homme était grand et costaud, le visage taillé au burin et ses cheveux parfaitement coupés grisonnaient sur les tempes. Une veste en cuir auburn dessinait parfaitement sa carrure. Je ne répondis pas, cherchant encore à reprendre mon souffle. C'est Lucas qui prit la parole.

—Nous étions venus chercher de la nourriture. On s'est fait piéger.

—Bien sûr que vous vous êtes fait piéger ! cria-t-il, comme sur des enfants. Ils sont partout et bien trop nombreux pour un petit groupe de trois dont une femme … sans offense m'dame.

—Merci pour votre aide.

—Ouais, ben ça ne me plaît pas ! On a dû gaspiller des munitions pour vous sauver les fesses.

—Désolé, ce n'était pas le but, dit Lucas repentant.

L'homme se calma subitement et rangea son pistolet dans son étui.

—J'ai besoin d'un verre, moi. Charles, tu me mets un Picon s'il te plaît.

Charles était un bon vivant, les pommettes rouges et le ventre bedonnant. Pourtant, on sentait qu'une grande partie de sa bonne humeur naturelle s'en était allée, sans doute avec l'arrivée des zombies.

—Volontiers, j'en prends un aussi. Pierre, tu en veux un aussi.

—C'te question. Bien sûr ! Le même que Louis.

Pierre devait être maçon ou du moins travailler dans le bâtiment. Ses mains usées mais solides témoignaient pour lui.

—Et vous, les enfants, demanda Charles. Vous voulez boire quelque chose en attendant que les affreux arrêtent de taper sur le volet.

—Une bière, si c'est possible, répondit Lucas. J'en ai besoin.

—Idem pour moi, dis-je.

—Pour moi aussi, termina Axelle.

Je me relevai pour serrer la main de nos sauveurs en les remerciant chaleureusement. Sans eux, nous serions morts.

Le café était typique des petits villages de campagne, tout en bois. De vieux lustres au plafond et des appliques murales diffusaient une lumière chiche. Grâce aux lourds volets de métal opaques, ils pouvaient rester éclairés. De grands tabourets se dressaient devant le bar où le dénommé Charles, certainement le tenancier, servait les verres.

— Louis, dit-il. Tu vas chercher nos femmes.

— Est-ce bien prudent ?

— Allons, ce sont des gosses, et le couple là, il est trop mignon pour faire du mal à qui que ce soit.

Axelle rougit.

— Tu vois ! appuya-t-il.

Un instant plus tard, deux femmes descendaient de vieux escaliers branlants et débouchaient dans notre pièce.

— Les enfants, dit Charles, voici Thérèse, ma très chère maman, Nicole, ma femme et Arlette, la femme de Louis.

Les trois femmes s'avancèrent pour nous embrasser comme si nous étions de la famille. C'était réconfortant. Alors que nous avions tout perdu, sentir un peu de chaleur humaine réchauffait le cœur.

— Je m'appelle Marc, dis-je pour leur rendre la politesse. Voici Axelle, ma compagne et Lucas, un ami. Nous ne vous remercierons jamais assez, vous venez de nous sauver la vie.

— C'est bon, mon gars, dit Louis. Tu ne vas pas nous remercier toute la nuit. Bois un coup, ça te fera du bien, ajouta-t-il en me tapotant les épaules. Et j'espère que vous ne m'en voulez pas de vous avoir un peu bousculés.

— Bien sûr que non, ce serait mal venu, le rassurai-je.

— Vous vivez ici ? demanda Lucas.

— Ouais, mon gars. Enfin, depuis que les affreux ont débarqué et mangé tout le monde. Quand c'est devenu trop tendu, on s'est retranché ici pour éviter de se faire bouffer.

— Vous avez bien fait, ce n'est plus vraiment vivable dehors, dis-je.

— Tu l'as dit. Et vous allez où comme ça tout mignons au milieu des affreux ?

— Chez mon oncle. La maison où nous étions n'était plus sûre (j'éludai la mort de mes parents et le fait que nous n'avions jamais retrouvé ceux d'Axelle) et nous avons décidé d'aller habiter chez lui. Ce sera plus sûr.

— S'il est encore en vie, s'exclama Pierre.

— Pierre ! l'apostropha la femme nommée Arlette.

— Ce n'est pas grave, nous sommes conscients de cette éventualité. Mais c'est un dur à cuire, comme vous tous ici. Sa propriété est bien protégée par d'anciens murs que les somnambules ne franchiront pas si facilement et c'est un obsédé de la protection de ses biens. Il est solidement armé.

— Vous les appelez « somnambules » alors ? dit Charles.

— Oui, ça les rend moins monstrueux.

— Pourquoi pas. Pour ton oncle, peut-être est-il encore en vie dans ce cas, dit-il d'une voix tonitruante en cognant son verre contre celui de Louis en éclatant de rire.

— Vous n'avez pas peur de faire du bruit ? demanda Axelle effrayée par les zombies qui tambourinaient au métal du volet.

— Les seuls accès à cette maison, répondit Louis, c'est cette porte et les trois grandes fenêtres ici … et les quatre sont protégés par un volet en métal. Nous ne risquons donc rien. Quand on montera pour dormir, ils n'entendront plus rien et finiront par partir.

— Et les entendre frapper aussi fort ne vous met pas mal à l'aise ? ajouta-t-elle, effrayée.

— Au début oui, répondit Pierre, mais maintenant, on en rigole. Savoir à quel point ils sont dangereux et se rendre compte qu'on peut les narguer d'ici, on finit par trouver ça marrant. Hein, les affreux ! cria-t-il.

Les coups redoublèrent d'intensité et leur râle se fit plus insistant. Axelle recula instinctivement d'un pas et se blottit dans mes bras. Les trois hommes éclatèrent de rire.

— Allons, petite, tonna Charles. Ne vous en faites pas, nous ne risquons rien ici.

Je tentai à mon tour de sourire mais mes lèvres tremblèrent malgré moi.

— Vous semblez avoir tout prévu pour vous défendre, constatai-je.

— Ça, c'est le travail de Louis, affirma Charles. C'est un ancien flic.

— Tu exagères, souffla Louis avec fausse modestie. Protéger l'endroit ici quand il n'y a que quatre entrées toutes au même endroit, ce n'est quand même pas chinois. Et puis, c'est Pierre qui a fait tout le travail.

— J'étais entrepreneur, poursuivit Pierre, j'ai consolidé les volets et renforcé quelques portes au cas où on devrait se retrancher à l'étage.

— Et vous ? intervint Lucas en regardant Charles.

— C'est mon café. Ici, on a à boire et à manger. Comme on n'est que six, on a des réserves pour pas mal de temps. On espère que d'ici là les affreux seront partis ou du moins seront moins nombreux et alors, on ira voir après des ressources.

— Ça ne vous dérange pas si on dort ici cette nuit ? demandai-je. On peut dormir dans le café pour ne pas s'imposer dans votre intimité.

— Pas question ! tonna Charles. (Je marquai la

surprise) Vous dormirez dans des chambres, il y en a assez si on se les répartit. Il faudra juste que vous dormiez tous ensemble, on ne pourra pas t'offrir une vraie intimité avec la petite dame.

— Merci, saluai-je en souriant, c'est mieux que tout ce qu'on aurait pu espérer.

— Nicole, poursuivit-il, tu peux nous préparer un repas, nous avons des invités ce soir.

Sa femme acquiesça en souriant et fit immédiatement demi-tour vers la cuisine accompagnée de la dénommée Arlette. Thérèse, sa mère, resta avec nous et reprit un cognac en nous regardant avec méfiance. Je préférai éviter son regard qui me mettait mal à l'aise.

— Vous n'êtes pas obligés d'entamer vos réserves pour nous, on peut très bien se contenter de ce que nous avons dans nos sacs à dos.

— T'es un gars de la ville toi, m'attaqua Louis, l'ancien policier. (J'opinai timidement du chef, ne comprenant pas où il voulait en venir) Pas étonnant. Sachez jeune homme qu'ici, à la campagne, on sait accueillir les gens comme il faut. Vous êtes chez nous et donc, même si nous n'avons pas grand-chose, nous le partagerons volontiers. Et ça ne se discute pas ! Aidez-nous plutôt à déplacer les tables que nous puissions tous nous asseoir au lieu de dire n'importe quoi. Charles, tu peux me remettre un Picon ?

— A la vitesse où tu les bois, on sera plus vite à court que prévu, ironisa-t-il en le servant.

— Alors, n'en bois pas, comme ça il en restera plus pour moi, rigola Louis comme s'il voulait que toute la rue l'entende.

Notre présence au bar et le manque de discrétion de

nos amis gardaient les zombies à notre porte. Si le vacarme nous mit mal à l'aise pour manger, nos hôtes en riaient, plaisantant régulièrement pour les provoquer. Ce n'est que tard dans la nuit, quand tous furent calmés, que le bruit s'atténua pour finalement disparaître totalement lorsque nous montâmes nous coucher. Charles, Louis et les autres semblaient heureux d'avoir un peu de compagnie amicale et les quitter pour nous reposer semblait impossible. Lorsqu'Axelle s'endormit contre moi, ils se rendirent compte de notre épuisement et nous libérèrent enfin.

Le lendemain, nous partîmes en direction du sud et de la propriété de mon oncle. J'avais proposé à nos nouveaux amis de nous accompagner mais ils refusèrent. Quitter leur village natal n'était manifestement pas une option envisageable.

Ils nous parlèrent également d'une bande du village voisin qui faisait régulièrement des visites chez eux pour tuer des zombies, trouvant cela très drôle. Ces voisins indésirables avaient déjà proposé à nos amis de se joindre à eux, mais il n'était pas question pour eux de se ranger sous les ordres de qui que soit et encore moins du côté de ces *abrutis d'à côté*. La bande avait alors essayé de s'en prendre à eux mais fut accueillie *comme il se doit*. Ayant appris un peu à les connaître, j'imaginai sans peine la manière dont ils avaient refusé en oubliant toute notion de diplomatie, et cela n'avait certainement pas calmé les hostilités.

Combien de temps survivraient-ils encore dans ces conditions ? La nourriture allait leur manquer et en dehors de la menace zombie, ils devaient à présent également composer avec des humains visiblement peu scrupuleux. Dans un sens, j'en eus mal au cœur ... bien qu'ils n'avaient absolument pas besoin de notre pitié. Je m'abstins dès lors de leur en faire part.

Une agitation particulière animait la *Casa Originale* ce soir-là. Des élégides couraient dans tous les sens et les serviteurs de la *Famille Originelle* étaient plus paniqués que d'habitude.

Je venais de terminer une séance d'entrainement au combat et je me détendais un peu sous la douche, détaillant les nouveaux hématomes qui n'allaient pas manquer de bleuir dans les heures qui suivraient.

— June ! cria Sophia par la porte du vestiaire. Viens vite, Adolfo veut nous voir.

— J'arrive.

A mon réveil après ma transformation, je ne compris pas très bien ce qui m'était arrivé. J'étais animée d'une incroyable faim et tout mon corps souffrait. Le liquide épais et insipide qu'on me proposa me soulagea tellement qu'il me sembla même délicieux. Je crus à une soupe tiède bien que, dans la quasi-obscurité, je n'arrivai pas à distinguer ce dont il s'agissait.

Je n'appris qu'un peu plus tard qu'il s'agissait de sang humain.

Ma réaction fut d'abord un rejet prononcé. Mais le

sentiment salvateur couplé à mes nouvelles capacités, qui s'avéraient extraordinaires, me firent voir les choses sous un autre angle. J'étais bien plus forte qu'avant et infiniment plus agile, capable de faire des choses inimaginables.

J'avais même un pouvoir !

Récemment, nous découvrîmes quel était ce don mais ce ne fut pas aisé. Je n'arrivais pas à le faire fonctionner. Les méthodes Laneiros, bien qu'extrêmes, étaient fort heureusement efficaces, et à cet instant, près de deux mois après ma transformation, nous y étions enfin parvenus.

Dernier aspect qui me fit définitivement accepter ma nouvelle existence, j'étais immortelle ! Je ne vieillirais plus jamais. Adolfo avait le physique de ses cinquante ans depuis plus de quatre cents ans. Eras, son fils, celui qui s'occupait de mon apprentissage, avait toujours le corps de ses vingt ans mais avec une expérience de vie colossale. Qui n'a jamais rêvé de cela ? Pas moi en tout cas. Et pour moi, cela était devenu une réalité. Une fois cette acceptation de mon nouveau moi intégrée, il me restait le pas le plus difficile à franchir, manger de la chair humaine et boire du sang. Mais là également j'y parvins sans trop de difficulté. La sensation de libération était telle que la répulsion envers le cannibalisme fut rapidement balayée, en quelques jours seulement. Je reçus maintes fois les félicitations d'Eras pour les progrès rapides que je réalisais et pourtant, pour réellement adopter leur mode de vie, il me fallait franchir un dernier obstacle.

Si mes anciens amis me prenaient pour une dévergondée et parfois même pour une fille un peu perverse, j'étais en réalité une bonne sœur en comparaison des Laneiros. La pièce centrale de leur immense demeure, une pièce à ciel ouvert comme dans les anciennes villas romaines, avec un toit électrique en cas de pluie, était dédiée ... aux orgies. Des hommes et des femmes, tous humains, y attendaient jour et nuit, nus et drogués à outrance, pour satisfaire les envies des Laneiros à n'importe quelle heure. Adolfo avait fait aménager cette pièce à la mort de sa femme, se jurant de ne plus tomber amoureux car cela l'avait détruit. Quand l'envie lui en prenait, il venait dans ce patio, assouvissait son envie, quelle qu'elle fût, avec celle ou celui de son choix, et repartait. Mais seuls, lui et ses enfants étaient autorisés à pénétrer dans ce sanctuaire quand bon leur semblait. Au fil du temps, la dépravation devint la règle absolue et bientôt, cet endroit devint également ... leur salle-à-manger. Cette pratique trouvait souvent son apogée, de manière plus ou moins régulière, sous la forme d'orgies familiales noyées dans le vin, le sexe et la délectation de leurs proies artificiellement dociles. Père, frère, sœur, mari, femme, tout le monde buvait avec tout le monde, tout le monde forniquait avec tout le monde ... ils avaient franchi la dernière barrière de l'équilibre mental.

Rares furent les personnes extérieures à la famille qui purent ... ou durent ... se joindre à eux. Quelques invités privilégiés occasionnels ou la célébration d'une bonne nouvelle pouvaient, seuls, transgresser cette règle.

— Alors, tu te dépêches ! cria à nouveau Sophia alors que je terminais de me sécher.

— Je fais aussi vite que je peux.

Sophia Laneiros était une descendante directe de Giordano, le troisième fils Laneiros. De retour de

Lituanie où elle avait été envoyée pour y évaluer la situation et prendre contact avec la famille sur place, elle s'était jointe à Eras depuis quelques semaines pour aider à mon entrainement. Nous avions rapidement sympathisé. Elle me disait souvent qu'elle se retrouvait en moi lorsqu'elle avait subi sa transformation. Grâce à elle, je progressais très rapidement.

Je terminai de m'habiller en vitesse alors qu'elle tapait du pied en m'attendant. Déboulant dans le couloir, elle me prit par la taille.

— Mais qu'est-ce qu'il se passe bon sang ? demandai-je un peu énervée.

— Je ne sais pas, mais ça doit être une grande nouvelle pour créer une telle agitation. Je n'ai plus connu ça depuis le jour où Cayetano, paix à son âme, dit-elle en se signant sur son cœur, a retrouvé Iona suite à sa trahison. (Elle me regarda avec un large sourire satisfait) Adolfo nous a conviées toutes les deux avec Eras.

Je tournai dans un couloir pour rejoindre le bureau du père originel mais Sophia me retint par le bras.

— Hé, où vas-tu ?

— Ben, au bureau de …

— Allons ! Une nouvelle qui provoque un tel émoi, crois-tu réellement qu'il va nous l'annoncer dans son bureau, dit-elle avec une vraie perversité dans les yeux.

Je m'arrêtai net, prise d'une panique soudaine.

— Je … Je ne crois pas être prête pour … pour ça.

— Ne dis pas n'importe quoi. Tu oublies quel est mon don … je sais ce que ressentent les gens. Et je sais que cela fait un petit temps déjà que tu as envie de te joindre à nous.

— C'est vrai, mais c'était juste une idée. C'était

seulement l'envie de l'inconnu et de ce qui nous est normalement interdit. Passer à l'acte, c'est ... autre chose.

—Tu seras parfaite, je le sais. Et de toute façon, je crois que tu n'as pas le choix. Tu veux aller dire toi-même à Adolfo que tu refuses son invitation alors qu'il t'offre un privilège auquel si peu ont droit.

—Non ... mais ...

—Alors, c'est entendu. Viens, on y va, conclut-elle en me tirant par le bras.

Son impatience de partager ce moment avec moi m'allait droit au cœur, mais j'étais réticente. En fait, j'avais peur. Tellement de bruits couraient sur ces fêtes que passer la frontière de telles pratiques n'était pas envisageable. Mais elle avait raison, je n'avais pas le choix. Ce fut dès lors, le cœur à la limite de l'explosion, que je la suivis en essayant malgré tout de ralentir son allure autant que je le pouvais.

—Maintenant que j'y pense, ajouta Sophia toute excitée, on aurait pu gagner du temps en ne nous habillant pas.

Je faillis m'effondrer alors que mes jambes se dérobaient sous moi. Nous franchîmes une porte donnant sur une petite pièce où des vêtements avaient été jetés à même le sol. L'esprit trop agité, je ne compris le but de cette pièce que lorsque je vis Sophia se déshabiller en hâte. Je restai plantée là, n'osant même plus faire un geste.

—C'est normal que tu sois déboussolée, me rassura-t-elle, c'est ta première fois. J'ai eu la même réaction, il y a longtemps. Est-ce que tu veux quelque chose pour t'aider à tenir le coup ?

Je signais frénétiquement *oui* de la tête.

Une fois nue, elle se dirigea vers un coin de la pièce et posa la main sur un carreau de couleur. Une petite porte coulissa à hauteur d'épaule, dévoilant une carafe à moitié remplie d'un liquide bordeaux et quelques verres en cristal. Elle en saisit deux et les remplit.

— Allez ! Cul sec ! dit-elle en vidant son verre d'une traite.

Sans me poser plus de question, je vidai le verre. Peu m'importait le contenu, l'important était le résultat, je devais me sentir mieux pour ne pas m'effondrer. L'instant d'après, mon corps se relâchait et mon esprit se rassérénait. Je n'avais plus peur, ma tension était revenue à la normale et il ne me restait plus qu'une chose à l'esprit, découvrir enfin ce qui se passait dans ce cercle si privé.

Une fois déshabillées, les grandes portes donnant sur la salle centrale de la villa s'ouvrirent devant nous, dévoilant un spectacle plus époustouflant encore que tout ce que j'avais pu imaginer. Des hommes et des femmes copulaient dans un incroyable désordre, des corps emmêlés, se frottaient l'un contre l'autre dans une cacophonie de cris de jouissance. Je n'arrivais même pas à identifier qui était qui, élégide ou humain. Contre un mur, un élégide était occupé à dévorer le haut de la cuisse d'une femme, juste sous son sexe, là où le sang salvateur giclait le plus fort et le plus chaud. La fille ne réagissait même pas, droguée à l'extrême, alors que la vie s'échappait de ses veines.

Je passai ma langue sur mes lèvres tant cela me faisait envie, chassant de mon esprit toute idée réticente face à ce spectacle hors du temps. Je bénis le breuvage de Sophia.

— Viens ! m'arracha-t-elle à mes pensées.

Elle me tira par le bras et me fit traverser en hâte la moitié de la salle, s'arrêtant au niveau d'une fille qui jouissait bruyamment en chevauchant un homme. Elle la poussa sans ménagement sur le côté.

—Toi, tu dégages, lui ordonna-t-elle. Salut grand père, dit-elle ensuite avec un sourire pervers aux lèvres. Je t'ai manqué ?

—Bien sûr, répondit l'homme. Viens ! dit-il en l'attirant vers lui par les hanches.

Dans cet enchevêtrement de corps, je n'avais même pas reconnu Eras. Son véritable grand-père était le frère d'Eras, mais sans doute ne s'encombraient-ils pas de telles considérations. Alors que Sophia commençait déjà à prendre du plaisir, je me retrouvai seule, perdue au milieu de toute cette débauche, regardant dans toutes les directions sans trop savoir que faire. Soudain, quelqu'un déposa une main sur mon épaule, me faisant sursauter. Je me retournai et m'inclinai pour saluer Adolfo accompagné de deux femmes qui ne lui lâchaient pas les bras.

—Pas trop choquée ? demanda-t-il simplement.

—Un peu ... mais je crois que je pourrai très vite m'y faire, ajoutai-je en affichant un sourire un peu crispé. Juste le temps pour moi de prendre mes marques.

En réalité, c'était moins la peur que l'inconnu qui me clouait sur place. J'avais envie de me mêler à eux, totalement désinhibée grâce au liquide ingurgité mais je voulais d'abord découvrir s'il y avait un code, quelque règle à respecter, pour n'offenser personne. Mon cœur qui battait trop fort ne manifestait pas de la peur, mais de l'envie.

—Excellente réaction ! se réjouit-il. C'est normal

d'être un peu perdue, c'est ta première fois.

—D'ailleurs, merci de l'honneur que vous me faites en m'acceptant ici. Je suis consciente que cela n'est pas permis à tout le monde.

—Nous avons une chose importante à fêter dont je parlerai plus tard, lorsque nous nous serons amusés et rassasiés. En attendant, profite un peu.

—A ce propos, si vous permettez que je pose une question, l'arrêtai-je. Y a-t-il un code particulier à respecter ? Je ne voudrais offenser personne.

—Absolument pas. Tant qu'un élégide est avec un ou une humaine, tu peux les interrompre quand tu veux. A toi de choisir qui tu veux, homme ou femme, il n'y a aucun tabou ici. Tu peux même utiliser tes pouvoirs tant que c'est pour générer plus de plaisir.

—Dans ce cas … dégagez ! dis-je sans hésiter en fusillant du regard les deux femmes à ses bras.

Sans montrer la moindre frustration ou émettre la plus petite plainte, elles s'en allèrent attendre que quelqu'un d'autre ait besoin d'elles.

—Tu apprends vite, dit Alfonso en souriant.

—Je ne vais pas rester sur la touche pour rien.

—C'est très bien.

Il m'invita d'un geste à me retourner et j'obéis volontiers. Je m'appuyai sur le marbre de la fontaine et le sentit immédiatement pénétrer en moi. Quelques secondes plus tard, alors que le plaisir montait sans discontinuer, des images érotiques s'imposèrent à mon esprit. Il utilisait son pouvoir sur moi … de manière bien plus agréable que la première fois. Des femmes au bord de l'orgasme criaient à en perdre la voix, décuplant encore l'excitation qui me gagnait. Je me mis à gémir de plaisir, puis, les secondes passant, à crier.

Lorsqu'enfin j'atteignis l'orgasme, je m'effondrai presque sur la fontaine, il dut me retenir pour que je ne tombe pas. Jamais je n'avais joui avec tant d'intensité.

Lorsqu'il fut assuré que je ne tomberais pas, il me lâcha.

— Merci, me dit-il poliment.

— C'est moi qui vous remercie, dis-je le souffle court en m'asseyant sur le marbre froid. Désolé de ne pouvoir vous rendre la pareille, mais mon pouvoir ne me permet pas de décupler le plaisir.

— Les pouvoirs ne sont pas si univoques. Leurs subtilités prennent parfois des années à être maîtrisées. Mais crois-moi, tous les pouvoirs peuvent se lier au plaisir. Attends simplement de savoir comment faire et n'essaie pas trop tôt car n'oublie pas notre code ... uniquement pour le plaisir, conclut-il en me caressant un sein du bout des doigts. (Je souris en guise de remerciement) Sophia, ma chérie ! s'écria-t-il ensuite en la voyant approcher.

— Père, salua-t-elle avec respect.

— Père ? m'exclamai-je malgré moi.

— Nous l'appelons tous comme ça. Il n'est naturellement pas mon vrai père. Les élégides sont stériles, dit-elle en s'approchant pour prendre délicatement son sexe entre ses mains. Puis-je prendre sa suite ? lui demanda-t-elle.

— Très chère, me salua-t-il en guise d'au revoir.

Je le saluai en retour tandis que Sophia s'agenouillait devant lui.

J'entrepris de balayer la salle du regard pour trouver mon partenaire suivant ... et je savais exactement ce que je voulais : un humain, pour allier le plaisir sexuel à celui de la chair humaine salvatrice. Je l'aperçus dans un coin, seul, attendant je ne sais trop quoi. Je m'avançai vers lui en le pointant du doigt. Immédiatement, il commença à se frotter le pénis pour me satisfaire lorsque je serais sur lui. Je me sentais bien, dans mon élément, pas de limite, pas de tabou, une liberté totale, comme si c'était ce que j'avais toujours voulu. Je pense que le breuvage que Sophia et moi avions pris y était pour beaucoup, mais j'avais également le sentiment qu'il n'avait été qu'un déclencheur.

Sentant à nouveau le plaisir monter en moi, je voulais le décupler, mais celui qui devait me satisfaire en aurait été incapable en tant qu'humain. Si j'étais malgré tout venue vers lui, c'était pour tester une toute autre combinaison. Je le mordis à l'épaule et le sang se répandit dans ma bouche, libérant un plaisir supplémentaire. L'homme, drogué, ne réagit pas. Son sang, imprégné de drogue, s'insinuait en moi, provoquant un état supplémentaire d'euphorie. Je me redressai pour gémir de plaisir … encore. Posant moi-même ses mains sur mes seins afin qu'il paraisse un peu moins inerte, je sentais la jouissance monter en moi. J'adorais cet endroit ! Ecartant subitement ses bras, au bord de l'explosion, je plongeai sur son torse sans arrêter mes mouvements du bassin et le mordit sauvagement. J'arrachai un bout de chair et l'avalai d'un coup. Le plaisir explosa en moi, m'arrachant des cris. Pendant un long moment, j'eus l'impression que l'orgasme ne s'arrêterait jamais.

Je m'affalai à côté de lui, fourbue des deux orgasmes aussi puissants l'un après l'autre.

Sans attendre d'autres formes de remerciement, il se leva et partit afin que quelqu'un d'autre s'en prenne à lui … ou l'achève ! Peu m'importait. Il s'éloignait de moi quand soudain, deux mains apparurent de chaque côté de sa tête et la tournèrent violemment, lui brisant la nuque sans effort. Il s'affala sur le sol comme une poupée de chiffon. Deux hommes accoururent et l'emmenèrent hors de la pièce. Son meurtrier, ou son libérateur, c'est selon, s'approcha ensuite de moi, c'était Eras !

—Lorsque tu as goûté à un humain, tu dois l'achever. Personne ne mangera après toi.

—Pardon, je ne savais pas.

—Ce n'est pas grave. Puis-je ?

—Je ne sais pas si j'en suis encore capable, répondis-je en écartant doucement les jambes.

—Tu dois encore en apprendre beaucoup sur la condition d'élégide, dit-il en s'agenouillant devant moi. Nous pouvons jouir à répétition, sans limite grâce à l'utilisation de nos pouvoirs … ou en tout cas ne sommes-nous jamais allé au-delà.

Il me pénétra alors que nous continuions à parler.

—Et quel est ton pouvoir ? demandai-je en articulant difficilement tant le plaisir m'envahissait.

—Je rends les gens malades.

—Ah bon … pas cool, dis-je en gémissant.

—Les sensations au ventre peuvent également être sources de plaisir. N'est-ce pas là que se ressent l'amour ? Ne dit-on pas *avoir des papillons dans* …

Mais nous fûmes interrompus par Adolfo qui hurla au milieu de l'orgie.

—Ce sera pour une autre fois, dit simplement Eras.

—Dommage, bougonnai-je. Et je ne sais pas s'il y aura d'autres fois pour moi.

—Fais-moi confiance, il y en aura d'autres.

— Merci, lui souris-je.

Dans les secondes qui suivirent, les humains désertèrent les lieux et nous ne restâmes que quelques élégides : Adolfo, Eras, Sophia, Giordano le frère d'Eras et deux autres élégides que je ne connaissais pas encore. J'en profitai pour essuyer le sang qui coulait encore de ma bouche.

Adolfo s'assit nu sur le marbre de la fontaine au milieu de la salle et le silence se fit. Nous restâmes où nous étions, nus également, pour l'écouter attentivement.

— Si je vous ai réunis en cette occasion, c'est pour fêter une importante évolution dans nos objectifs. Nous sommes longtemps restés sans nouvelle de notre cible mais nous venons enfin de recevoir des renseignements. Nous savons donc où elle se trouve et une équipe partira ce soir à sa rencontre.

— De quoi parle-t-il ? demandai-je à Eras.

— Caroline, chut ! Il ne faut jamais l'interrompre.

Mon cœur faillit s'arrêter. Prise dans l'euphorie du moment, j'en avais presque oublié pourquoi j'étais là.

— Eras, June, c'est vous qui allez former l'équipe. Prenez deux autres élégides avec vous. Le but n'est pas de la tuer, ma chère June, dit-il en me regardant. Pas encore en tout cas. Ramenez-la moi *vivante* afin que nous puissions l'analyser comme il se doit. Êtes-vous d'accord tous les deux avec cette façon de faire ? (J'opinai du chef et je vis Eras faire de même) Dans ce cas, cette séance est close. Bonne journée à tous.

Il se leva et quitta la pièce, mettant fin à la fête. Les autres firent de même. Sophia vint vers moi et s'assit tout contre moi.

— Alors, ma chérie ?

— On l'a retrouvée, c'est parfait.

— Je ne parlais pas de cela, s'offusqua-t-elle. Pense un peu à autre chose.

— Ah ça. (Je laissai intentionnellement un moment de silence) C'était tout simplement parfait ! m'exclamai-je ensuite en pouffant de rire.

Elle rit de bon cœur avec moi.

— Je ne m'attendais vraiment pas à cela, c'était loin de tout ce que j'avais imaginé et de tout ce que tout le monde s'imagine.

— Et tu ne dois en parler à personne, j'espère que tu le comprends.

— Oui, ne t'inquiète pas. Et maintenant ?

— Chacun retourne à ses occupations.

— Et c'est tout ?

— Oui. C'est ce qui fait que ces moments sont si géniaux, ils sont toujours trop courts.

— Et si on a envie de remettre ça, en dehors d'ici.

— Tu veux dire avec des humains ? me demanda-t-elle.

— Pas nécessairement. Imaginons que je veuille continuer avec Eras, dis-je en souriant.

— C'est interdit ! Ce genre de chose ne doit se passer qu'ici afin d'éviter que des sentiments ne viennent semer la pagaille entre nous.

— C'est compris. Je n'enfreindrai pas ces règles, la rassurai-je.

— En es-tu certaine ?

— Bien sûr ! Je n'ai pas envie d'être expulsée du cercle et de ne plus jamais avoir l'occasion de goûter un pareil moment.

— Et maintenant, que veux-tu faire ? me demanda-t-elle.

—Je dois me préparer à partir à la poursuite de Caro. Voudrais-tu être un des deux élégides qui peuvent nous accompagner ?

—J'en serais ravie.

—Alors, allons le proposer à Eras, conclus-je.

Peitane montrait une incroyable condition physique. Des jours de marche en direction du sud, en évitant les grands axes routiers afin de ne pas croiser la route de l'Ange, ne semblaient pas l'épuiser. Alors que je sentais mes jambes engourdies et mon dos douloureux, chaque pas m'incitant à abandonner, elle avançait sans montrer le moindre signe de fatigue.

Nous avions longtemps discuté des choix qui s'offraient à nous car nous n'avions malheureusement que trois options. S'attaquer à l'Ange et aux changelins, reprendre notre objectif initial en combattant les deux familles ... ou fuir.

La troisième option n'en était pas réellement une puisque, sans la protection du pouvoir de l'Ange, les Laneiros découvriraient vite où nous étions. Ce qui est certainement déjà le cas ... et ne me rassure nullement. Attaquer l'Ange fut également vite écarté, le premier essai ayant été décisif. Nous n'avions dès lors plus qu'une seule route à emprunter : éliminer le moyen dont les Laneiros disposaient pour nous localiser et puis seulement fuir. En nous éloignant suffisamment, nous pourrions choisir un endroit dans les montagnes où personne ne nous retrouverait.

Nous avons donc mis le cap vers le sud et la *Casa Originale*.

Une carte volée dans une station-service et les indications de l'Ange, déterminèrent notre futur parcours. Trouver la villa une fois sur place ne nous inquiétait pas outre mesure.

Ça, c'était la théorie, mais en pratique ...

En quittant le village changelin, nous avions pris la décision de continuer à pied pour rester aussi discrètes que possible. Les routes étaient devenues quasiment désertes, la plupart entravées par des carcasses de voitures. Un véhicule en mouvement attirerait trop l'attention et cela procurerait aux deux familles une occasion supplémentaire de nous retrouver. Mais ce choix révélait une faiblesse de taille à laquelle nous n'avions pas pensé. Marcher toute la journée nous affamait comme n'importe quel être humain et nos rations de nourriture diminuaient plus rapidement que prévu.

Elles auraient dû suffire jusqu'à la *Casa Originale* en voiture ... mais à pied, ce n'était pas le cas. Nous avions donc décidé de nous rationner, même si la faim et la douleur revenaient. Le but étant de ne manger que lorsque la faim devenait incontrôlable. Nous devions dès lors garder un œil sur l'autre en permanence et éviter tout endroit où nous risquions de croiser des humains.

Malgré cela, depuis la veille au soir, nous n'avions plus aucune provision. La douleur nous ralentissait et la faim devenait si forte que la présence d'un humain pouvait facilement nous faire perdre tout jugement. Nous ne traversions dès lors les villages que lorsque cela nous aurait obligées à un trop grand détour ... et qu'aucun humain n'était en vue. Ecartant les zombies sur notre route, nous évitions de nous fatiguer dans des combats inutiles. A chaque endroit où nous décidions de nous arrêter, nous faisions aisément place neuve pour avoir la paix. Mais plus nous avancions, plus la faim nous tenaillait. Le risque de nous jeter sur quelqu'un augmentait à chaque instant.

Nous avons finalement décidé de terminer la route en voiture pour atteindre le plus vite possible notre destination. Le réservoir de la seule voiture en état de marche que nous avions trouvée était quasiment vide, nous nous sommes donc rapidement retrouvées à pied.

Traversant un village apparemment déserté par les humains, nous vidâmes les rues au fur et à mesure de notre progression pour déboucher sur une place. Une fois l'ordre donné, la place fut rapidement désertée et nous pûmes avancer ... après nous être assurées une fois encore qu'il n'y avait trace d'aucun humain. Une fontaine asséchée occupait le centre de la place bordée de parkings et d'arbres. Un gros camion était garé sur le côté de la place, longeant le mur d'un café aux volets de métal baissés. Il régnait un silence absolu, il n'y avait même pas une once de vent. Des traces noircies sur le sol nous indiquèrent un combat récent, quelques jours tout au plus.

D'ici quelques heures, la nuit allait tomber et nous avions décidé de trouver une maison où dormir.

Un mois depuis que nous avions quitté le manoir et un peu plus pour le déclenchement de l'apocalypse. Cayetano n'avait pas menti, plus les jours passaient et moins le besoin de dormir était pressant. Mais les longues marches et la faim nous épuisaient. Nous cherchions dès lors des endroits calmes et sécurisés pour nous reposer ... et ce café aux volets métalliques ferait parfaitement l'affaire. Il faudrait sans doute en forcer un, mais à nous deux ce ne serait pas un problème. Nous sursautâmes lorsqu'un des volets se souleva dans un bruit infernal au milieu du silence de la place.

Reculant de quelques pas, nous restâmes sur la défensive dans l'attente de voir ... amis ou ennemis ? Un tel bruit n'allait pas manquer de rameuter de nouveaux zombies, c'est pourquoi je me concentrai pour donner un ordre supplémentaire. Trois hommes sortirent du café, armés de pistolets ou fusils à pompe. Nous reculâmes un peu plus discrètement. Leurs veines se dessinaient très nettement sur leur cou, décuplant notre faim, et nous contrôler demandait un effort considérable.

Ils avancèrent lentement vers nous, pointant leurs armes sur nos têtes d'un air dubitatif. Ils devaient se demander si nous étions ou non des zombies. Le manque de nourriture, la faim et la douleur avaient considérablement changé notre aspect. Nous avions acquis un teint grisâtre couvert de transpiration et la douleur rendait notre démarche hésitante.

—Nous ne vous voulons aucun mal, dis-je pour tenter de désamorcer cette situation tendue.

Si nous n'avions pas parlé, ils n'auraient sans doute pas hésité très longtemps à nous mettre une balle dans la tête. Ils semblaient perdus, mais ne donnaient pas l'impression de vouloir nous faire du mal.

—Que s'est-il passé ? demanda l'un d'eux.

—Les zombies sont partis, c'est pourtant évident, répondit sèchement Peitane qui était autant que moi sur les nerfs.

—Nous … nous ne savons pas, ajoutai-je plus calmement. Mais nous en sommes soulagées.

—Nous aussi, dit l'homme au fusil de chasse. Qu'est-ce que vous faites là, mes p'tites dames ? C'est pas un endroit pour deux belles comme vous !

—On cherchait juste un endroit où dormir cette nuit.

—C'est décidément une habitude chez les jeunes. Qu'est-ce qui vous passe par la tête de vous promener ainsi par les temps qui courent ?

—On va …

—Peu importe pour l'instant, m'interrompit son comparse. Vous avez vraiment l'air épuisées, pour peu, on vous aurait prises pour des affreux. On ne doit pas rester ici, c'est dangereux.

—Les zombies sont partis, montra Peitane, qu'est-ce qu'on risque ?

—Ce ne sont pas les affreux qui nous font le plus peur, mais la bande de loubards qui ne va pas tarder à rappliquer dès qu'ils constateront la voie libre … et à mon avis, ils sont déjà au courant. Venez mes petites dames, il fait meilleur à l'intérieur.

—Non ! objecta Peitane. Il vaut mieux qu'on trouve un autre endroit.

—Elle a raison, confortai-je.

—Pas question ! objecta l'homme au pistolet. S'il vous arrivait quelque chose dans notre village à cause des affreux ou des autres cinglés, on ne se le pardonnerait jamais. Venez, insista-t-il en me tirant par le bras.

A son contact, mon sang entra en ébullition et je faillis lui sauter au cou pour le dévorer. Je parvins malgré tout à me contrôler et arrachai mon bras de sa main.

—Oh, pardon, s'excusa-t-il. Je ne voulais pas vous faire peur.

—Ce n'est pas ça, mais j'aime autant que vous ne nous touchiez pas.

—C'est d'accord, confirma-t-il.

Nous aurions peut-être dû nous montrer plus vindicatives et refuser leur offre, mais trop fatiguées pour discuter encore, nous acceptâmes, prenant un risque inconsidéré étant donné la situation.

Une fois entrés à l'intérieur, ils refermèrent le volet.

—C'est bon, Alfonse, tu peux aller chercher ces dames. Installez-vous mesdemoiselles. Vous voulez boire quelque chose ?

—Non merci, répondis-je alors que mes yeux n'arrivaient plus à quitter sa carotide, provoquant une poussée de transpiration.

—Je m'appelle Charles, ce café est à moi. Voici Louis et vous l'aurez compris, le gros laid qui vient de partir s'appelle Alfonse.

—Je m'app…

—Charles ! m'interrompit une des femmes excédée après avoir descendu les escaliers quatre à quatre. Vas-tu accueillir tous ceux qui passent ? Es-tu conscient des risques que tu prends ?

—Mesdames, je vous présente Nicole, ma femme, charmante à souhait. Notre doyenne juste derrière elle est ma mère, (je la saluai d'un signe de tête) et voici Arlette, la femme de Louis.

J'aurais voulu enfin nous présenter à ces charmantes personnes, mais le dénommé Louis reprit immédiatement la parole.

— Alors, qu'est-ce qui vous amène dans notre charmant village ?

— Nous descendons vers le sud.

— Vous aussi ! Décidément.

— Pourquoi ? demandai-je, inquiète, en imaginant que l'Ange était peut-être passé par ici.

— Il y a une dizaine de jours, nous avons sauvé et accueilli trois jeunes comme vous, qui descendaient également vers le sud. Ils allaient chez … leur oncle, je crois. Ils s'étaient retrouvés encerclés sur la place. Sans nous, ils seraient tous les trois des affreux aujourd'hui. Ils étaient bien sympas … surtout la fille.

— Louis ! le rabroua sa femme.

Il sourit en nous faisant un clin d'œil.

— Ils voulaient qu'on aille avec eux. On serait plus en sécurité chez son oncle qu'ils disaient. Mais ici c'est chez nous, grand dieu ! Personne ne nous en délogera ! Et puis, prendre la route, il faut être fou ou totalement inconscients. Vous faites partie de quelle catégorie ? demanda-t-il en souriant.

— Je crois qu'il n'y a plus vraiment d'endroit sûr, répondis-je. En restant au même endroit, on risque de se faire déborder mais sur la route, on peut croiser des hordes de zombies. Alors ici ou ailleurs … nous sommes peut-être folles, conclus-je en lui rendant son sourire.

— Elle me plait bien la petite ! s'exclama-t-il chaleureusement. Mais vous avez l'air bien mal nourries. Arlette, aurais-tu l'obligeance … mon amour (il fit une fausse révérence)… de nous préparer un bon repas ?

— Ben voyons ! On va encore diminuer nos provisions pour des étrangers, maugréa-t-elle. C'est pas comme ça qu'on va survivre bien longtemps.

— Ne vous inquiétez pas, la coupai-je dans son élan. Il ne faut rien préparer pour nous.

— Allons ! insista Charles. Ça nous fait plaisir.

— On n'a pas faim, mentit Peitane avec une froideur exagérée.

Elle semblait à bout, prête à sauter à la gorge de nos hôtes pour les dévorer. Je voyais ses yeux voyager frénétiquement de l'un à l'autre.

— Euh, ne le prenez pas mal, essayai-je de rattraper le coup, mais nous ne mangeons que ce que nous avons. Nous vous sommes très reconnaissantes pour votre accueil, nous souhaiterions juste aller dormir.

— Vous êtes vraiment bizarres vous deux, constata Alfonse. Mais c'est comme vous voulez.

Soudain, toutes les lampes s'éteignirent d'un coup, nous plongeant dans le noir total. Il fallut attendre quelques secondes avant que Peitane ne mette la main sur nos lampes de camping pour y voir à nouveau. Pendant ce laps de temps, les questions fusèrent dans tous les sens.

— C'est bon, calmez-vous les pipelettes, s'énerva Louis. On va ouvrir les volets de quelques centimètres, juste pour faire entrer un peu de lumière. Charles, va voir le disjoncteur.

Un instant plus tard, Charles revenait l'air inquiet.

— Tout est normal, ça doit être général.

— Ça y est, affirma Peitane.

Elle commençait à transpirer, la faim se faisait plus forte pour elle aussi. Leurs veines et leur odeur nous trituraient douloureusement l'estomac, nous mettant profondément mal à l'aise.

— Quoi ? Qu'est-ce qui y est ? demanda Arlette.

— Nous ... nous avons une théorie, dis-je. (Peut-être que de parler d'autre chose que de nourriture nous permettrait de nous retenir) Cela fait un peu plus d'un mois que les premiers zombies sont apparus. Et d'après ce que nous avons pu constater sur notre route, ils sont partout. Si ce phénomène est mondial, ajoutai-je comme si je n'en savais rien, nous pensons que des mesures ont été prises pour couper le courant au cas où plus personne ne contrôlerait les centrales. Ceci afin d'éviter des catastrophes nucléaires aux quatre coins du monde. Je crois donc, conclus-je tristement, que cette fois, l'électricité est partie pour de bon.

— J'espère que tu te trompes ma petite, dit Charles en retournant derrière son bar. Sans quoi, il va falloir qu'on vide les frigos.

— A moins que ce ne soit les loubards qui aient coupé un câble. Comme je l'ai dit, ils doivent déjà avoir ...

Mais il fut interrompu par un cri sur la place. Le silence se fit un instant puis, quelqu'un cria à nouveau.

— Hé là ! Les viocs ! Il va falloir sortir maintenant !

— Je déteste avoir raison, s'énerva de nouveau Louis. Va au diable ! hurla-t-il. Tu connais déjà notre réponse.

— Ecoutez, tout ce qu'on veut, c'est votre alcool, vos réserves ... et les pièces que vous avez prises dans le camion pour l'empêcher de rouler.

— Le camion ? demanda Peitane. Qu'est-ce qu'ils voudraient faire avec le camion ?

— Va au diable !

— Tu te répètes, mon vieux Louis, affirma l'homme sur la place. C'est bien toi, non ?

—Oui, et le vieux il pourrait encore te botter les fesses si tu les lui présentes !

—Allons, pourquoi tant d'hostilité ? Bon, manifestement, il ne sera pas possible de discuter avec vous. Alors, voilà ce que nous allons faire. Comme la place est calme et que les affreux sont partis, on vous donne cinq minutes. Après … on crible vos volets de balles ! A vous de voir.

Louis redescendit les volets et Charles alluma quelques bougies.

—Alors, qu'est-ce qu'on fait cette fois ? demanda Alfonse. Ils n'étaient jamais venus jusqu'ici grâce aux affreux, mais, même si je suis content qu'ils ne soient plus à notre porte, je les préférais aux petits cons qui les ont remplacés. Si je savais ce qui a fait fuir les affreux, je m'arrangerais bien pour que ça n'arrive plus jamais.

Peitane et moi nous regardâmes sans dire un mot. C'était de ma faute, bien entendu.

—Je crois que nous n'avons plus le choix, dit tristement Charles. Nous sommes au pied du mur. Soit on leur donne tout, soit on les affronte. Et nous savons très bien que nous ne leur donnerons rien.

—Pourquoi ? demanda Peitane.

—C'est une question de principe, ma p'tite, répondit Louis. On ne nous prend pas ce qu'on a et on ne nous chasse pas … surtout pas sous la menace.

—Pourquoi ne pas leur laisser le camion ? Ce serait une première étape et ils seraient peut-être contents.

—Ce camion nous a été offert il y a deux jours en échange d'un service. Il est rempli de nourriture. Nous en avons déjà déchargé une bonne partie, mais pas tout. Cette nourriture est notre survie, pas question qu'ils nous la vole !

—Qui peut bien faire un tel cadeau par les temps qui courent ? demanda Peitane.

—Je ne sais pas, il n'a pas voulu dire son nom. Mais peu importe, nous n'avons pas le temps de tenir une discussion sur le pourquoi et le comment. Nous ne leur laisserons rien, point final ! Alfonse, va chercher toutes nos armes et munitions. Charles, il va être temps de sacrifier quelques bouteilles. Nicole, Thérèse, Arlette, prenez ces demoiselles et descendez à la cave et n'en sortez que quand on vous le dira.

Elles s'exécutèrent sans poser de question mais nous ne les suivîmes pas.

—Je prépare les chiffons et les briquets, dit-Charles immédiatement.

Ils s'étaient manifestement préparés à cette situation et ils ne reculeraient devant rien.

—Et si tu faisais revenir les zombies ? suggéra Peitane tout bas.

—Je ne lâcherai pas une horde sur des humains, j'en ai déjà fait assez comme ça.

—Ce sont des abrutis qui n'hésiteraient pas à massacrer ces braves petits vieux.

—Je ne veux pas prendre le risque qu'on découvre mon pouvoir, cela amènerait trop de complications.

—Alors tu préfères les laisser se battre, m'agressa Peitane.

—Je n'ai jamais dit ça, lui répondis-je en souriant.

—Oh, je t'aime ! me sauta-t-elle au cou.

—Si on le joue finement, on peut résoudre deux problèmes en une fois. Le leur … et le nôtre.

—On y va ! exulta-t-elle en se levant d'un bond.

—Allons, ne vous inquiétez pas, voulut nous rassurer Louis, nous gérons la situation. Il n'y a pas de quoi avoir peur.

Mais ce n'était en rien la peur qui nous fit réagir si abruptement. Peitane avait passé beaucoup de temps à m'entraîner car l'Ange nous avait battues trop facilement. Et même si nous étions affamées et, depuis peu sans nourriture, nous continuions à nous entrainer deux fois par jour. Il restait si peu de temps avant une confrontation. Si nous ne faisions rien, les Laneiros ne feraient qu'une bouchée de nous. Cette situation était l'occasion de faire un premier test. Si nous n'arrivions pas à battre quelques humains, c'est que nous n'étions pas prêtes.

Dans la villa, au lendemain de notre fuite du manoir Laneiros, je m'étais promis de laisser ma peur de côté et de ne plus jamais me poser en victime. Dès lors, même si une relative nervosité me gagnait à l'idée de me battre, je devais la maîtriser. La crainte ne devait plus trouver la moindre faille chez moi. Cette bataille allait être la première étape pour colmater mes faiblesses.

—Nous ne sommes pas inquiètes, lui rétorquai-je. En fait, nous avons une proposition à vous faire. Laissez-nous aller leur parler. Nous pourrions désamorcer la situation.

—Pas question que vous risquiez vos vies pour nous. Je n'en dormirais plus si deux jeunes filles charmantes comme vous se faisaient tuer par notre faute.

—Nous ne nous ferons pas tuer. Ce sont des jeunes comme nous, nous pourrons peut-être leur faire entendre raison. Et si ça ne marche pas, il sera encore temps de passer à votre plan. Je vous en prie, si cela peut éviter de gaspiller des balles et éviter des morts, ne pensez-vous pas que ça en vaille la peine ?

— Louis se retourna vers Charles ; ce dernier haussa les épaules.

— Et comment pensez-vous arriver à les convaincre ?

— Nous avons ... quelques compétences particulières, lui répondis-je en souriant. Ne vous inquiétez pas pour nous.

— Pfff, les jeunes d'aujourd'hui, ça croit toujours tout savoir mieux que les vieux. C'est bon, faites votre show ... mais au moindre signe de danger, nous intervenons.

— D'accord, évitez quand même de nous tirer dessus, ajoutai-je avec ironie.

Il souleva le volet d'une cinquantaine de centimètres et nous nous glissâmes par-dessous. Avant de me redresser, je lui conseillai de refermer derrière nous.

Les loubards étaient une vingtaine !

Je ne m'étais pas attendue à autant d'adversaires, mon cœur marqua un grand coup dans ma poitrine. Peitane quant à elle sourit à l'idée d'en découdre avec eux.

Nous nous avançâmes.

— Ne garde pas la main sur ton marteau, lui soufflai-je. On va quand même essayer de les convaincre de partir.

— T'es pas drôle, maugréa-t-elle. Mais bon, si tu penses avoir tes chances, vas-y.

L'un d'eux s'avança dans notre direction, un large sourire satisfait déformant ses lèvres. Il portait un jean déchiré, un t-shirt avec un énorme émoticône et un bandeau bleu foncé dans les cheveux. Ils arboraient tous fièrement le même bandeau, signe distinctif de leur bande. Ils prenaient visiblement cela très au sérieux … J'en souris.

— Alors comme ça, dit-il d'une voix tonitruante, les papys envoient deux filles pour discuter avec nous. Ils sont vraiment très courageux !

Ses acolytes éclatèrent de rire.

— C'est nous qui avons proposé, mais peu importe. Ces gens n'ont pas grand-chose, les voler ne vous mènera à rien. En plus, comme ils comptent bien se défendre, vous risquez de perdre des membres de votre groupe. Pensez-vous réellement que le risque en vaille la peine ? Il y a encore de quoi vous servir dans les magasins. Pourquoi vous acharner sur eux ?

— Ça fait beaucoup d'affirmations et de questions d'un coup. Tout d'abord, ils ont plus que vous le croyez. Cela fait deux jours qu'ils vident le camion et celui-ci est rempli de nourriture. Sans compter ce qu'ils devaient déjà avoir avant. Dans une taverne, il y normalement du stock. A cela, tu peux ajouter l'alcool, ce qui n'est pas négligeable, dit-il en rigolant grassement vers ses amis qui l'imitèrent.

— D'accord, mais vous pouvez avoir tout cela dans les magasins.

— Il n'y a plus personne dans la région à part eux et nous. Donc, quand on aura éliminé les viocs, les magasins seront encore là. Par contre, si on commence par les magasins, ils auront sans doute consommé tout ce qu'ils ont. Mathématiquement, on serait perdants. Ils ont déjà de la chance que les *affreux*, comme ils les appellent, étaient trop nombreux sans quoi nous les aurions attaqués bien plus tôt.

— Et perdre des hommes, cela ne vous inquiète

pas ?

—Ce ne sont que trois vieux. Ils ont quoi, deux fusils et un pistolet, sans doute guère plus. Nous sommes dix-neuf avec des armes et des munitions. Faites le calcul. Le risque est relativement faible ... et puis cela fait trop longtemps qu'ils nous tiennent tête. On leur a proposé de se joindre à nous et partager, ils ont refusé. C'était une mauvaise idée.

—Et assassiner trois petits vieux ne vous pose pas de problème ? intervint Peitane.

—On ne peut plus se permettre des cas de conscience. Aujourd'hui, il faut survivre, rien d'autre.

—Ok. A présent c'est clair, dit-elle en me regardant comme pour dire « tu vois, j'avais raison ».

Et c'était vrai. Nous n'arriverions à rien avec eux. Nous n'avions plus le choix. J'opinai du chef.

—Quoi ? demanda-t-il. Qu'est-ce qui est clair ?

—Que vous êtes des abrutis et que grâce à vous, on n'aura pas de remords.

—Pas de remords de quoi faire ? éclata-t-il de rire. Vous n'êtes que deux fillettes désarmées.

—Dans ce cas, continuai-je, tu ne verras pas d'inconvénient à nous affronter sans flingue. Comme tu le vois, nous n'en avons pas. Nous n'avons qu'un petit marteau. A la limite, vous pourriez utiliser vos couteaux.

—Ecoute-moi ma jolie. Je ne vais pas perdre de temps avec toi. On ne va pas lâcher nos armes pour permettre aux viocs de nous tirer comme des lapins. Si tu ne t'écartes pas, on vous descend. Deux balles, ce n'est pas trop.

—Très bien, le message est limpide, confirmai-je. Peitane ?

Un large sourire éclaira son visage … elle était incorrigible. J'étais loin de me sentir aussi à l'aise et enthousiaste qu'elle. L'instant d'après, avec une incroyable rapidité, elle l'avait désarmé, retourné face à ses hommes la bouche du canon de son arme sur la tempe. De son bras libre, elle l'enserrait au cou, l'attirant vers le bas pour le déséquilibrer et l'empêcher de se défendre. Il ne comprit pas ce qui lui était arrivé, si bien que lorsque Peitane prit la parole, il n'avait encore rien dit.

— A présent, lâchez vos armes, lancez-les devant la porte du café.

Les hommes de main se regardaient effarés, ne réalisant pas encore ce qui venait de se passer. Ils hésitaient. Certains pointaient déjà leur arme vers nous mais leurs mains tremblaient d'indécision.

— Quel est ton nom ? demanda Peitane en serrant le canon un peu plus fort sur la tête du chef.

— Joachim.

— Dans ce cas … Joach' … bon dieu ce que tu sens bon !

— Peitane ! l'apostrophai-je.

— Ok ! D'accord. Aurais-tu l'obligeance de demander à tes hommes de jeter leurs armes devant l'entrée du café comme je l'ai ordonné ?

— Vas te faire foutre !

— Mauvaise réponse, maugréa-t-elle en pressant le canon si fort qu'on entendit les os craquer sous la pression.

Joachim hurla de douleur.

— D'accord ! D'accord ! On va obéir. Allez-y les gars, jetez vos armes. (Ils se regardèrent paniqués, ne sachant s'ils devaient obéir à un tel ordre) Obéissez !

Le premier qui s'avança déclencha le mouvement pour les autres. Quelques secondes plus tard, ils étaient à nouveau rassemblés près des trois pick-up qui les avaient amenés.

— Bon, Joach', le chef, le boss, le grand manitou. Je présume que si nous vous laissons partir, vous ne laisserez pas nos amis tranquilles.

— N'y compte pas. Et d'ailleurs, tu seras bientôt trop morte pour faire encore de l'humour.

— Ah ! Les hommes. Toujours à proférer des menaces. Ne me dis pas qu'on va devoir vous tuer ?

— Si, ce serait mieux, sinon, *vous* êtes mortes. Et même si tu me tues, tu ne nous auras pas tous. Vous n'avez aucune chance. Alors tu ferais mieux de me lâcher et fuir très vite pour sauver ta vie tant que tu en as encore l'occasion.

— Quel esprit d'abnégation ! Tu serais prêt à mourir pour permettre à tes hommes d'atteindre ton but. Et vous, bandes de moutons ! Allez-vous prendre le risque de mourir pour les plans mégalos de votre patron ? Soyez des hommes, pas des brebis, ne suivez pas aveuglément les ordres d'un abruti.

Mais son discours se perdit dans le vide de leur cerveau. Ils restaient prêts à charger dès qu'ils en auraient l'occasion.

— Vous êtes pénibles, les gars, souffla-t-elle. Mais, (elle sourit largement) je suis heureuse que vous soyez aussi limités. On va pouvoir s'amuser un peu. Louis ! Prenez les armes, hurla-t-elle.

— C'est déjà fait ! répondit-il immédiatement.

Je me retournai. En effet, ils n'avaient pas trainé pour réagir.

— Fermez le volet, criai-je.

Mais il resta sourd à mon ordre et ils sortirent tous les trois l'arme au poing.

—Non, on ne vous laisse pas.

—Si ! hurla sèchement Peitane. Ils sont à nous, on a besoin d'entrainement.

—Quoi ? s'interrogea Charles.

—C'est vrai, lui dis-je. On ne peut pas vous expliquer là, maintenant, mais nous aimerions nous en charger seules. (Ils restèrent silencieux) S'il vous plait ?

—Ok, dit Louis, on vous laisse faire, mais on reste au cas où.

—Merci, conclus-je. Peitane, c'est à toi. *On doit les tuer tu penses ?* lui demandai-je par la pensée.

—*On n'a pas vraiment le choix, sinon, ils reviendront dès que nous serons parties.*

—*Sans doute, mais je ne sais pas si c'est bien de faire cela.*

—*Bien sûr que non, mais c'est une question de choix et je crois qu'on ne l'a plus vraiment.*

Elle lâcha Joachim et, d'un coup de pied, le poussa dans les bras de ses hommes. Elle jeta le pistolet vers Charles et nous saisîmes nos marteaux.

—A vos couteaux ! ordonna leur chef en rage. Et pas la peine de les épargner.

A peine avaient-ils fait un pas que Joachim s'effondrait sur le sol, hurlant de douleur. Peitane utilisait son pouvoir !

Déstabilisés par la réaction de leur chef, les autres hésitèrent. Elle en profita pour frapper le premier au niveau du genou, lui arrachant la rotule. C'était ça la solution ! En les handicapant, ils auraient moins de facilité de revenir et les habitants du café auraient une chance d'être tranquilles.

Le premier homme fonçait vers moi en hurlant, couteau bien tendu vers l'avant.

—*Attention derrière toi,* lui soufflai-je à l'esprit.

Il hésita et, pendant une seconde, regarda derrière lui alors qu'il n'avait pas complètement interrompu sa course. Ce fut suffisant pour moi. Frappant avec force et précision au niveau du genou, je sentis les os éclater sous le marteau, il s'effondra en criant.

Sur ce temps, Peitane en avait déjà mis deux autres hors d'état de se battre.

Soudain, ma vue se brouilla très légèrement et un faible picotement remonta le long de ma colonne vertébrale.

Un élégide utilisait son pouvoir sur moi !

Je m'immobilisai une seconde, surprise que cela arrive ici en attente de découvrir quel était son pouvoir. La peur s'insinua en moi … mais rien ne se produisit. Je relevai la tête et inspectai tour à tour chacun de nos opposants. J'aperçus alors l'un deux, resté en retrait, me fixant intensément.

—*Je te tiens !* pensai-je.

D'un bond, je lui tombai dessus sous le regard médusé des hommes qui me virent passer au-dessus d'eux. D'un simple geste, le sicar dévia ma course et m'envoya percuter le flanc d'une de leur voiture. Je retombai lourdement sur le sol, la vue troublée par le choc. Jetant un coup d'œil à Peitane et constatant qu'elle n'était pas une menace directe pour lui, il s'avança vers moi un large sourire aux lèvres.

—Occupez-vous de l'autre ! ordonna-t-il. Ainsi tu es une sicar, affirma-t-il ensuite en se moquant. Ne serais-tu pas celle que nous recherchons depuis plusieurs semaines ? (Une lueur s'alluma dans ses yeux) Mais bien sûr ! Voilà pourquoi les zombies sont tous partis. Ton pouvoir ! C'est dommage d'avoir dû le supprimer.

— Que ... que veux-tu dire ?

— Rien, ce n'est pas important. Ce qui est dommage, c'est que je ne puisse pas te tuer (il regarda ses amis) et que je ne puisse pas non plus les laisser te massacrer. Ce sera plus difficile à expliquer. Mais peu importe.

Ma vision revint peu à peu à la normale durant son monologue. Il leva la main pour me frapper mais ne put terminer son geste avant que sa tête explose, m'arrosant de sang. Son corps s'affala sur place. Louis, un fusil de chasse à la main, avait visé juste. Ils avaient dit qu'ils restaient en couverture ... et c'était tant mieux.

Il s'agita brusquement en pointant Peitane. Elle commençait à être débordée. Elle avait handicapé une bonne dizaine de loubards qui hurlaient de douleur, se tortillant sur le sol comme des vers de terre, mais les autres se regroupaient autour d'elle. L'un d'eux se plia en hurlant tandis qu'elle en frappait un autre, mais son pouvoir ne serait pas suffisant. Je me concentrai pour attirer l'attention de l'homme le plus proche d'elle ... mais rien ne se produisit. Tout en me relevant, j'essayai encore ... rien, l'homme ne réagissait pas et continuait d'avancer sur elle. D'un bon, je me jetai sur eux et en fit tomber quatre d'un coup. La diversion permit à Peitane de reprendre l'avantage. Sans prendre le temps de me relever, à même le sol, je frappai aussi fort et aussi vite que je pus, sans plus viser. Mon marteau s'abattit sur un pied, un bras et encore les côtes d'un troisième. Mais le quatrième se jeta sur moi pour m'étrangler, il avait perdu son couteau dans la chute. Une de ses mains comprimait mon cou tandis que l'autre immobilisait sur le sol ma main qui tenait le marteau. J'essayai de le repousser, mais affamée et mal positionnée, j'étais trop faible. Plus je les fixais, plus ses veines grossissaient, appétissantes, attirantes. Je sentis ma vision se focaliser sur son cou et une faim indescriptible m'envahir. Dans l'adrénaline du moment, je ne parvins plus à me contrôler. Lui saisissant le cou de ma main libre, je l'attirai à moi pour le mordre violemment.

Le sang salvateur se répandit dans ma gorge. La faim s'estompa et la douleur s'envola. D'un coup sec, j'arrachai la chair délicieuse qui fit complètement disparaître la faim en quelques instants et me rendit instantanément ma force. L'homme trembla encore un instant avant de s'affaler de toute sa masse sur moi alors que le sang giclait encore de son cou.

Je le poussai sans trop de difficulté sur le côté mais un éclair de douleur me transperça la cuisse lorsque l'homme à qui j'avais éclaté le pied me planta son couteau. Je hurlais de douleur puis, de rage, lui arrachai la moitié de l'arcade sourcilière d'un violent coup de marteau. Le sang gicla mais je ne m'en souciai plus, j'en étais de toute façon déjà couverte.

Les deux autres ne semblaient pas vouloir se relever.

Peitane frappa le dernier en pleine clavicule. Son marteau émit un bruit sec en brisant l'os et l'homme hurla. En arrachant son arme, elle agrandit la plaie pour la faire saigner plus fort puis, feignant de se faire submerger par son assaillant, elle tomba en arrière, laissant la plaie de l'homme l'inonder de son sang. D'un coup sec, elle lui brisa la nuque.

Bien joué !

Le souffle court, je me relevai et la rejoignis. Elle montrait également des signes de fatigue. Rien d'étonnant étant donné qu'elle s'était occupée de la majorité de nos opposants. Lorsqu'elle me vit boiter, elle s'inquiéta immédiatement de mon état.

—Rien de grave, la rassurai-je, juste un coup de couteau. Dommage qu'on n'ait plus de sérum rouge. Toi, ça va ?

—C'était plus chaud que je l'imaginais, ils savaient presque aussi bien se battre que les sicars qui nous ont attaqués au manoir. Heureusement qu'ils étaient quand même moins rapides.

—Ils avaient un élégide.

—Quoi !

—Oui, j'ai senti son pouvoir, expliquai-je en essuyant le sang sur mon visage avec ma manche. Il m'avait presque maîtrisée. C'est Louis qui m'a sauvée en lui tirant dans la tête.

—Oui ben, c'était juste quand même, intervint précisément Louis.

—Merci en tout cas.

—De rien … mais qui êtes-vous, bon sang ? Je n'ai jamais vu ça ! Vous étiez d'une rapidité incroyable … et les deux bonds que tu as faits étaient … grand dieu, c'est impossible !

—Apparemment pas, tenta de le raisonner Peitane. Sinon, comment aurions-nous fait ? On sait juste se battre, c'est tout. Dans notre monde infesté de zombies, c'est plutôt utile, vous ne pensez pas ?

—Mais ce n'est pas ça l'important, dis-je pour essayer de détourner la conversation de ce sujet inconfortable.

— Ah bon, et c'est quoi dans ce cas ?

— Qu'allez-vous faire d'eux ? demandai-je en montrant nos agresseurs qui se tortillaient encore de douleur sur le sol.

Il me regarda froidement puis, se retourna en saisissant son pistolet. Un à un, il les acheva d'une balle dans la tête sans sourciller. Nous ne réagîmes pas, c'était leur combat, à eux de décider ... et de toute manière, que dire face à l'inéluctable ? Lorsque la dernière balle fit exploser le front du dernier homme, il se tourna vers nous.

— Pas question qu'ils viennent encore mettre nos vies en danger. Ils avaient fait leur choix ... qu'ils assument.

Le sang dégageait une odeur mielleuse qui souleva chez nous une forte envie de se jeter sur les corps pour les dévorer et nous repaître de leur chair. Nous avions eu si faim. Heureusement, le combat nous avait fourni juste assez de sang pour maîtriser notre voracité pendant plusieurs heures. Je jetai un regard vers Peitane, ses yeux fixaient les corps avec envie. Nous devions nous détacher de cette idée et la seule solution que je trouvai alors était de poursuivre la conversation.

— Je comprends, lui dis-je. Nous ne vous jugeons pas. Nous-mêmes avons hésité à les tuer pour vous sauver, mais nous avions un problème à prendre une telle décision de sang-froid.

— Pas moi. Ce genre de petits cons ne méritent que ça.

— Ok, on a compris, intervint Peitane. Mais là, le mieux serait de brûler les corps sinon, l'odeur du sang risque d'attirer les affreux.

— Ah bon, tu les appelles comme ça aussi

maintenant ! m'exclamai-je.

—Pourquoi pas ? Je trouve que ça leur va plutôt bien.

—Nous avons une hache au café, proposa Charles en pointant derrière lui, on pourrait entrer dans une maison voisine et démolir quelques portes pour faire du feu.

—Bonne idée, confirma Louis. Alfonse, tu veux bien aller avec lui pour l'aider ?

—Bien sûr !

—Moi, je vais rester ici et rassembler les corps.

—Nous allons vous aider.

Louis s'arrêta un instant en nous détaillant toutes les deux.

—Vous n'avez décidément pas froid aux yeux et rien ne semble vous dégouter.

—C'est difficile à expliquer et dire pourquoi, expliquai-je, mais ... nous avons vu pire.

—J'aime autant pas savoir.

—Et nous préférons ne pas en parler.

—Alors tout est bien dans le meilleur des mondes. Mettons-nous au travail.

Une heure plus tard, Charles et Louis avaient apporté suffisamment de bois et la maman de Charles avait trouvé un bidon de pétrole à brûler. Le bûcher était prêt et une allumette enflamma le bois. Charles et Alfonse, épuisés des nombreux coups de hache, se reposaient ; nous nous occupâmes avec Louis de jeter les corps dans le brasier. Un moment plus tard, les premiers corps noircissaient déjà en dégageant une odeur nauséabonde.

—Quelqu'un souhaite dire quelque chose, suggérai-je sans espoir.

— Qu'ils crèvent ! cracha Louis avec haine.

Nous restâmes quelques minutes à regarder silencieusement le feu. Je me dis à cet instant qu'il était impressionnant de constater le pouvoir hypnotique que le feu pouvait avoir. Nous n'avions aucune raison de rester regarder ce spectacle macabre … et pourtant.

— Les amis, dit Arlette en brisant le silence d'une voix tremblante, je crois que nous ferions mieux de rentrer.

Nous regardâmes autour de nous, constatant avec effroi que les zombies réapparaissaient. Ils n'étaient encore que quelques-uns, rien d'inquiétant … mais c'était impossible ! Je leur avais donné l'ordre de déserter le village. Tant que je ne serais pas inconsciente ou endormie, l'ordre aurait dû rester valable. De plus, de nouveaux zombies auraient machinalement suivi les premiers.

Nos amis tournèrent les talons et rentrèrent sans tarder dans le café. Une fois qu'ils eurent le dos tourné, je me concentrai et donnait un nouvel ordre … mais aucun des zombies ne réagit, ils continuaient leur inlassable marche macabre, accélérant même le pas en nous apercevant.

— Qu'est-ce que tu attends pour leur donner l'ordre de dégager ? m'agressa Peitane tout bas.

— C'est ce que je fais ! objectai-je. Mais ça ne marche pas.

— Quoi ?

— Pendant le combat, dis-je tout bas en la prenant par le bras pour tourner le dos à nos amis, j'ai eu le même problème quand j'ai essayé de les distraire pour t'aider. Ça n'a pas fonctionné. On dirait que …

— Que quoi ?

— L'élégide ! Bon dieu, c'est ça ! Il a utilisé son pouvoir sur moi et a dit qu'il trouvait dommage d'avoir dû supprimer le mien.

— Merde ! C'était peut-être ça son don, faire perdre leur pouvoir aux autres.

— Ça, c'est plutôt gênant.

— Oui, cela va certainement compliquer notre progression dans les jours qui viennent.

— Alors, vous venez les filles ! cria Charles en constatant que nous étions restées à la traine.

Sans nous faire prier, la faim nous ayant quittées pour quelques heures, nous les suivîmes à l'intérieur et laissions le lourd volet de métal se refermer bruyamment derrière nous. Nicole alluma quelques bougies supplémentaires, ce qui nous rappela que l'électricité s'en était allée et qu'il n'y en aurait sans doute plus jamais. Le monde allait retomber inéluctablement à l'âge de la pierre et je supposai que la plupart des gens n'en étaient pas encore conscients. Un long moment de silence s'écoula avant que quelqu'un prenne la parole. Je crois que tous, nous réalisions la situation dans le pire de ses scénarii.

— Qu'allez-vous faire à présent ? demandai-je à Charles qui nous servait un verre.

— Pour nous, rien n'a changé. Nous allons rester ici et tenter de survivre. Cette fois au moins ne nous reste-t-il que la menace des affreux. (Il pouffa de rire) Alors là, je n'aurais jamais cru dire cela un jour.

— Oui, mais à long terme.

— Que veux-tu dire ?

— Vos réserves vont finir par s'épuiser et même si vous videz les magasins alentour, vous tiendrez un an, peut-être un peu plus en vous rationnant, mais vous n'irez pas beaucoup plus loin.

— Et que voudriez-vous que nous fassions ?

— Le centre des villes et villages n'est pas une solution à long terme, les ressources vont vite tarir. Le seul moyen de survivre réside dans les campagnes par la culture, l'élevage, et les lacs ou bords de mer pour la pêche. (Je voyais le visage de nos hôtes se rembrunir) Je n'aurais jamais cru dire cela un jour, mais je suis obligée aujourd'hui de reconnaître l'utilité des cours d'histoire à l'école. Bref. Vous devriez trouver une ferme abandonnée, ce ne doit pas être très difficile dans la région, et vous y organiser.

Alors que nous discutions, Thérèse apporta un plateau avec quelques sandwiches.

— A vous entendre, dit Louis d'un air froid, on dirait que le monde est condamné. Il y a bien un problème avec les affreux, mais ce n'est certainement que temporaire. L'armée ne va pas tarder à venir nettoyer tout ça. La seule chose, c'est qu'ils doivent être occupés ailleurs pour l'instant, question de priorité. Nous devrions donc pouvoir tenir d'ici à ce qu'ils nous libèrent.

L'espace d'un instant, j'avais oublié qu'ils ne connaissaient pas la vérité et dans ce cas, son raisonnement tenait la route. Mais malheureusement, dans la réalité, il n'avait aucune chance d'aboutir à une fin heureuse. Cela me fendit le cœur. Ils étaient vraiment sympas et les laisser dans l'ignorance me mettait vraiment mal à l'aise.

— Ecoutez, dis-je solennellement, vous ne connaissez pas toute la vérité. Le monde ne va pas s'en remettre et l'armée ne va pas venir vous aider.

— Pourquoi dites-vous cela ? s'inquiéta Nicole.

J'hésitai un instant, les détaillant à tour de rôle, puis
...

—Il y a certaines choses que vous devez savoir ...
—Caro ... non ! m'interrompit Peitane.
—Je ne peux pas les laisser comme ça dans l'ignorance ! m'offusquai-je. Ils doivent savoir. Si on ne dit rien, d'ici un an tout au plus, ils seront morts. Je ne peux pas l'accepter. (Je me retournai vers eux) Ce que je vais vous dire, vous n'allez peut-être pas le croire, et pourtant, c'est la stricte vérité. Charles, puis-je avoir un verre d'eau, s'il vous plaît ?

Alors qu'il me servait, un silence pesant s'abattit sur la taverne et je sentais bien que tout le monde était suspendu à mes lèvres. On entendait même l'eau couler dans le verre. Rien qu'à penser à ce que j'allais leur révéler, j'en avais la bouche sèche. Je bus quelques gorgées avant de poursuivre.

—Il existe une organisation secrète ... (Louis leva les yeux au ciel) Ecoutez-moi avant de juger. Je sais que ça fait un peu James Bond, mais malheureusement, c'est la vérité. Cette organisation a créé les zombies. Ils les retenaient enfermés jusqu'il y a un peu plus d'un mois. Ils avaient des prisons un peu partout dans le monde.

» Il y a cinq semaines, suite à une erreur (je jetai un regard à Peitane qui baissa les yeux) tous les affreux ont été libérés. Aujourd'hui, les zombies ont infesté le monde entier.

» Le fait que vous comptiez sur l'armée est utopique car cette organisation a choisi avec minutie l'endroit de ses frappes. En l'occurrence, près des zones militaires et des grandes villes. Ce furent donc les premières à être détruites. C'est également pour cela qu'il y a moins d'affreux ici. Vous n'êtes pas obligés de me croire, mais vous feriez mieux ... pour votre survie.

Nos hôtes restèrent sans voix, digérant encore cette nouvelle. Puis, Louis pouffa d'un rire nerveux.

—Et comment savez-vous tout cela ?

—Parce que nous faisions partie de cette organisation, répondis-je un peu honteuse.

Ce n'était pas la stricte vérité, mais c'était plus court à expliquer.

—C'est aussi pour cela que nous connaissons bien les affreux, intervint Peitane, et que nous osons nous déplacer vers le sud.

—C'est exact, confirmai-je. Nous avons fui l'organisation lorsque nous en avons eu l'occasion, mais ils sont probablement à notre recherche. C'est pour cela que nous ne pouvons pas rester à un endroit particulier, ils nous retrouveraient trop facilement, mentis-je partiellement.

Charles servit une nouvelle bière à Alfonse et remit un Picon à Louis. Il se servit un whisky puis se tourna vers les trois femmes. Elles signèrent *non* de la tête pour exprimer qu'elles ne désiraient rien.

—Une chose m'échappe dans votre histoire, dit-il. Quel genre d'organisation pourrait avoir intérêt à créer des affreux et les libérer pour envahir le monde ? Ça n'a aucun sens.

—Parce que, dans un sens, ils sont aussi des zombies, répondis-je tristement en pensant à Peitane et moi.

—C'est ridicule ! Votre histoire ne tient pas la route. Les affreux n'ont pas assez de cerveau pour monter une organisation. Ils ne sont déjà pas assez intelligents pour entrer ici, ils restent pendant des heures à marteler inutilement sur le volet.

—C'est pourquoi j'ai dit, *dans un sens*. Ils ont trouvé le moyen de récupérer leur capacité intellectuelle.

—Et ils sont tous comme ça dans cette organisation ? demanda Alfonse.

—Oui, pourquoi ? répondis-je trop vite.

—Alors, vous aussi.

Le mal était fait, je m'étais fait piéger. J'hésitai un instant à trouver une autre excuse, mais trop de choses leur semblaient déjà bizarres chez nous comme le fait que nous avions refusé leur nourriture et la manière dont nous nous battions. Je décidai alors de leur dire la vérité.

—Oui.

Je vis Peitane se retourner en se prenant la tête. Cette fois, il n'y avait plus de mensonge possible.

—Vous êtes toutes les deux des affreuses ? insista Charles. (J'opinai du chef) Bon dieu ! s'exclama-t-il en commençant à faire les cents pas derrière son bar.

—C'est pour cela que nous avons refusé votre charmante invitation à manger. Nous ne pouvons manger que notre nourriture et c'est cette nourriture qui nous empêche de … de devenir de vrais zombies. Grâce à elle, nous ne nous jetons pas sur le premier humain venu pour le dévorer.

—Grand dieu ! s'exclama Nicole, imitée aussitôt par les deux autres femmes. Elles doivent partir !

—Oui, je suis d'accord, confirma Alfonse.

—Moi aussi ! appuya Charles.

Tous les regards se tournèrent alors vers Louis. S'il confirmait également, nous devrions nous en aller sur le champ. Mais il resta silencieux, nous détaillant toutes les deux en réfléchissant profondément.

— Êtes-vous un danger pour nous ? demanda-t-il.

— Quoi ! s'interposa Nicole. Tu rigoles, j'espère. Elles viennent de te dire qu'elles sont des affreuses !

Il ne réagit pas, continuant à nous fixer en attendant notre réponse. Mais les autres ne nous en laissèrent pas le temps.

— Je suis d'accord, elles sont dangereuses.

— Moi aussi, je veux qu'elles partent.

— Ce sont des monstres, fous-les dehors !

— Ouais, dehors !

Tous ces rejets me pesèrent douloureusement sur le cœur. Nous faisions tout ce que nous pouvions pour justement ne pas être des monstres et notre but était précisément de les combattre ... mais au fond, ils n'avaient pas tout à fait tort. Nous en étions, camouflées certes, mais des monstres quand même. Lorsque les cris se calmèrent, Louis était toujours à nous fixer sévèrement, la main sur son pistolet.

— Non, nous ne sommes pas un danger. Nous venons de manger, dis-je en montrant l'extérieur et donc, vous ne craignez rien.

— C'est pour cela que vous étiez si pâles en arrivant. Vous étiez affamées. Et maintenant que vous avez ... *mangé* ..., vous avez retrouvé des couleurs.

— C'est exactement ça, dis-je honteuse.

— Très bien, alors vous pouvez rester jusque demain matin.

— Quoi ! Non mais, tu es cinglé, s'indigna Nicole. Pas question !

— Elles nous ont libérés de la plus grande menace. Les affreux ne nous font pas peur, les autres auraient pu nous tuer.

— Et si leur soif de sang et de chair l'emporte

pendant la nuit, pendant que nous dormons, es-tu prêt à prendre le risque ?

—Elles m'ont aidé à transporter les corps qui dégoulinaient de sang. Si elles avaient eu une envie aussi irrépressible, elles se seraient jetées dessus. Et quand elles sont arrivées, elles étaient affamées, elles auraient pu nous tuer sans la moindre difficulté d'après ce que j'ai vu dehors et pourtant, elles n'en ont rien fait.

—Qui te dit qu'elles ne nous mentent pas ? demanda Charles un peu plus calmement.

—Elles nous auraient raconté tout cela pour ensuite nous mentir sur elles. Si elles avaient voulu mentir, elles n'auraient eu qu'à dire qu'elles n'étaient pas comme les autres ... ou ne rien dire du tout. Or, elles ont voulu nous mettre en garde sur le monde tel qu'il est réellement. Donc, je les crois ... mais je comprends votre réticence et je ne suis pas seul à décider. Alors, qu'en pensez-vous ?

Nous regardâmes tristement les autres à tour de rôle, espérant qu'ils ne nous chassent pas, mais pourrions-nous rester ici sous les regards suspicieux toute la soirée et toute la nuit ? Plutôt n'être que nous deux, Peitane et moi.

—Viens Peitane, il vaut mieux qu'on parte.

—Pourquoi ? demanda Louis. Nous ne vous avons pas encore chassées.

—Nous ne voulons pas être la cause de disputes. Vous allez devoir vivre ensemble pendant ... le plus longtemps possible.

—Ne vous inquiétez pas pour les disputes, c'est courant chez nous. Mais, attendez un instant, dit-il en réfléchissant. Vous venez de l'appeler Peitane.

—Oui. Il est vrai que nous n'avons pas eu l'occasion

de nous présenter jusqu'ici … mais ça n'a plus beaucoup d'importance.

— Elle s'appelle Peitane ? demanda Charles.

— C'est mon nom en effet, confirma-t-elle en s'inquiétant de ce soudain intérêt.

— Alors, toi, c'est Caroline.

— Oui, mais comment le savez-vous ?

— Elle t'a appelée Caro tantôt et aucun de nous n'a percuté … mais ce n'est pas la seule raison, expliqua Charles. Nous vous avons dit qu'un homme était venu, il y a quelques jours, et qu'il nous avait laissé le camion de nourriture en échange d'un service.

— Oui, mais quel rapport avec nous ?

Il se pencha sous le bar et en sortit un gros sac à dos.

— Ceci, répondit-il. Je pense que c'est pour vous. L'homme qui est venu nous a demandé de le remettre à Caroline et Peitane. Il semblerait que ce soit vous.

Je m'avançai hésitante en jetant un regard étonné à Peitane. Une fois le sac ouvert, je restai pétrifiée. Des barres, des jus et des yaourts pour plusieurs semaines ! Et dans les poches latérales, du sérum rouge. J'en montrai une poignée à Peitane qui ouvrit de grands yeux.

— Qui vous a donné ça ? demandai-je.

— Nous ne le connaissons pas et il n'a pas voulu donner son nom mais il semblerait que vous ayez un protecteur.

— L'Ange, tu crois ? lançai-je vers Peitane.

— Peu probable, il a promis notre mort si nous nous trouvions encore sur son chemin.

— Il a peut-être eu des remords.

— Pas son genre.

—Mais qui alors ?

—Aucune idée.

Je réfléchis un instant, mais de mémoire, je ne vis personne qui aurait pu faire cela pour nous. Je refermai le sac en remerciant Charles.

—A présent, nous allons vous laisser et ne vous inquiétez pas pour nous, quelques affreux ne peuvent rien contre nous. Nous ne voulons pas vous mettre mal à l'aise plus longtemps.

Louis fixa Charles sans dire un mot. Ce dernier soupira puis prit la parole.

—Restez cette nuit. Si la personne qui nous a donné tant de nourriture veut vous aider, nous le ferons également. Tout le monde est d'accord ? demanda-t-il en balayant les autres du regard. (Tous acquiescèrent.) Alors, c'est entendu.

—Merci infiniment.

La soirée se déroula de manière un peu tendue, nos hôtes nous questionnant avec intérêt sur le monde et l'avenir, mais principalement sur nous. Toutes ces émotions nous pesaient et le sommeil vint difficilement mais lorsque la lune fut haute, nous finîmes par nous endormir. Ce qui ne fut manifestement pas le cas de nos hôtes. Ils avaient passé une bonne partie de la nuit à discuter. Pas de nous, ou du moins pas uniquement, mais de leur avenir. Ils avaient réfléchi à ce que je leur avais dit sur la situation dans le monde et surtout, le fait que la survie dans les villes et villages n'était pas une option à long terme. Ils avaient pris la décision de suivre mon conseil si bien que, au matin, ils sollicitèrent notre aide une dernière fois avant notre départ.

Nous les aimions bien, nous acceptâmes sans hésiter.

Le camion fut chargé de leur nourriture et de leurs objets personnels avant le déjeuner. Il restait à trouver une ferme abandonnée ... ou occupée seulement par des zombies. Dans la région, ce ne fut pas compliqué, les fermes étaient légions, mais un choix judicieux s'imposait. L'endroit devait s'avérer facile à protéger, disposer d'un périmètre assez étendu pour accueillir des cultures et éventuellement un élevage ou l'autre. Lorsqu'enfin nous trouvâmes, un puits offrait même de l'eau potable. Petite cerise sur un gâteau bien sombre.

Peitane et moi sommes restées deux jours de plus pour les aider à décharger, barricader la maison et renforcer les barrières qui délimitaient leur nouvelle propriété. Ce fut finalement la mort dans l'âme que nous les quittâmes pour reprendre notre marche. Côtoyer quelqu'un qui connaissait notre véritable identité et nous acceptait sans nous craindre fut très réconfortant. Mais rester plus longtemps n'était pas souhaitable car, si les Laneiros nous retrouvaient, nos amis courraient un trop grand danger. Nous devions dès lors atteindre notre objectif mais nous leur avons promis de revenir. Si nous parvenions à détruire leur système de localisation, nous serions en sécurité et, à ce moment seulement, nous pourrions envisager de nous poser ... et pourquoi pas avec nos nouveaux amis. D'autant qu'à notre grand bonheur, ils le proposèrent. Ils nous appréciaient beaucoup, sans compter que nos « capacités » leur offraient une protection hors pair.

Sans le savoir, alors qu'ils nous considéraient comme leur sauveur, *eux* nous avait en réalité sauvées en nous donnant l'espoir d'un endroit agréable où se poser.

Eras m'empêcha de me lever pour attaquer. A présent que nous avions retrouvé Caroline, j'étais impatiente de la capturer, la livrer à Adolfo et attendre qu'ils ne puissent plus rien en tirer pour la tuer.

—June, non ! ordonna-t-il en me retenant par le bras.

Cela faisait trois jours que nous les avions retrouvées et que nous restions à distance pour les observer. C'était impressionnant d'ennui. Ils avaient quitté le café en se débarrassant facilement des zombies, chargé le camion et s'étaient mis en route. C'est là que nous avons failli les perdre. Les suivre en voiture s'avéra très risqué car tout véhicule roulant attirait inévitablement l'attention. Mais Sophia semblait très douée à ce petit jeu.

Les choses se compliquèrent malgré tout en pleine filature lorsque les réseaux téléphoniques s'arrêtèrent. Nous communiquions aisément jusque-là, d'une voiture à l'autre. Mais sans portable, loin l'un de l'autre, nous avions même failli nous perdre entre nous.

Leurs deux jours de travaux d'infrastructure dans la ferme avaient vraiment été pénibles à observer mais

Eras n'en démordait pas et rejeta toutes mes demandes d'intervention. Pourtant, c'aurait été facile étant donné l'endroit.

— Nous ne pouvons pas la capturer maintenant.

— Mais bon dieu, fulminai-je, vas-tu enfin me dire pourquoi ?

— Nous savons à présent qu'elles ne bénéficient plus de la protection des changelins. C'est parfait pour nous, au moins ont-elles perdu une protection de taille. Mais elles sont aidées par quelqu'un d'autre. Il semblerait qu'un mystérieux bienfaiteur veille sur elles

— Et alors, qu'est-ce que ça peut bien faire !

— Réfléchis un instant et essaie de voir plus loin que ta petite vengeance. Il ne s'agit pas des petits vieux qui leur donnent un toit pour la nuit ou de quelqu'un qui les aide à tuer quelques zombies. Cette personne dispose de gros moyens logistiques. Laisser un camion complet de nourriture juste pour leur faire parvenir un peu de substitut de repas, ce n'est pas donné à tout le monde. En plus, il s'agit visiblement de quelqu'un qui nous connait, connait notre nourriture et les sérums. Et il parvient à faire tout cela sans que personne ne soit au courant. Non, il est vraiment doué, connait trop de choses et dispose de moyens énormes. Il ne faut pas le prendre à la légère et le meilleur moyen d'en savoir plus, c'est de rester à proximité de Caroline car, visiblement, elle est importante pour lui aussi. Dommage que nous n'en ayons pas entendu plus de leurs discussions.

— A part les Laneiros ou les Acostas, qui pourrait bien lui trouver de l'importance ? demanda Sophia.

— C'est ça, la vraie question. Les seuls qui auraient eu les moyens étaient les Delarivière mais nous les

avons démantelés il y a bien longtemps. Même le père de Caroline, paix à son âme, travaillait pour nous sans le savoir. Non, j'avoue mon ignorance et je n'aime pas ça. Nous devons le découvrir avant de capturer Caroline. Alors, June, tu vas mettre ta rancœur de côté pour l'instant et t'armer de patience, tu veux bien ?
— Ai-je le choix ? (Il me fusilla du regard) ... C'est bon, je ferai comme tu veux. Et maintenant, que fait-on ?

Il observa encore pendant quelques secondes la ferme où Caroline et son amie remerciaient leurs amis avant de reprendre la route. J'avais bien remarqué qu'elles étaient ensemble ... plus que nous ne l'avions été quand nous étions amies. Et cela décuplait encore ma colère. Alors que j'avais patienté pendant des années en espérant qu'elle s'ouvre à moi, cette pimbêche y était arrivée en quelques mois. Comment était-ce possible ? Qu'est-ce qui avait bien pu provoquer un changement si soudain chez Caroline. La jalousie m'animait autant que l'envie de meurtre et j'avais bien du mal à composer avec tout cela sans désobéir aux ordres d'Eras.

Les regardant s'éloigner, j'arrivai à m'ôter toutes ces considérations de la tête. Pourquoi continuaient-elles à pied ? C'était une énorme perte de temps et un risque supplémentaire avec les zombies. A part la discrétion, je ne vis aucune raison particulière qui aurait pu motiver ce choix. Mais c'était raté, nous étions sur leurs traces. Je craignais seulement que nous devions nous aussi continuer à pied pour ne pas nous faire repérer.

Eras se retourna et nous demanda de le suivre jusqu'aux véhicules. Il plongea sur la boite à gants puis déplia une carte sur le capot en la bloquant avec des pierres qu'il ramassa à la hâte.

—Nous sommes ici, elles sont parties du manoir qui était là et se sont arrêtées dans ce village. Entre cet endroit et ici, nous n'avons pas d'infos mais elles semblent suivre une certaine logique et se diriger vers le sud.

—Où veux-tu en venir en analysant leurs déplacements ? demanda Sophia.

—Ils nous en apprennent beaucoup en fait. Et surtout sur l'endroit où nous pourrions les trouver ensuite. Les suivre de près serait trop risqué. Dès lors, nous devrons paradoxalement les précéder.

—Tu te rends compte de ce que tu dis, fis-je remarquer.

—Oui June, parfaitement. Et donc, nous devrions pouvoir les retrouver ici, dans ce village isolé. C'est à trois jours de marche mais je suis persuadé qu'elles passeront à proximité si elles ne s'y arrêtent pas. La seule chose que j'aimerais connaître, c'est la raison de leur direction.

—Tu permets grand-père, s'imposa Sophia en tournant un peu la carte. Il suffit qu'on prolonge leur direction, on verra bien si elles passent à un endroit qui nous est familier.

Elle prit un stylo dans son sac et marqua les points qu'Eras avait indiqués. Puis, grossièrement, elle traça une ligne plus ou moins droite en direction du sud et s'arrêta net sur un point ... la *Casa Originale* !

—Sandio ! jura-t-il en Espagnol. Comment ne l'ai-je pas vu plus tôt ? Elles viennent à notre rencontre et nous, on s'évertue à les chercher pour les y amener. C'est trop facile ! Prends la voiture ! ordonna-t-il à l'élégide qui nous accompagnait, et rentre à la *Casa Originale* prévenir Adolfo. Annonce-lui la bonne nouvelle et rassure-le sur le fait que nous ne la perdrons pas de vue jusque-là. Mais fais un détour par le nord puis par l'est pour être sûr qu'elles ne t'aperçoivent pas, même de loin. Prends une sécurité d'au moins vingt kilomètres. Je ne veux prendre aucun risque. Sophia, June et moi allons les devancer à pied en empruntant une autre route. Bravo Sophia, cette fois, nous avons une longueur d'avance sur elles. Elles ne peuvent plus nous échapper.

Nous approchions d'un village qui fut très certainement une place forte au Moyen Age. Perché sur une petite colline, il était entièrement entouré de hauts remparts et même si leur état laissait aujourd'hui à désirer, ils offraient sans conteste un excellent endroit pour se protéger des affreux.

Je souris à cette pensée. Peitane et moi avions, sans vraiment y réfléchir, repris le surnom donné aux zombies par nos amis. Je pensai à eux avec un petit pincement au cœur. Ils étaient vraiment des gens biens et j'espérais du fond du cœur qu'ils allaient réussir à survivre dans leur nouvel endroit.

L'image du jeune couple que nous avions sauvé quelques jours après notre départ du manoir me revint également à l'esprit. Qu'étaient-ils devenus ? Et leurs deux enfants ? Ils devaient encore avoir à manger pour un mois ou deux au plus. Etaient-ils restés dans leur appartement où avaient-ils pris le risque de chercher un autre endroit ? Quoi qu'ils aient décidé, je les espérais sains et saufs.

— Ça va ? s'inquiéta Peitane.

— Je pensais à nos amis Charles, Louis et les autres

mais aussi à Roxanne, Sébastien et leurs deux enfants. J'espère qu'ils vont bien.

—Moi aussi. Quand tout sera fini, si nous sommes toujours en vie, on devrait essayer de les retrouver pour aller vivre chez Charles. Avec nous deux, ils ne risqueraient plus rien.

—Et bien ! m'étonnai-je. La combattante pure et dure s'inquiète quand même pour les autres, dis-je en souriant.

—Je suis peut-être endurcie, mais ça ne veut pas dire que je n'ai pas de cœur, espèce de mégère.

Je souris et la pris dans mes bras pour l'embrasser. Comme à chaque fois, mes lèvres prirent feu de l'amour que j'éprouvai pour elle et mon ventre se serra. Cela ne faisait pas si longtemps que nous étions ensemble et pourtant, étrangement, je ne voyais déjà plus ma vie sans elle. Je crois que si elle n'était plus là, je serais seule et perdrais tout goût à la vie. Je priai pour que cela n'arrive jamais mais je savais aussi que je devais m'y préparer malgré tout. L'endroit vers lequel nous nous dirigions en droite ligne nous laissait peu de chance de survie. A cette idée et à la pensée que je pourrais la perdre, mon cœur s'alourdit.

—Je t'aime, lui dis-je tendrement.

—Je suis heureuse, confia-t-elle. Même si nous sommes perpétuellement en danger, le fait de vivre cela avec toi me rend sereine. Quoi qu'il puisse nous arriver et aussi court que soit notre périple, je ne regretterai jamais de l'avoir entamé avec toi.

—Merci, moi aussi je suis heureuse. N'as-tu pas peur de tout perdre en nous acharnant à vouloir combattre les familles ?

—Pas vraiment. En fait, je n'y pense pas. J'essaie

juste de prendre les bonnes décisions au jour le jour et rester en vie. Chaque jour que nous passons nous conduit au suivant et au bonheur de pouvoir le partager avec toi. Pour moi, c'est amplement suffisant. Je lui souris tendrement et lui caressai la joue, elle était vraiment très belle. J'en étais d'ailleurs encore un peu jalouse. En la regardant, ses yeux si clairs, presque incolores, me transpercèrent et sa bouche pulpeuse m'incita à l'embrasser de nouveau. Ne sachant pas de quoi demain serait fait, je voulais profiter au maximum de ces instants et du bonheur d'être à ses côtés.

Mais il fallait revenir à la réalité. Mes yeux se levèrent pour évaluer la hauteur des remparts qui se dressaient devant nous. Une seule route menait à l'intérieur du village puis se séparait en deux pour rejoindre parallèlement le sommet de la colline. De chaque côté, des habitations hautes et étroites et quelques magasins ombraient le chemin rocailleux.

Y rentrer n'allait pas être de toute facilité car une horde d'affreux se massait à l'entrée fortifiée pour pénétrer à l'intérieur de l'enceinte. Une des deux grandes grilles qui protégeait le village était tombée et à en juger par les dégâts aux murs, elle avait été arrachée. Une grosse corde enserrait encore plusieurs de ses barreaux. Quelqu'un l'avait visiblement tractée avec un véhicule pour pénétrer dans la ville ... ou y laisser entrer les zombies.

Venir en aide à tout le monde n'était pas envisageable et cette fois, la mort dans l'âme, nous décidâmes de passer notre chemin. Nous ne vivions pas bien cette décision et nos premiers pas furent maussades. Mais un instant plus tard, les cris d'une femme nous rappelèrent que des enfants étaient peut-être aussi en danger. Cette excuse et un regard échangé nous firent rebrousser chemin en saisissant nos marteaux le sourire aux lèvres pour attaquer la horde. Notre conscience était sauve.

Un sifflement suffit à attirer leur attention. Cela donnerait déjà un peu de répit aux défenseurs de la petite ville. J'essayai encore une fois de donner l'ordre aux zombies de partir … au cas où … mais rien n'y fit, ils avançaient inlassablement sur nous. J'avais bel et bien perdu ce pouvoir. Ils n'étaient qu'une trentaine et en nous déplaçant agilement pour les frapper un par un, ils n'arriveraient pas à nous encercler, trop lents face à notre dextérité de sicar. Il ne fallut que quelques minutes pour en venir à bout. Après quoi l'enceinte de la ville nous était accessible. Les combats atteignaient déjà le sommet de la colline, nous entendions les cris de panique mais fort heureusement aussi des cris de rage. Eliminant aisément les zombies sur notre route, nous rejoignîmes la cellule de combattants en quelques minutes où je restai pétrifiée sur place. Peitane dut tuer un zombie qui m'était presque tombé dessus.

— Mais qu'est-ce que tu fais ? Ce n'est vraiment pas le moment de rêver.

— Marc.

— Quoi, Marc ? Cayetano est mort, pourquoi tu penses à lui maintenant ?

— Pas celui-là ! dis-je en bondissant de plusieurs mètres pour aller les aider.

Alors que je l'avais complètement oublié, ou du moins relégué dans un coin de ma mémoire, Marc était là. Ils étaient presque encerclés lorsque je tombai brutalement sur les premiers zombies. Je frappai avec une rage décuplée, mon marteau s'enfonçant si profondément dans les crânes que j'eus parfois du mal à l'en extraire. Un instant plus tard, j'aperçus Peitane qui, malgré ma colère, était encore plus efficace que moi. Elle était vraiment impressionnante au combat. J'entendis soudain une femme crier sur ma gauche. Elle était tombée en arrière et un zombie s'apprêtait à fondre sur elle. Dans un geste réflexe, je jetai mon marteau qui, avec une chance incroyable, vint se planter dans sa nuque. Je me rappelai alors la pierre, lancée depuis le point de vue près du manoir, avec laquelle j'avais tué un Acostas. Peitane m'avait alors confié que j'en découvrirais encore longtemps sur nos capacités. Cela semblait se vérifier. L'affreux s'effondra à côté d'elle. Je courus la rejoindre pour l'aider à se relever et la mettre à l'abri, mais ...

— Axelle ! m'exclamai-je en la reconnaissant.

— Caroline ? Mais que ...

Un zombie m'attrapa l'épaule pour me mordre. D'un coup de coude je l'écartai, arrachai mon marteau de la nuque du cadavre et l'enfonçai avec encore plus de rage dans l'œil du mort-vivant. Je l'en ressortis dans un bruit de succion et tendis à nouveau la main vers Axelle pour la relever.

— Ça va ? lui demandai-je.

— Euh ... oui.

— Un coup de main, s'il vous plaît ! entendis-je sous le porche d'une maison voisine

— Lucas ? Mais bon dieu, vous êtes combien là ? Peitane ! hurlai-je car elle était plus proche.

Je lui indiquai la maison et m'attaquai immédiatement aux autres zombies. Mon cri avait alerté Marc qui, malgré le brouhaha des combats, avait reconnu ma voix. Je le vis figé, ne prêtant même pas attention aux zombies qui s'approchaient de lui. Il me fixait, ahuri, n'en croyant visiblement pas ses yeux.

—Marc, réveille-toi, bon sang ! lui hurlai-je en frappant à nouveau.

Il ne bougea pas, ses yeux plantés sur moi, alors que deux morts-vivants l'approchaient par derrière. Je bondis dans les airs, retombant à côté de lui pour frapper ses deux agresseurs, puis me retournai pour le secouer par les épaules.

—Ce n'est pas le moment. Oui, c'est moi, mais … (je frappai un autre zombie) … là, il faut te battre !

Il cligna légèrement des yeux comme s'il venait de reprendre ses esprits. Hésitant, il repartit au combat tout en jetant régulièrement des regards dans ma direction. Il ne restait pas beaucoup d'ennemis si bien que quelques instants plus tard, nous avions tué tous ceux qui étaient à proximité. Quelques-uns arrivaient encore sporadiquement, mais ils ne représentaient plus une vraie menace.

Axelle courut vers Marc et se jeta dans ses bras pour l'embrasser amoureusement.

—*Finalement, mon rêve en était-il réellement un ?* pensai-je.

Un reste de colère émergea, faible résidu du ressentiment que j'avais envers celle qui avait toujours essayé de me voler Marc. Mais l'instant et l'endroit auraient été fort mal choisis pour faire un scandale. Elle lui parlait mais il avait l'air absent, parcourant du regard les quelques personnes encore en vie après l'attaque … ou me cherchant, je ne sais pas trop. Il m'aperçut finalement et marqua une hésitation avant de s'avancer vers moi, plantant presque Axelle sur place. Tout reste de colère s'évanouit, je l'avoue.

J'hésitai à aller à sa rencontre puis finalement, j'avançai de quelques pas. Nous nous regardâmes sans trop savoir quoi dire. J'affichai un sourire un peu gêné.

—Alors tu … es toujours vivante, constata-t-il.

—Oui … et non, c'est une longue histoire.

—Tout le monde te croyait morte. *Je* te croyais morte.

—Je sais, je suis désolée, avouai-je en baissant les yeux.

—Ton père t'a enterrée. (Je ne savais quoi dire à cela) Mais où étais-tu ? Pourquoi as-tu disparu ?

Mon père m'avait sans doute enterrée pour faire illusion et avec l'influence des Laneiros, cela n'avait pas été compliqué de falsifier quelques documents. Savait-il qu'il travaillait pour eux ? Ou comme moi s'était-il laissé leurrer ? Cela n'avait que peu d'importance aujourd'hui. Il était mort quelques jours après mon enterrement, le jour où il était parvenu à me ramener à la vie. Son souvenir mouilla mes yeux.

La seconde suivante, alors qu'un silence pesant s'installait, Axelle vint serrer le bras de Marc en me toisant. Malgré le monde désemparé dans lequel nous vivions, les choses n'avaient finalement pas changé tant que cela. Peitane nous rejoignit, mettant fin à ce moment horriblement gênant où je ne savais trop quoi dire.

—Ça va ? me demanda-t-elle en m'embrassant. Tu n'as rien.

Marc et Axelle s'étonnèrent puis je vis Axelle se détendre un peu, un léger sourire satisfait déformant ses lèvres.

—Je te présente Peitane, lui dis-je. Voici Marc, Axelle et celui que tu as sauvé là-bas s'appelle Lucas.

Ce sont des amis d'école. Il y en a d'autres avec vous ? demandai-je à Marc.

— Non, juste nous trois, répondit-il encore hésitant. Nous ne savons pas ce qu'il est advenu des autres.

— Pour éviter que des souvenirs ne viennent créer des tensions ... Marc était mon petit ami avant ma mort, dis-je à Peitane. Comme ça, les choses sont claires et sans ambiguïté. Et oui, ajoutai-je à l'attention d'Axelle, Peitane et moi sommes ensemble. Tu peux donc arrêter de marquer ton territoire.

— Mais non, je ...

— C'est bon, l'interrompis-je, laisse tomber.

— Ben dis donc ! dit Lucas, arrivant un grand sourire aux lèvres, je vois que les choses s'améliorent entre vous.

— Lucas ! Je suis contente de te voir, le saluai-je avec enthousiasme en le serrant dans mes bras.

— Euh, moi aussi. Mais que me vaut cet élan chaleureux, nous n'étions pas si proches que ça à l'école.

— Je sais, mais je suis si heureuse de ne pas t'avoir tué.

D'immenses points d'interrogation germèrent dans ses yeux et ceux des autres.

— Ne faites pas attention, ajoutai-je, je suis juste heureuse de vous revoir.

— Nous aussi, poursuivit Marc, mais pourquoi viens-tu de dire ... avant ta mort ? Ça ne veut rien dire. Et je ne comprends rien à ta présence ici.

— C'est vrai, poursuivit Lucas. Je n'étais pas à ton enterrement, mais je sais qu'il a eu lieu, Marc a organisé une fête comme à son habitude ... oups, dit comme ça, ça peut paraître un peu bizarre.

—Je sais, ne t'en fais pas. Je vais tout vous expliquer, mais pas ici. Y a-t-il un endroit où nous pourrions discuter tranquillement.

—Il y a la taverne.

—Ne devrions-nous pas aider à refermer le village ? suggéra Peitane.

—Pas besoin, répondit Lucas, alors que Marc restait toujours muet. Ils ont tous les corps de métier nécessaires pour s'en occuper. Nous sommes arrivés il y a deux jours, ils sont sympas et se débrouilleront très bien sans nous. Merci en tout cas d'être arrivées, vous nous avez bien aidés contre les affreux.

—De rien … les *affreux* ? m'interrogeai-je. Comme Charles et ses amis, dis-je à Peitane.

—Vous connaissez Louis et les autres ! s'exclama-t-il.

—Oui, nous y avons fait un arrêt. Mais alors, c'était vous les trois jeunes qu'ils ont sauvés des zombies !

—Oui, heureusement qu'ils étaient là, sinon, nous serions morts. Ils vous ont aidées aussi ?

—Heu, en fait non, c'est plutôt l'inverse, mais c'est pas grave. Bon dieu, j'étais à mille lieues de penser à vous quand ils nous ont expliqué. C'est dingue !

—Tu l'as dit. Venez, suivez-moi, nous pourrons boire un verre et manger un bout.

Je regardai Marc s'éloigner, Axelle le tirant par le bras. Un pincement au cœur m'envahit malgré tout. Même si notre relation n'était plus au beau fixe un peu avant ma mort (sur ce point mon rêve était correct) nous n'avions malgré tout jamais vraiment rompu. Je ne savais pas trop, à cet instant, si cela avait de l'importance mais je ne pouvais contrôler ma réaction. Serais-je encore avec lui si je n'étais pas morte ? Serait-il avec Axelle ? Et June ne serait pas morte par ma faute. Des larmes brouillèrent mon regard en pensant à elle que je ne reverrais jamais. Je n'y pensais plus vraiment depuis un certain temps, pas de manière intentionnelle en tout cas. Si des images d'elle me revenaient bien parfois à l'esprit, je ne m'étais plus penchée sur sa mort, trop occupée à survivre. Elle me manquait. Mon amie d'enfance me manquait, nos jeux, nos discussions, nos soirées en tête à tête dans sa chambre. Je regrettais à cet instant de ne plus avoir son journal. Le lire me remémorait tellement de choses que j'allais immanquablement finir par oublier.

—Ça va ? s'inquiéta Peitane.

—Oui, de vieux souvenirs.

—Avec Marc ? marmonna-t-elle avec jalousie.

—Non, par rapport à June. Les revoir tous les trois m'a fait repenser à elle. J'ai toujours du mal avec le fait qu'elle soit morte et par ma faute en plus.

—C'est normal, c'est encore trop récent. Ça fait quelques mois à peine que tu es morte et un peu plus d'un mois que tu as appris pour elle. Ça mettra du temps mais, même si tu n'arriveras jamais à l'oublier, au moins apprendras-tu à vivre avec son souvenir. La culpabilité ne disparaîtra jamais, elle fera juste moins mal avec le temps.

Nous marchions à la suite de mes amis dans la rue qui redescendait vers la porte. Une centaine de mètres plus loin, j'aperçus l'enseigne de l'auberge. Le genre de vieille enseigne qui existait au Moyen Age et renseignait l'occupation du lieu pour les gens illettrés. Ce village avait voulu la restaurer, ancré dans le souvenir d'une ère où elle devait avoir une certaine importance. A notre époque, ce n'était plus qu'un lieu touristique à la mode … et aujourd'hui, il était redevenu un endroit fortifié.

La roue tourne.

— A t'entendre, fis-je remarquer à Peitane, on a l'impression que tu sais de quoi tu parles.

Elle baissa un instant les yeux et je vis une infinie tristesse inonder son regard.

— A ton arrivée au manoir, je t'ai expliqué ma vie d'avant, dans une famille aisée où j'ai fait quelques erreurs de jeunesse. (J'opinai du chef) Ce n'est qu'une partie de la vérité. En fait, j'ai fait de solides bourdes. Mon égoïsme d'adolescente rebelle m'a amené dans des endroits infâmes où j'ai côtoyé des personnes qui l'étaient encore plus. Mes parents ont voulu m'en sortir, je me suis opposée à eux de manière plutôt violente.

» Au fil des ans, voyant qu'ils n'arrivaient à rien pour me ramener dans le droit chemin, ma mère finit par se décourager … et perdre la tête. Lorsque j'ai débarqué à la maison avec un homme, un dealer, elle a réagi agressivement et s'en est prise à lui. Comme il n'avait rien à perdre et surtout rien à foutre de quiconque, il a frappé ma mère … vraiment fort. (Des larmes lui montèrent aux yeux) J'étais tellement égoïste à l'époque que je suis encore parvenue à le lui reprocher et j'ai remis une couche de colère sur le désespoir qui l'habitait déjà. Je me suis enfuie avec lui. Elle ne s'en est jamais remise … je ne suis plus jamais revenue à la maison. Quelques mois plus tard, elle s'est suicidée.

— Je suis désolée.

— Pour qui ? Pas pour moi, j'espère. C'était de ma faute, j'ai mérité ce qui m'arrive.

— Tu n'étais qu'une ado.

—Peut-être, mais ça n'excuse pas tout. Bref, le jour de l'enterrement, j'ai quand même voulu être présente. Mon père ne m'a même pas regardée et a refusé de m'adresser la parole. C'est ce jour-là que j'ai compris … mais il était trop tard. Alors tu vois, je sais ce qu'est la culpabilité et je sais qu'elle ne disparaitra jamais. Je sais juste qu'elle fait moins mal avec le temps, mais pour ça, j'essaie au moins de me racheter une conduite.

—Et tu y arrives très bien, la rassurai-je en posant mon bras sur ses épaules tout en marchant.

—Merci. On arrive … ouf, souffla-t-elle, soulagée de pouvoir passer à autre chose.

Avant d'entrer, je jetai un coup d'œil dans le bas de la rue où les habitants s'affairaient à replacer la grille avant qu'une autre horde ne passe à proximité. Qui avait bien pu arracher cette grille et exposer ainsi le village au danger de manière purement gratuite ? J'entendis un bébé pleurer. Un peu plus loin, une maman aidait à ramasser du bois pour consolider la porte, le bébé noué dans un grand tissu sur son ventre. La vie continuait. Quoi qu'il arrive, elle trouvait toujours son chemin et finissait toujours par l'emporter. Cette maman et son bébé représentaient l'avenir … l'avenir de ce que j'avais été. Je souris à cette image réconfortante. Ils étaient ce qu'il fallait protéger à tout prix … et dans notre situation, le *à tout prix* prenait réellement tout son sens.

—Caro ? Tu es sûre que ça va ? m'appela Peitane, qui était revenue sur ses pas.

—Oui, allons-y, soufflai-je en sachant ce qui m'attendait.

L'intérieur de l'auberge était sombre. Les bougies ne dispensaient qu'une lumière chiche malgré leur grand nombre et n'arrivaient pas à compenser l'absence d'électricité. Les tables et chaises étaient faites de bois massif, nous rappelant l'ambiance médiévale.

Le temps de nous asseoir, Lucas revenait déjà avec de quoi boire.

— Ils te donnent ça comme ça ? m'étonnai-je.

— L'argent n'a plus court et comme on leur a donné quelques coups de main, ils ont proposé de nous loger et nous nourrir. Une pareille offre ne se refuse pas, conclut-il en souriant.

Visiblement, Lucas semblait moins affecté de mon retour que les deux autres. Il est vrai qu'il avait toujours montré un plus grand détachement vis-à-vis des petits problèmes des élèves. Il était assez solitaire, sans pour autant être renfermé.

Il nous tendit une chope que nous refusâmes sans donner d'explication. Les détails viendraient après et donc bien assez tôt tant la nervosité me gagnait.

— Alors, attaqua directement Marc qui semblait reprendre peu à peu ses esprits, tu as beaucoup de choses à nous dire, semble-t-il. (Plus tôt encore que je ne croyais) Nous t'écoutons.

Je crois qu'il était content de me revoir en vie, mais en même temps, il devait être contrarié par la morte que je n'étais plus … même si je n'avais aucun tort dans l'histoire. Il m'aimait à l'époque et donc, il devait certainement prendre cela beaucoup plus personnellement que les autres.

— Bien … hum … Ce que je vais vous expliquer va vous sembler totalement délirant, mais je peux prouver tout ce que je vais dire si nécessaire … bien que je vous déconseille malgré tout de le demander. Ce n'est pas un exercice facile et, en gros, vous êtes les premiers à qui je vais tout expliquer dans le détail, alors je ne vous demanderai qu'une seule chose…

Peitane voulut me mettre en garde d'une main posée sur le bras, mais je la rassurai du regard. Je me devais de le faire.

— Ne m'interrompez pas, même si vous pensez que je me moque de vous. Je vous assure que l'exercice est extrêmement compliqué pour moi. Puis-je compte sur vous ? (Ils confirmèrent) Même toi, fusillai-je Axelle du regard.

— Oui ! maugréa-t-elle.

— Alors c'est parti …

Le temps passa à une vitesse démesurée et une demi-heure de monologue fut nécessaire pour raconter toute mon incroyable histoire. Plus j'avançais dans le récit, plus je voyais leurs visages se décomposer … et Axelle lever les yeux au ciel. Mais je ne m'interrompis pas, bien décidée à tout révéler sans rien omettre de l'horreur qu'avait été ma vie depuis ma mort, mes semaines de torture comprises. Lorsque j'expliquai que nous ne pouvions plus rien manger ou boire comme eux, Marc et Lucas en profitèrent pour se jeter sur nos verres et essayer de digérer tout ce que je racontais. Malgré cela, ils respectèrent leur parole et aucun des deux ne m'interrompit. Axelle essaya bien, mais Peitane la remit rapidement à sa place … à mon grand contentement, je dois bien l'admettre.

Alors que je retraçais les quelques mois qui venaient de s'écouler, je me rendis compte que ma vision de la situation avait déjà bien évolué. Ce qui me paraissait une horreur au début semblait atrocement se banaliser et je me souvins de notre dernier combat contre la bande qui attaqua le café de Charles et ses amis. J'avais mordu l'un des hommes, bu son sang et mangé sa chair sans même trouver cela répugnant. Cette image provoqua une double réaction en moi. D'une part j'étais soulagée de ne plus avoir ce sentiment permanent de dégoût de moi-même, mais d'autre part ... je devenais ce que je voulais éviter à tout prix ... un monstre ! A cette pensée qui n'arrêta pourtant pas mon discours, mes yeux se mouillèrent, mais je parvins à retenir mes larmes.

Je crois que Peitane sentit ce qui m'arrivait car elle déposa une main sur mon épaule et me massa tendrement. Je lui adressai un sourire puis terminai mon histoire.

— Voilà, vous savez tout.

Un long silence s'en suivit, ils nous dévisageaient, médusés. Contre toute attente, c'est Marc qui brisa le silence.

— C'est un peu difficile à croire, mais finalement, pas plus que les somnambules, dit-il.

Je ne sais pas s'il y croyait réellement ou si le choc de mon retour l'avait bouleversé, mais il n'affichait aucune émotion, comme si tout cela ne le choquait pas. C'était vraiment perturbant. Par contre Axelle ...

— Tu rigoles ou quoi ! s'offusqua-t-elle. Tu ne vas quand même pas la croire. (Elle se tourna vers moi) C'est ridicule !

Essayer de lui expliquer n'aurait servi à rien, elle et moi étions trop antagonistes pour nous entendre. Je décidai donc de lui montrer.

— Vous avez un couteau ? demandai-je sèchement.

Après une courte hésitation, Lucas me tendit celui qu'il avait à la ceinture. Le bras étalé sur la table, je me tranchai la chair jusqu'à ce qu'un sang épais et noirâtre s'en écoule.

— A ton avis, la fusillai-je, c'est du vrai sang, ça ?

Elle ferma les yeux et se réfugia contre l'épaule de Marc en manifestant tout le dégoût que cela lui inspirait. Afin de ne pas alerter tout le monde, je redescendis ma manche.

— C'est complètement dingue, s'exclama Marc qui semblait reprendre pied dans la réalité. Comment est-ce possible ?

— Ce que je suis devenue existe depuis des centaines d'années mais jusqu'ici, ils étaient restés cachés.

— Tu as parlé de pouvoirs mais si tu as perdu le tien, comment pourrais-tu nous prouver leur existence ? interrogea-t-il toujours suspicieux.

Ses doutes étaient légitimes, l'histoire que je venais de leur raconter était totalement farfelue même si elle était bien réelle. Plutôt que de répondre, je jetai un coup d'œil vers Peitane qui sourit immédiatement.

— Vas-y doucement, lui suggérai-je malgré tout.

La seconde d'après, Axelle commença à se tordre de douleur et afin de l'empêcher de crier, Peitane lui avait infligé son pouvoir au niveau de la gorge. Immédiatement, Marc intervint.

— C'est bon, pas la peine d'aller plus loin ! supplia-t-il.

La douleur disparut aussi vite qu'elle était venue lui permettant de se redresser. Elle toussa deux fois pour se racler la gorge puis reprit doucement sa respiration. Peitane souriait de contentement.

Puis elle se tourna vers Marc.

L'instant d'après, la respiration de mon ex commença à s'intensifier, devenant plus profonde ... je connaissais cette respiration. Il regardait vers Peitane, une multitude d'interrogations dans les yeux. Il saisit la table et serra si fort que les jointures de ses doigts blanchirent. Il était en train de jouir !

— Non mais, ça va pas ! s'insurgea Axelle. Qu'est-ce que tu lui fais ?

Peitane sourit en la toisant d'un regard pervers.

— Je pense qu'ils ont compris, dis-je à Peitane avant de m'approcher pour lui parler dans l'oreille. Ça, ça m'est réservé.

Elle sourit de plus belle et arrêta. Marc se redressa le souffle lourd, et le visage rouge de plaisir … et un peu de honte.

— Alors, tout cela est vrai, conclut Lucas qui se réjouissait manifestement du spectacle. C'est vraiment incroyable ! Et ton don est vraiment exceptionnel, dit-il les yeux pétillants d'admiration en regardant Peitane.

— N'y pense même pas, le cloua-t-elle sur place d'une voix glaciale.

— Oups, pardon, bien faits pour moi. Et à présent, vous comptez vraiment aller voir les Lanei …

— Laneiros. Oui, pour tuer l'un deux.

— S'ils ont tous des pouvoirs comme vous et qu'ils sont nombreux, vous pensez vraiment y parvenir ? s'inquiéta Lucas. D'autant qu'ils ont des centaines d'années d'expérience et vous … quelques mois. Je ne veux pas être pessimiste, mais …

— On en est bien conscientes, confirmai-je tristement, mais nous n'avons pas d'autre choix. C'est ça ma vie aujourd'hui, que je le veuille ou non. Et si je veux être un jour en paix, c'est la seule solution. Quel que soit l'endroit où je me réfugierai, ils me retrouveront grâce au pouvoir d'un des leurs.

—Et cet ... Ange ... Ne pouvez-vous pas attendre qu'il les batte. Votre problème serait résolu.

—Non, car pour cela, les changelins veulent commettre un génocide d'une ampleur incroyable et ...

—Pire que le tien, me piqua Axelle.

J'accusai le coup ... mais dans un sens elle avait raison, même si l'issue était inévitable, j'étais en partie en cause.

—Axelle ! la rabroua Marc. Je ne crois pas vraiment à tout cela non plus, c'est trop ... trop. Mais ce n'est pas la peine de l'agresser pour la cause.

—Si, justement. Elle a toujours voulu se mettre en avant par rapport aux autres (Ah ! la garce !) et là, elle continue pour t'amadouer.

—Alors, ne l'attaque pas avec quelque chose en quoi tu ne crois pas sinon c'est purement gratuit et sans fondement.

—Tu ferais bien d'écouter ton homme, intervint Peitane en colère. Car la prochaine fois que tu agresses Caroline, justifié ou pas, je t'enlève l'usage de la parole.

—Non, elle a raison, avouai-je. Le génocide que j'ai déclenché est sans commune mesure, mais aujourd'hui, j'essaie au moins de défendre ceux qui restent. Quoi qu'il en soit, le but est de retrouver une certaine liberté de mouvement puis de s'occuper de l'Ange, s'il n'est pas trop tard.

—Un plan bien ambitieux, constata Lucas.

—Le seul que nous ayons, dis-je, dépitée.

—Et celui qui vous mènera à votre perte, dit alors une voix derrière nous.

Dans un coin sombre, juste derrière nous, un homme était assis. Nous ne l'avions même pas remarqué alors que j'exposais toute mon histoire. Je me rendis compte à cet instant que j'avais encore des progrès à faire au point de vue discrétion.

—Qui êtes-vous ? demanda agressivement Peitane.

Pour toute réponse, l'homme se redressa pour apparaître dans la lumière ... l'Ange !

Nous tombâmes presque de nos chaises, regardant instinctivement vers la sortie. Notre premier réflexe fut de penser à fuir aussi vite que possible. Mais l'Ange nous arrêta, et de toute manière, nous n'étions pas seules. Il n'était pas question d'abandonner mes trois amis.

—Ça ne servirait à rien. La moitié des personnes du bar sont des changelins. Je suis vraiment chagriné d'entendre les projets que vous avez car, malheureusement, je ne peux pas vous laisser poursuivre plus loin. Votre manque de discrétion avertira rapidement les Laneiros et la réussite de notre attaque est principalement basée sur la surprise.

La peur s'empara de nous, nous tétanisant presque sur place.

—Je vous avais pourtant prévenues. A présent, vous ne me laissez pas le choix, l'intérêt de l'ensemble prime sur vos deux vies, j'en suis infiniment désolé, je vous aimais beaucoup, s'excusa-t-il véritablement affecté.

—De quoi parle-t-il ? s'inquiéta Marc.

—Rien, répondis-je. Fuyez tous les trois, aussi vite que vous le pouvez et cachez-vous.

—Ils ne peuvent pas partir, me contredit l'Ange en levant une main. Ils en savent trop.

D'un coup, la moitié de la salle se leva et vint nous encercler. Peitane et moi saisîmes nos armes, Lucas et Marc firent de même.

— Bon dieu, c'est quoi ce bordel ! s'exclama Marc.

— Je crois que ce sont des méchants, dit Lucas prêt à se battre les deux mains en position face aux changelins.

— Et merde ! hurla Axelle vers moi. Tout ça, c'est de ta faute !

— Oui, mais ça ne t'aidera pas de m'en vouloir. Tu pourras t'exprimer après.

L'agressivité d'Axelle me rendit service en faisant grimper mon taux d'adrénaline et ma colère. Je me préparai à me battre.

Peitane bondit à côté de moi directement sur l'Ange. L'instant d'après, j'attaquai le changelin à ma portée. Il esquiva mon coup et tenta de me planter son couteau dans le corps, mais j'arrivai à le dévier et le frappai en retour. Mon marteau s'enfonça dans sa tempe, faisant gicler le sang. Il s'écroula sur le sol.

Deux autres, armés de battes en bois, étaient déjà sur moi, me bousculant pour me faire tomber. Le premier frappa. Un mouvement d'épaule me permit d'éviter de la prendre en pleine tête mais mon bras n'y échappa pas, m'infligeant une atroce douleur.

Le deuxième frappa à son tour, m'atteignant en pleine cuisse. La douleur m'arracha un cri et je perdis toute capacité de riposte. J'étais submergée de coups qui ne cessaient pas, ils comptaient bien m'achever et je n'avais aucun moyen de réagir.

Et Peitane, l'Ange l'avait-elle tuée ? Et Marc, s'en sortait-il ? La douleur fit naître une vive colère en moi et je sentis bientôt tout mon corps entrer en ébullition. Le cri qui naissait à la base de ma gorge n'était pas dû à la douleur, mais à mon instinct de survie. Je me redressai d'un bond en hurlant.

Malgré un solide coup dans le dos, une violente décharge électrique me parcourut la colonne vertébrale. L'instant d'après, les deux hommes s'effondraient sur le sol, pris de convulsions. Sans me poser plus de questions pour l'instant, et ce malgré la douleur, j'abattis mon marteau avec rage sur leur tête.

Regardant rapidement autour de moi, je vis Axelle cachée sous la table, Lucas qui maîtrisait un adversaire et abattait une machette à la base de son cou ... et Marc, étendu sur le sol, un adversaire au-dessus de lui.

Fixant l'homme, je me concentrai et visualisai tout son corps. L'instant d'après, il s'effondrait sur le sol, tremblant de tout son être. Marc ne chercha pas à savoir d'où cela venait et le frappa pour de bon.

Cherchant Peitane des yeux, je la vis, inconsciente contre un mur alors que l'Ange s'avançait sur elle un couteau à la main. Elle saignait abondamment à la tête et au niveau du bras.

Je me concentrai sur lui ... mais rien ne se produisit, j'avais oublié qu'il était immunisé contre nos pouvoirs. Je hurlai pour attirer son attention. Lorsqu'il se retourna et me vit prête à bondir sur lui, il pivota et, au moment où je lui tombai dessus, il tenta de saisir mon bras pour m'envoyer percuter le mur ... comme la première fois.

C'était exactement ce que j'attendais.

Je retirai brusquement le bras et frappai de l'autre. Il eut un réflexe inouï et parvint à bloquer le coup. Je le percutai violemment, nous faisant tomber tous les deux. Dans la panique, je frappai avec rage en hurlant, sans vraiment viser et aussi rapidement que possible afin de ne pas lui laisser le temps de reprendre ses esprits. Mais il parvenait à esquiver tous mes coups. Au moins ne pouvait-il pas me frapper en retour, submergé par mes assauts.

Lorsque ses mouvements ralentirent, comme s'il était fatigué, ma main le frappa en pleine bouche. Celle-ci éclata, faisant instantanément couler le sang. Etrangement, il ne réagit plus, comme s'il était paralysé. Mon marteau s'abattit sur son crâne ... juste à côté d'un couteau !

J'hésitai un instant puis regardai autour de moi. Peitane était toujours inconsciente, Axelle hurlait en tremblant sous la table, Marc était aux prises avec le dernier changelin ... et Lucas me regardait en souriant avant d'aller prêter main forte à son ami.

C'était son couteau !

Je l'arrachai difficilement de la tête de l'Ange et me relevai, le souffle court, pour courir vers Peitane. Je lui redressai la tête en l'appelant, le cœur battant, de crainte qu'elle ne soit morte. Je fus soulagée lorsqu'elle releva la tête en poussant un râle plaintif.

— Ça va, ma chérie ? lui demandai-je, euphorique.

— Waw, il est rapide et il frappe fort, répondit-elle en se passant la main dans les cheveux.

— On l'a eu !

— Quoi ? marmonna-t-elle encore un peu dans les vapes.

— Il est mort.

— C'est toi qui l'as tué ? douta-t-elle en ouvrant doucement les yeux.

— Non, c'est Lucas.

— Hé bien, il est drôlement fort.

— En effet. Tu peux te lever ?

Elle s'appuya doucement sur son bras pour se décoller du sol, je l'aidai en la soutenant par la taille.

Elle tituba avant de s'appuyer contre le mur et jeta un coup d'œil à la taverne. Les gens nous regardaient effrayés, blottis dans un coin mais trop curieux pour s'être enfuis. Des tables et des chaises étaient renversées et cassées.

—On l'a encore échappé belle cette fois, observa Peitane.

—En effet. Mais l'Ange m'a semblé moins fort que l'autre fois.

—Ce n'est pas l'impression que j'ai eue.

—Sans doute, mais quand même. Alors que je le frappais, il semblait plus lent que d'habitude. Comme s'il était fatigué. Il arrivait à peine à bloquer mes coups. Or, l'Ange que je connaissais n'aurait eu aucun mal et m'aurait rendu la pareille au centuple. C'est étrange.

—On s'en fout. Il est mort, c'est le principal.

—C'est vrai, tu as raison. Tes blessures? m'inquiétai-je.

—Rien d'irréversible. Avec une gorgée de sérum rouge, il n'y paraîtra plus d'ici un jour ou deux.

—C'est une bonne nouvelle. Tu m'attends ici, je vais voir comment vont les autres?

Marc aidait Axelle à sortir de sous la table, je préférai donc m'inquiéter de Lucas en priorité.

—Ça va, répondit-il. Ils étaient forts, mais pas très rapides. Ça n'a pas été trop difficile de les battre.

—Merci pour le lancer de couteau.

—J'ai eu un peu de bol, admit-il. Tu frappais tellement que j'ai eu du mal à trouver un angle. Pour le même prix, c'est toi qui l'aurais pris.

—Merci quand même.

—Avec plaisir.

Marc et Axelle arrivèrent près de nous à cet instant.

Elle était blottie dans ses bras. Mon premier sentiment fut de la dénigrer pour sa lâcheté, puis je repensai à ce que j'étais au début de ma transformation. Blottie dans ma chambre, terrorisée, alors que l'Ange me protégeait pendant que Peitane se battait dans le manoir. A cette époque pas si lointaine, j'avais aussi peur qu'elle et j'étais plus souvent terrorisée que courageuse.

— Tout va bien ? s'inquiéta Marc.

— Oui, et vous ?

— Ça va. Juste un coup de couteau à l'épaule mais ce n'est que superficiel. Ton amie ?

— Un mauvais coup à la tête et une entaille à la cuisse. Rien de grave.

— Rien de grave ! s'exclama Axelle. Elle a quand même pris un coup de couteau dans la jambe et sa tête a dû heurter le mur vachement fort pour saigner de la sorte.

— Notre constitution est différente de la vôtre. D'ici un jour ou deux, elle sera guérie.

— C'était quoi tout ça ? demanda Lucas.

J'hésitai un instant avant de répondre. Leurs vies avaient été mises en danger à cause de nous et je m'en sentais atrocement coupable.

— Je vous ai parlé de l'Ange qui m'a sauvée au manoir alors que j'étais torturée puis qui nous a bannies du village changelin ? (Ils acquiescèrent) C'était lui.

— Alors ce sont des changelins ?

— Non, pas exactement, nous avons eu de la chance. Ils n'ont pas encore eu le temps de les faire revenir, pas dans un laps de temps aussi court. Il ne pouvait dès lors s'agir que des humains dont certains changelins sont l'image. Seul l'Ange en était un. C'est pour cela, ajoutai-je en regardant Lucas, que tu as eu tant de facilité à les vaincre. Ils ne sont pas habitués à combattre.

—Je ne m'en plaindrai pas, dit-il. Au moins sommes-nous toujours en vie.

—Je suis d'accord, confirmai-je ... Et désolée d'avoir mis vos vies en danger. Nous allons partir rapidement.

—Pourquoi ? demanda Marc. C'est fini là quand même.

—Non, intervint Peitane qui arrivait près de nous une main sur la cuisse en boitant et l'autre posée sur le côté de la tête. N'oublie pas que les familles nous recherchent toujours et elles sont mille fois plus dangereuses.

—Elle a raison, nous devons nous éloigner de vous.

—Ce serait beaucoup mieux en effet, dit une voix derrière Lucas.

Qui pouvait bien nous interrompre à nouveau ? Comme si cela n'avait pas suffi avec l'Ange.

L'homme qui s'avançait avait beaucoup de charme et affichait un sourire rassurant. Deux personnes, des femmes apparemment, l'accompagnaient mais je n'arrivais pas distinguer leur visage dans la pénombre. Avec le combat, beaucoup de bougies avaient été soufflées ou détruites et la lumière était parcimonieuse.

—Qu'est-ce que c'est que ça encore, s'offusqua Peitane. Y en a marre de ces gens qui interviennent dans les conversations des autres ! Qu'est-ce que vous nous voulez ?

—En fait, je ne comptais pas intervenir ... et vous laissez atteindre la *Casa Originale* sans encombre ...

Mon sang frappa mes tempes à m'en faire perdre

l'équilibre. Comment pouvait-il savoir cela ? Peitane et moi nous regardâmes inquiètes. Nous craignions le pire.

—... mais Adolfo voit les choses autrement que nous.

Adolfo ! L'élégide originel ! C'était la première fois que son nom était cité dans une conversation en dehors des cours du professeur au manoir. Brusquement, toutes nos hypothétiques discussions se concrétisèrent et je fus envahie d'un vif sentiment de peur. L'énormité de notre but me sauta alors à la figure comme s'il s'agissait d'escalader une falaise, me sentant toute petite, presque insignifiante face au combat que nous avions décidé de livrer.

Jusqu'à ce jour, j'avais eu l'impression de contrôler la route qui nous menait à notre objectif et pourtant, cet homme aux ordres de l'élégide originel était là devant moi. Il affichait une telle tranquillité, comme si les Laneiros avaient toujours su exactement où je me trouvais et connaissaient le moindre de mes faits et gestes.

Toutes mes certitudes s'effondrèrent une fois de plus. Je n'étais rien, rien qu'un pion infime dans le grand échiquier des familles. Tout ce que j'avais espéré, tout ce que j'avais rêvé n'était qu'utopie.

—Par contre, continua-t-il en pointant l'Ange, nous n'avons pas les mêmes buts violents que ce pauvre malheureux. Nous préférerions éviter les effusions de sang. Dès lors, nous vous proposons de simplement de nous suivre. De la sorte, personne ne sera blessé. Qu'en pensez-vous ?

Que répondre ? Si je les suivais, je serais certainement torturée puis tuée, mais si je refusais, je mettais à nouveau la vie des autres en danger. Une fois de plus, la peur et la culpabilité se livraient une bataille acharnée en moi. Je ne voulais plus souffrir mais je ne voulais pas non plus que mes amis souffrent. Que devais-je choisir ?

— Il n'est pas question de vous suivre ! répondit Peitane à ma place en s'avançant d'un pas.

L'homme sourit.

— Et d'ailleurs, qui êtes-vous ? demandai-je.

— Je dois en effet m'excuser, …

Sa façon posée et polie de parler me rappelait celle de Cayetano … et cela ne me dit rien qui vaille. Il s'inclina légèrement pour nous saluer avec respect.

— Mon nom est Eras Laneiros.

Mon sang frappa à nouveau mes tempes, me faisant perdre l'équilibre. Je me rattrapai d'un pas en arrière qui m'empêcha de basculer. Eras Laneiros ! Le frère de Cayetano !

Peitane n'eut pas la même réaction que moi, mais je la vis afficher un visage sévère et porter la main à son marteau sans pour autant le sortir de son logement.

— Je vois que mon nom ne vous est pas inconnu. Vous m'en voyez très honoré.

Je ne réfléchissais plus, mon cerveau était saturé, noyé dans la peur, la tristesse et l'effondrement. Je n'étais plus qu'un corps incapable de la moindre action.

— Laisse tomber tes fausses politesses, le rabroua Peitane. Ça ne marche pas avec nous. Tu ne crois quand même pas que nous allons te suivre aussi facilement.

— En réalité, si, je l'espérais.

— Et bien, tu peux rêver !

— Alors on n'a qu'à les tuer, intervint une des deux femmes derrière lui.

— Ah, j'oubliais. Décidément, je manque à tous mes devoirs de politesse. Laissez-moi vous présenter mes amies. Voici Sophia, ma petite-fille.

Elle s'avança dans la lumière. Elle n'était pas vraiment plus jeune que lui, ce qui provoqua une grimace chez Marc, Axelle et Lucas puisqu'il la présenta comme sa *petite-fille*. Ils n'étaient pas encore vraiment habitués au monde des élégides et des sicars.

— ... et je pense qu'il n'est pas nécessaire de vous présenter la seconde.

Cette dernière s'avança dans la lumière avec une lenteur calculée comme si elle voulait maintenir un certain suspens. Mais lorsqu'elle sortit de l'ombre ...

— June ! s'écria Marc.

Mon cerveau explosa, mon cœur s'arrêta de battre et mon ventre se noua si fort que je faillis m'évanouir ... mais j'en étais incapable. Je m'étais figée sur place, c'était trop. Les larmes me submergèrent sans que je puisse rien faire pour les retenir. Mes jambes se dérobèrent sous moi et je tombai assise, incapable de respirer, dans un sanglot de bonheur ... et d'inquiétude.

Elle était vivante !

Mais que faisait-elle avec eux ?

Marc voulut s'avancer, mais au deuxième pas, il hésita, pris de malaise, et finit par s'arrêter, se demandant ce qui lui arrivait.

— Ne t'approche pas de moi ! l'agressa June.

Il recula d'un pas et le malaise disparut instantanément.

Eras éclata d'un rire bruyant, jubilant ouvertement.

— L'effet est encore plus percutant que je l'imaginais, c'est magnifique ! Bon, je présume qu'il n'est pas nécessaire de donner plus d'explication.

—Si, au contraire, intervint Marc, excédé. Personne ne savait ce qui t'était arrivé après la mort de tes parents, nous voudrions comprendre.

Eras se déplaça sur le côté pour laisser la vedette à June qui s'avança en me fusillant du regard.

—Je suis là pour me venger.

—Quoi ? Mais de quoi ? Et de qui ? demanda Marc.

—D'elle ! dit-elle froidement en me pointant du doigt.

Je prenais une nouvelle gifle mais mon corps paralysé ne réagissait plus. Ma crainte prenait forme. Je savais qu'elle devait m'en vouloir d'avoir assassiné sa mère et j'imaginais bien qu'elle serait encore plus triste car c'était de ma main. Mais de là à vouloir se venger ainsi de moi ... sa meilleure amie. Que lui était-il arrivé ?

—Elle a sauvagement assassiné ma mère alors qu'elle l'avait toujours accueillie chez nous avec le sourire. Je veux sa mort !

Tous se tournèrent vers moi, le regard inquiet ou accusateur mais je ne bougeai pas. Je n'étais même plus capable de pleurer. C'est Peitane qui relança la discussion.

—Te venger d'elle ! C'est ta meilleure amie ! Et tu connais les circonstances, alors pourquoi vouloir sa mort ? Tu sais bien que ce n'est pas complètement de sa faute.

—Ça ne change rien.

—Ça change tout au contraire ! Qu'est-ce qui a pu te faire ressentir une telle haine ? (Elle ne dit rien) Comment t'es-tu retrouvée avec ces monstres ?

—A la mort de ma mère, quand elle s'est lâchement

enfuie, cracha-t-elle en me toisant, trois hommes sont venus et m'ont proposé de les accompagner. Ils me donneraient les moyens de me venger. Cayetano m'a expliqué qu'ils …

—Cayetano ! s'exclama Peitane. Ecoute-moi bien, inconsciente que tu es. Ce que tu ressens n'est pas réel. C'était son pouvoir de t'influencer. Tu ne dois pas les croire, ils te manipulent.

—Allons, intervint Eras. Tu sais très bien que ce n'est pas vrai puisque l'influence d'un pouvoir disparaît lorsque l'élégide dort … ou meurt. Ce qu'elle ressent est donc bien réel.

—Peut-être, mais c'est lui qui l'a déclenché alors qu'à la base, je suis certaine qu'elle n'aurait pas réagi comme cela.

—Détrompe-toi, dit June. Je suis heureuse d'être ce que je suis aujourd'hui et ma haine est bien réelle.

—Foutaise ! Avec nos pouvoirs, tu ne peux pas savoir ce qui l'est ou non. Et …

—Peitane, Peitane, Peitane. Tu me déçois fortement. Tant de ressentiment vis-à-vis de nous. Je t'avoue que je m'attendais à mieux … de la part d'une Laneiros.

Un coup de fusil éclata dans ma tête tandis que mon esprit se déconnectait totalement de mon corps.

Pas elle !

Cela ne pouvait être vrai, elle m'aimait et … je l'aimais.

Tout n'était-il décidément que mensonges et tromperies ?

Etait-ce elle qui les renseignait afin qu'ils sachent à tout moment où nous trouver ? Etait-elle leur soi-disant localisateur ? Si tel était le cas, il ne pouvait y avoir qu'une seule conclusion. Elle ne me protégeait pas, elle me gardait seulement en vie pour mieux me livrer. Et, en plus, je venais de leur servir la mort de l'Ange sur un plateau. Les combattre était mon seul but mais je n'étais finalement arrivée qu'à les aider malgré moi. Je ne suis pas faite pour jouer sur un tel échiquier, je ne suis tout simplement pas assez forte.

Peitane se retourna brusquement vers moi.

— Non ! Ne les écoute pas. Je suis de ton côté, je l'ai toujours été.

— Allons, Peitane ! ajouta Eras, tu es pourtant bien la fille de ….

— Non ! … Enfin, oui … (elle se mit à pleurer) Mais je ne le suis plus. J'ai quitté votre bande de monstres depuis longtemps et je vous combats aujourd'hui. (Elle se tourna vers moi) Je t'en prie, il faut que tu me croies, supplia-t-elle.

Mais je n'étais déjà plus là.

Mon esprit n'avait pas supporté tant de chocs successifs. Mon corps amorphe restait assis sur le sol, la tête relevée mais plus en équilibre que réellement soutenue par ma volonté. Mon regard portait dans le vide, ne fixant plus personne en particulier. Tout s'était effondré … et pour de bon cette fois.

Ils pouvaient me tuer, je m'en moquais éperdument.

Trop, c'en était trop.

Me réveiller en zombie, la douleur, la faim, les atrocités commises, en rêve ou non, l'atroce douleur de ma transformation, les tortures de Cayetano, les complots, les trahisons, les mensonges et toutes mes fausses illusions.

Trop. Beaucoup trop.

Je tournai machinalement la tête vers Marc, le seul

qui ait toujours été honnête et fidèle, et l'implorai du regard de m'emmener loin d'ici. Il hésita un instant, craignant certainement pour sa vie, puis vint me rejoindre.

—Non ! voulut le retenir Axelle. Tu es fou ?

Il arracha son bras et m'aida à me relever. Je m'accrochai à son cou, je pouvais à peine marcher. J'entendis Axelle jurer alors qu'il m'emmenait. Sa respiration trahissait son anxiété. Nous sortîmes sans encombre avec Axelle et Lucas. A cet instant, je ne trouvais même pas cela bizarre.

Une fois dehors, Peitane arriva en courant.

—Je t'en prie, ne me laisse pas. Je suis de ton côté, tu dois me croire !

Je baissai les yeux, ne croyant plus rien ... ni personne et me collai à l'épaule de Marc. Elle se mit à pleurer alors que nous partions.

—Alors, tu me crois à présent ? demandai-je à Marc sans relever la tête.

—Comment en douter après tout ça ? Mais ça ne veut pas dire que je réalise pour autant.

Il me déposa dans leur pick-up et Lucas démarra. Je ne savais même pas où ils allaient, je m'en moquais. Je n'avais plus aucun but, aucun d'espoir. Je ne cherchais même pas à savoir pourquoi Eras m'avait laissée partir saine et sauve.

Dans un sens, j'étais morte une seconde fois.

Je faisais les cent pas dans la salle sombre de la taverne. Revoir Caroline avait décuplé encore ma haine. Elle pouvait pleurer tant qu'elle voulait, cela ne m'attendrirait pas d'un iota. Elle avait tué ma mère et elle allait payer pour cela. En venant la chercher ici, je voyais mon but approcher, je l'avais presque à portée de main. Nous n'avions plus qu'à la ramener à Adolfo et peu de temps après, j'aurais eu ma vengeance.

— Pourquoi l'as-tu laissée s'enfuir ? agressai-je Eras. Nous la tenions. Nous n'avions plus qu'à massacrer ses amis et l'emmener. Elle n'aurait même pas opposé de résistance.

— Nous devions encore attendre.

— Tu as désobéi aux ordres d'Adolfo ! Il ne va pas ...

Je ne pus terminer ma phrase. Avec une violence et une rapidité inouïe, il m'avait saisie au cou et plaquée contre le mur. J'en eus le souffle coupé. Du plâtre s'effrita dans mon dos et de la poussière tomba des poutres. Il me regarda froidement, droit dans les yeux, me paralysant de peur.

— N'oublie pas où est ta place. Tu fais ce qu'on te

dit et tu évites de te laisser influencer par tes émotions. Pour la dernière fois, ta vengeance sera effective quand *nous* l'aurons décidé. En attendant, tu suis les ordres. Est-ce que je me suis bien fait comprendre ?

Sophia m'implora de tout son corps de confirmer, elle était visiblement terrifiée de la réaction d'Eras. J'acquiesçai d'un signe des yeux. Il me lâcha et poursuivit d'une voix à nouveau mielleuse, comme s'il ne s'était rien passé.

— Très bien. Adolfo finira par comprendre. Nous ne savons pas encore qui est son bienfaiteur. Caroline ne peut plus nous échapper, il n'y a donc pas de risques de ce côté. Par contre, si nous sous-estimons l'importance de son protecteur, nous pourrions amèrement le regretter par la suite. Il y a une chose que nous ne devons pas oublier, ajouta-t-il en prenant la direction de la sortie. Jusqu'à présent notre existence devait être tenue secrète et donc, nos adversaires devaient se montrer aussi discrets que nous. C'est ça qui les a empêchés, qui qu'ils soient, de se montrer au grand jour. Mais aujourd'hui, ce n'est plus le cas. Ils s'organisent et s'ils sont capables de donner un cadeau tel qu'un camion entier pour fournir un simple sac de vivres, c'est qu'ils disposent de moyens considérables. Si nous les sous-estimons, nous pourrions bien courir à notre perte.

— Qu'allons-nous faire dans ce cas ? demanda Sophia.

— Nous continuons à suivre Caroline. Ses amis se manifesteront avant qu'elle arrive à la *Casa Originale* et là, nous pourrons passer à l'action.

Les heures s'écoulèrent alors que nous suivions

Caroline et ses amis à distance, nous arrangeant toujours pour ne pas être repérés. Eras ne m'adressa plus la parole pendant tout ce temps et je ruminai d'être ainsi muselée dans mes représailles. Pourtant, je devais bien m'y faire. Seule à l'arrière de la petite voiture, je me surpris à revoir des images d'avant toutes ces horreurs, lorsque ma mère était toujours en vie et que Caroline venait à la maison. Nous passions le plus clair de notre temps dans ma chambre à discuter de nos petites vies tranquilles. J'aimais Caroline plus que quiconque mais aujourd'hui, cet amour si fort avait mué en une haine équivalente. Il ne restait rien de l'amour que j'avais éprouvé pour elle et bien qu'elle ait été plus qu'une simple amie, je n'imaginais pas de rédemption possible. Des larmes mouillèrent mes yeux mais je ne crois pas qu'il s'agissait de tristesse. Je sentais en elles de la colère et un profond ressentiment.

Caroline allait mourir, j'en faisais le serment.

La voiture s'immobilisa devant la grille d'une grande propriété. Marc klaxonna deux fois avant de sortir. Un mur encerclait la propriété jusqu'à une hauteur de près de trois mètres. A en juger par la différence de teinte entre les pierres et l'absence de mousse sur la partie supérieure, il avait été rehaussé il y a peu.

Lucas suivit Marc pour l'aider à tuer les quelques zombies alertés par le bruit de l'avertisseur.

Les *affreux* commençaient à sérieusement manquer de nourriture car leur décomposition s'accélérait visiblement. J'eus pitié d'eux car je savais la douleur et la faim qui les animaient et contre lesquelles il leur était impossible de lutter. Continuer à survivre dans de telles conditions était inhumain ... même si leur humanité s'en était allée définitivement. De plus, privés de conscience, ils étaient comme des insectes, incapables de se suicider ... condamnés à une éternité de souffrance et de famine. Dès lors, je ne trouvais pas horrible de les tuer, c'était une libération pour eux ... la seule possible d'ailleurs.

Quelques instants plus tard, un homme de petite

taille, le ventre rond, chauve et affichant une réconfortante bonhomie, arriva à la barrière. Il me fit immédiatement penser au père de Marc et pour cause ...

—Oncle Hubert ! s'exclama Marc. Je suis heureux de te voir.

—Marc ? Mais que fais-tu là ? Tu es fou de t'aventurer dehors.

—Je sais, mais nous n'avions pas le choix. Je peux entrer avec mes amis ?

Il jeta un coup d'œil à Lucas puis à l'intérieur de la voiture. Il scruta encore les environs avant de déverrouiller le cadenas et retirer la lourde chaine. Les grilles s'ouvrirent dans un grincement métallique et nous entrâmes avec la voiture. Quelques mètres plus loin, l'oncle de Marc nous demanda de laisser l'auto pour continuer à pied. A côté de la nôtre, deux autres voitures étaient déjà garées et n'avaient manifestement plus bougé depuis longtemps à en juger par la poussière sur les capots.

Marc présenta Lucas et Axelle puis me montra du doigt. Je n'étais pas sortie de la voiture, toujours paralysée de désespoir. J'avais perdu goût à toute chose, même l'envie de bouger. Il vint me chercher et me porta dans ses bras. J'accrochai mes bras autour de son cou et blottis ma tête sur son épaule réconfortante. Axelle claqua la portière et partit d'un pas furibond en direction de la maison. L'oncle de Marc interrogea Lucas des yeux et celui-ci fit simplement non de la tête en souriant pour signifier que ça ne valait pas la peine de s'en soucier.

—Alors ? demanda Hubert. Je suis naturellement très heureux de te savoir en vie, mais que faites-vous ici ?

—On a essayé de rester chez papa mais c'était une mauvaise idée. Papa et maman sont morts.

Hubert marqua le coup mais ne s'effondra pas comme on aurait pu s'y attendre à l'annonce de la mort de son frère. Je crois que dans les circonstances actuelles, il s'y attendait déjà, surtout en apercevant Marc sur le pas de sa porte.

—Désolé de l'apprendre.

Rapidement, il reprit ses esprits pour se focaliser sur l'important : leur survie. Le pragmatisme d'Hubert me choqua un peu.

—Les *traîneurs* ?

—Si tu parles des zombies, oui. Si nous étions restés sur place, nous aurions immanquablement fini par avoir notre tour de mourir et chaque sortie pour trouver de la nourriture était un risque supplémentaire. C'est pourquoi j'ai pensé à toi.

—Et tu as fait tout ce chemin pour te réfugier chez moi ?

—Ça me semblait la seule chose à faire. Je savais que tu étais bien armé, que ta maison était bien protégée et que tu aurais les ressources suffisantes pour survivre et t'adapter. Il ne me restait que deux inconnues. Je n'étais pas certain que tu serais encore vivant ... et je ne savais pas si tu accepterais étant donné que je ne suis pas seul.

—Ne dis pas n'importe quoi, dit-il d'une voix tonitruante en lui tapant sur l'épaule. Toi et tes amis êtes les bienvenus ... si tu as confiance en eux.

—Entièrement. Lucas est un fantastique combattant et Axelle ... et bien ... elle pourra aider.

—Et celle-là ? demanda-t-il en me montrant.

—C'est particulier. C'est mon ex.

—Ah ! D'accord et Axelle est ton actuelle. (Marc acquiesça) Je commence à comprendre.

—Je sais, et je ne peux pas lui en vouloir, mais la situation est ... compliquée. Je te promets de tout te raconter ... même si je ne suis pas sûr que tu en croies un traitre mot.

J'aurais dû m'insurger contre ça, mais je n'en avais plus la volonté. Qu'il raconte ce qu'il voulait à qui il voulait, je n'y accordais plus la moindre importance. Même les mettre tous en danger par ma présence ne m'atteignait plus. Mais comme Peitane n'était pas avec nous, les Laneiros ne pourraient plus me localiser. Le temps qu'ils me retrouvent, je pensais avoir déjà eu le temps de reprendre mes esprits depuis longtemps et être loin de tout cela.

La maison était énorme et vieillotte. Tout le mobilier devait dater des grands parents de Marc à l'instar des décorations. Mais l'endroit était chaleureux malgré le froid qui commençait à piquer la peau à l'extérieur. Nous sentions bien que l'hiver s'annonçait avec des températures moins clémentes, même aussi loin dans le sud. Une bonne dizaine de personnes nous accueillirent. Je pus comprendre qu'il s'agissait de la famille et des amis d'Hubert.

Axelle s'était rapidement réfugiée dans un coin de la pièce et me fusillait du regard. Idiote ! Elle croyait encore que j'allais vouloir reprendre Marc, mais j'étais à cent lieues de telles considérations.

Oncle Hubert détenait une chaine de grands magasins du même nom mais, même s'il débordait d'argent, il restait d'une simplicité ... et parfois d'une vulgarité qui ne pouvaient camoufler ses origines modestes. L'argent ne lui était visiblement pas monté à la tête et pour cela, je l'appréciais déjà.

La conversation fut principalement axée sur tout ce qui se passait à l'extérieur et bien sûr Marc n'apportait pas de bonnes nouvelles. Pour l'instant, il évitait de parler de ce qu'il savait grâce à moi. Oncle Hubert expliqua leur organisation, la consolidation des murs d'enceinte qui cerclaient l'entièreté de la propriété sur près de deux hectares, l'agrandissement du potager et la construction de deux nouveaux puits. Cela devait assurer leur survie à long terme. Mais dans un premier temps, il avait utilisé les camions de sa chaine de magasins pour rapporter un maximum de nourriture, d'outils ainsi que plusieurs camions d'essence et des groupes électrogènes. Un de ses amis militaires avait organisé un voyage vers la caserne la plus proche. Elle était tombée rapidement à l'apparition en masse des zombies avant que ces derniers ne se répandent dans toute la région. Hubert et ses amis étaient arrivés les premiers et s'étaient approprié des armes et des munitions. Les camions avaient été cachés dans le bois inclus dans la propriété afin de ne pas attirer l'attention des autres survivants. Pour le monde extérieur, rien n'était visible de leurs dispositifs et de leurs moyens. Marc ne s'était pas trompé en venant ici, Hubert était bien équipé et savait ce qu'il y avait à faire pour rester en vie.

Les écouter palabrer me ramenait progressivement à la réalité et j'émergeai lentement de ma léthargie. Près de deux heures de discussion plus tard, lorsqu'ils nous proposèrent de nous rassasier, je savais que les choses allaient se compliquer.

—Ton amie ne se joint pas à nous ? demanda oncle Hubert.

—Euh, non. Elle ne mange pas … comme nous. C'est un peu compliqué.

—Mais non, ce n'est pas compliqué, intervint la vipère Axelle. Explique-leur Marc.

—Axelle, c'est bon ! voulut la calmer Marc.

Mais elle ne l'entendit pas de cette oreille.

—Pourquoi ? Allons mon chou, explique-leur ce qu'est réellement ton *ex*, je suis sûre que ça va les intéresser au plus haut point.

—Axelle ! Ça suffit. Je l'expliquerai en temps utile.

—Que se passe-t-il ? demanda Hubert.

—Rien de grave, je vous expliquerai ce soir.

—C'est un zombie ! cracha Axelle.

Un long silence s'imposa. Je ne réagis même pas, me contentant de me recroqueviller sur moi-même dans le canapé, enserrant un peu plus mes genoux.

—Marc ? s'inquiéta Hubert.

—Ce n'est pas exactement ça, l'important est que …

—Pas exactement ! s'exclama son oncle, choqué. Qu'est-ce que ça veut dire ? C'en est un ou pas ? On n'est pas à moitié zombie.

—C'est plus compliqué que ça, mais il faut un peu de temps pour expliquer en détails.

—C'est un monstre ! vociféra Axelle. Il faut vous méfier d'elle, elle a déjà failli nous faire tuer tous les trois.

Elle avait raison, sur toute la ligne.

Hubert, la main sur son pistolet, demanda à Marc d'éclaircir cette situation immédiatement. Lucas posa discrètement la main sur le marteau qui pendait à sa ceinture mais les amis de notre hôte l'aperçurent et saisirent leurs armes pour nous mettre en joue.

—Du calme ! cria Marc. Il n'y a pas de quoi s'énerver, je vous assure qu'il n'y a rien à craindre d'elle. Tu es fière de toi ? demanda-t-il à Axelle.

—Si je ne fais rien, tu vas retourner avec elle.

—C'est ridicule ! Et ça justifie de nous mettre tous dans cette situation !

—Oui ! hurla-t-elle, les larmes aux yeux.

Marc se tourna vers son oncle.

—Tu vois, elle exagère par jalousie. Si vous me laissiez expliquer, vous verriez qu'il n'y a rien à craindre d'elle. Et si, après m'avoir entendu, vous décidez que le risque est trop grand, et que vous souhaitez notre départ, nous partirons … sans violence. Je vous le promets. C'est d'accord ?

Hubert hésita encore un instant, me fixant amèrement puis acquiesça.

—Pouvez-vous baisser vos armes ? implora Marc.

Une à une, suivant l'exemple d'Hubert, les armes s'abaissèrent. Marc poussa un profond soupir de soulagement puis fusilla Axelle du regard. Elle baissa les yeux, un peu confuse de son éclat.

Il expliqua qui j'étais … ou plutôt *ce que* j'étais devenue et, plus il avançait dans son histoire, plus les visages se décomposaient autour de nous, affichant des regards horrifiés et accusateurs. Si j'avais un peu de chance, ils me tueraient pour permettre aux autres de rester en sécurité avec eux. Mais la chance n'était plus de mon côté depuis longtemps, elle s'en était allée bien loin dans un désert quelconque où elle avait dû se perdre. Pourtant, contre toute attente, après un long moment de silence où Hubert observa ses amis, le verdict ne fut pas ce que je croyais

—Est-ce que tu te portes garant pour elle ? demanda-t-il à Marc.

Marc se tourna vers moi, je lui adressai un regard triste. Je ne sais pas s'il le prit pour un regard implorant mais, bien que ce ne fût pas le cas, il acquiesça.

—Elle ne nous fera pas de mal, je la connais.

—Alors vous pouvez rester, mais au moindre incident, vous partirez, sans poser de questions et sans insister. Est-ce clair ?

—Oui, merci du fond du cœur.

—Tu es mon neveu, ne me fais pas regretter cette décision.

Marc acquiesça d'un discret *oui* de la tête. Il espérait sans aucun doute ne pas s'être trompé mais je suis persuadée qu'il n'en était pas convaincu lui-même.

Par mesure de précaution, je fus enfermée dans une chambre à part des autres et ma porte fut gardée toute la nuit. J'étais en période probatoire. Mais je m'en moquais, je me fichais de tout à présent. Ils pouvaient m'enfermer, ce n'était que mieux finalement.

Le lendemain matin, le soleil était déjà haut dans le ciel lorsque j'émergeai de mon sommeil. Le lit était confortable et moelleux. Je me levai doucement, me demandant ce que j'allais faire de ma journée. J'hésitai à rester au lit sans bouger et ne voir personne puis, peu après, je décidai malgré tout de sortir.

J'imaginais tout le monde passif, attendant on ne sait quoi, dans le but simplement de rester en vie sans s'ennuyer. Mais visiblement, Hubert voyait les choses autrement. Il gérait la propriété et leur survie comme il avait géré sa chaine de magasins : d'une main de fer, mais avec efficacité et humanité. Au rez-de-chaussée, des femmes cousaient des fermetures éclair aux rideaux pour pouvoir les fermer complètement afin que la lumière ne filtre pas et n'attire pas les zombies durant la nuit. Dans la cuisine, d'autres découpaient des légumes prêts à être stockés pour l'hiver approchant. Des hommes passaient avec des caisses à outils et renforçaient encore les fermetures des fenêtres qu'Hubert avait dû juger trop fragiles.

Je saluai les gens d'un timide bonjour, mais aucun d'eux ne me rendit la politesse. Je ne pouvais pas leur en vouloir, j'aurais sans aucun doute réagi comme eux en ma présence. Lorsque je sortis sur la terrasse, je remontai le col de mon pull autour du cou. Le soleil était bien présent, mais il ne devait pas faire plus de dix degrés en cette fin d'automne.

Sur ma gauche, une vingtaine de mètres plus loin, deux hommes maçonnaient une brique supplémentaire contre le mur pour ajouter une épaisseur et le rendre plus solide. Je sus plus tard qu'ils avaient suivi le conseil de Marc pour éviter que des humains ne le défoncent avec un véhicule. Dans cette situation, l'expérience de chacun était mise à profit pour en tirer le meilleur parti.

Sur ma droite, dans l'herbe, j'entendis un cri étouffé. Visiblement, ils avaient également discuté des capacités au combat de Lucas et de ses connaissances dans les arts martiaux car trois hommes suivaient un cours sur le combat avec un marteau. Pour cet entrainement, ils utilisaient des morceaux de bois recouverts d'un chiffon. Pour se défendre contre les zombies et en affronter plusieurs en même temps, les cours prendraient vite fin, mais connaissant Lucas, il ajouterait des exercices à sa manière. Il savait de leur triste expérience qu'il fallait aujourd'hui aussi se défendre contre des bandes qui chercheraient un jour ou l'autre à les piller, et les munitions n'étaient pas inépuisables.

Juste derrière eux, j'aperçus Marc aidant son oncle et sa tante à récolter les derniers légumes de la saison.

Axelle sortit de la maison à cet instant et, m'apercevant, accéléra le pas en m'assassinant du regard.

Je l'ignorai simplement.

Je savais que tout le monde, à part peut-être Marc et Lucas, allait chercher à m'éviter aujourd'hui ... et les jours qui suivraient. J'étais comme un paria parmi les survivants. Qu'avais-je donc fait pour mériter une telle situation ? Je décidai d'aller me promener dans l'immense propriété ... sans but précis.

Dans le fond du jardin, s'étendait la forêt dont nous avait parlé Hubert. Entre les arbres, je vis les souches récemment coupées et repensai aux discussions de la veille. Leur coupe était nette et précise, le bucheron savait lesquelles couper afin de donner plus d'aisance aux autres arbres pour se développer et rester en bonne santé. A en juger par l'état de certaines racines, ils avaient même commencé par les arbres malades, trop graciles ou ceux qui n'avaient aucune chance de grandir, étouffés au milieu des autres.

Tout était incroyablement organisé et rien n'était laissé au hasard.

Quelques dizaines de mètres plus loin, je tombai sur les camions arborant l'enseigne des magasins « Oncle Hubert ». Cinq grands camions, deux camions frigorifiques plus petits et deux citernes de mazout.

Il faisait calme, pas de râles de zombie, pas de

palabres inutiles ... et pas de danger. Cela me procura un profond sentiment de réconfort. J'avais l'impression que je pourrais presque être heureuse ici.

J'aperçus finalement une cabane enlacée par les branches d'un grand chêne. L'espace d'un instant, j'envisageai de m'y installer. Je m'y sentirais plus à l'aise qu'au milieu des regards accusateurs des autres ... et eux aussi.

—Tout va bien ? me surprit Marc.

Je ne répondis pas. Je n'avais plus dit un mot depuis que nous avions quitté la taverne et je ne me sentais pas encore prête à exprimer à nouveau une quelconque opinion. Ma vie n'avait plus d'intérêt, j'avais tout perdu. Mon père était mort, ma mère aussi ... définitivement cette fois. J'avais perdu June qui voulait aujourd'hui me tuer. Je ne me sentais même plus vivante. J'étais la cause de l'apocalypse dans laquelle nous vivions aujourd'hui. J'avais été trompée par tout le monde et pour conclure, Peitane, celle que j'aimais par-dessus tout, n'était pas ce qu'elle prétendait. Elle m'avait flouée comme tous les autres. Quelle utilité aurais-je encore eu à parler ? Pour quoi faire ? Tout ce que j'entreprenais se retournait contre moi, quoi que je fasse, les gens qui m'en voulaient finiraient par avoir ma mort. Alors pourquoi devrais-je encore me battre ? Plus rien n'en valait la peine ... même pas en parler.

—Tu comptes t'isoler ? demanda-t-il.

Mon silence fut ma seule réponse. Bien sûr que je comptais m'isoler, c'était la meilleure chose à faire. Au moins, je ne ferais plus de mal à personne et personne ne pourrait plus m'en faire. C'était une option tout à fait acceptable.

— Il ne faut pas le faire, ils finiront par t'accepter, continua-t-il comme si j'avais confirmé. Ils ont encore peur pour l'instant, mais avec le temps, ils verront qu'ils peuvent t'accorder leur confiance.

C'est ça oui ! Comme d'habitude, Marc était trop optimiste et confiant dans la nature humaine … et en moi. Je n'avais rien à manger, rien à boire. D'ici quelques heures, un jour ou deux au plus, la faim et la douleur reviendraient et je me jetterais sur l'un d'eux. La faim n'avait d'ailleurs pas attendu si longtemps et commençait déjà à me tenailler le ventre. Ils avaient donc raison de se méfier de moi.

— Reste avec nous, c'est le mieux que tu aies à faire.

Sûrement pas … mais je n'ai même plus l'envie de partir. Or, c'est ce que je devrais faire si je ne voulais pas perpétrer un massacre. D'un autre côté, ce serait un moyen simple et efficace d'en finir. J'attaque l'un d'eux, et comme ils sont tous armés, de frousse, un autre me tire une balle dans la tête. Fin de l'histoire. Et au moins, pour cette option, ne devais-je rien faire … juste attendre. Même mes scrupules s'en sont manifestement allés avec le reste.

— Qu'est-ce que tu comptes faire ? demanda-t-il tristement.

Ma seule réponse resta inlassablement le silence.

— Parle-moi, je t'en prie. Je suis de ton côté. Je veux t'aider, mais je voudrais savoir comment.

Il ne pouvait rien faire et je ne pouvais pas le lui dire.

— Viens, s'il te plait, proposa-t-il en voulant me prendre le bras.

Mais je m'écartai d'un pas en évitant toujours de le regarder dans les yeux, fixant plutôt le sol. Je sentis une profonde tristesse l'envahir face à l'impuissance qu'il éprouvait. Sa main resta suspendue quelques secondes avant que son bras retombe et qu'il se retourne en partant les épaules basses.

En le regardant s'éloigner, la culpabilité me serra le ventre et pourtant, je ne fis rien pour le retenir. Il ne méritait pas ça, mais c'était mieux ainsi. Je devais garder un maximum de distance avec lui. Il était bien parvenu à m'oublier une fois, il recommencerait. Je n'avais aucun droit de m'immiscer à nouveau dans sa vie et encore moins de la lui gâcher.

Lorsqu'il fut loin, je grimpai dans l'arbre et m'assis dans la cabane. Je me mêlai aux araignées et autres insectes qui s'étaient accaparés l'espace. Un des murs de bois était tellement délabré que je pouvais voir la grande maison.

Marc trainait encore les pieds lorsqu'Axelle s'approcha de lui d'un pas décidé. Je l'entendis crier … pas besoin de discerner les mots, la raison de sa colère était évidente. Il essaya bien de se défendre, mais elle ne voulait rien entendre.

Je me recroquevillai sur moi-même, enserrant mes genoux et laissai les larmes inonder mes yeux.

L'ombre des arbres sur la pelouse avançait lentement, grandissant jusqu'à disparaître dans la pénombre. Bientôt, le noir ne serait plus troublé que par les trilles des oiseaux nocturnes. Le va-et-vient des habitants de la maison cessa petit à petit, me plongeant plus encore dans ma solitude. Je chassai mollement de temps en temps une bestiole qui grimpait sur mes bras ou dans mon cou.

Puis, les ombres réapparurent doucement avec la

fraîcheur du matin. Je n'avais toujours pas bougé. Les premiers habitants sortaient de la maison et reprenaient leurs activités de fortification, de jardinage et d'entraînement au combat. Les heures passaient et les ombres disparurent presque avec le soleil de midi.

La douleur qui s'empara de moi ne venait pas de ma position statique des heures durant … j'avais enduré bien pire que ça sous la torture de Cayetano.

C'était la faim !

Ma perception des gens changea peu à peu, qu'il s'agisse de Marc ou pas, cela faisait de moins en moins de différence. Je ne luttai pas contre, toute motivation m'ayant désertée. Paradoxalement, le fait que je n'y prête que peu attention diminuait l'emprise qu'elle avait sur moi. Mais je savais cela temporaire, elle prendrait le dessus bientôt … ou plus tard.

Je fus extraite de mes songes en les entendant s'agiter et Hubert beugler des ordres que je ne compris pas d'où j'étais. Ils couraient dans tous les sens pour finalement se rassembler devant le mur ouest de la propriété. Hubert et deux de ses amis grimpèrent sur le plancher qu'ils étaient en train de construire tout le long contre le mur. On se serait presque cru dans une fortification.

Ils discutèrent ainsi pendant près d'une demi-heure avec des inconnus que je n'apercevais pas. Les voir s'affairer ainsi attirait trop mon attention et plus je les regardais, plus l'envie de manger s'imposait à moi. J'essayais bien de détourner le regard et de penser à autre chose, mais le bruit me ramenait systématiquement à eux. Lorsqu'enfin les choses se calmèrent, je les vis discuter entre eux pendant longtemps. A la fin des palabres, l'agitation reprit de plus belle et tous leurs efforts semblaient concentrés sur la consolidation des murs extérieurs.

A cet instant, Marc courut vers moi.

Il ne fallait pas. Il ne devait pas venir. J'avais trop faim et trop mal. Je risquais de lui sauter à la gorge.

Lorsqu'il monta dans la cabane, je me réfugiai dans un coin comme un animal apeuré, les genoux repliés contre moi, serrés aussi fort que je le pouvais, comme pour m'emprisonner moi-même et éviter ainsi l'irréparable.

Respectant mon état, il ne s'approcha pas plus que nécessaire. Mais cela ne faisait que peu de différence. Je sentais son odeur douce, l'odeur de la chair et ses veines, noires à souhait, m'interpelaient sans relâche.

Je serrai un peu plus les jambes ... et la mâchoire.

—Nous risquons d'avoir des ennuis d'ici peu, dit-il calmement alors que je le voyais très nerveux.

Comme je ne réagissais toujours pas, il continua.

—Des hommes sont venus. Ils ont appris que nous avions des ressources et des camions d'essence. On ne sait pas comment, mais ils semblaient vraiment bien informés. (Il hésita un instant) On doit leur livrer la propriété pour demain midi sinon, ils la prendront de force.

Je sentais qu'il ne venait pas me voir uniquement pour me mettre au courant de leur situation. J'imaginai donc sans peine que si la discussion entre eux avait été si houleuse, c'est qu'ils avaient dû parler de moi. Mais je n'avais toujours pas l'intention de répondre.

J'étais morte, plus rien ne me concernait.

—On voudrait que tu nous aides. Je sais que tu ne veux plus voir personne, et nous respectons cela ...

Il devait s'en aller ! Son corps tout entier m'appelait

sans relâche, j'allais lui sauter à la gorge et le dévorer, ce n'était plus qu'une question de temps.

Il devait s'en aller !

—… mais nous aurions besoin de tes … capacités. J'ai vu comment tu te bats, tu peux nous fournir un avantage certain.

Mais je n'étais plus en état de me battre. La douleur était trop forte, je n'arriverais plus à bouger aussi vite ni frapper assez fort. Et si, pour me donner de la force, j'en dévorais un, je serais exclue, je me retrouverais seule. Car même si je remplissais mon rôle pour les aider, ils mettraient une image sur le monstre que j'étais et il ne serait plus question pour eux de me laisser vivre … survivre … parmi eux.

—J'en ai parlé avec eux, continua-t-il en montrant la maison. Je leur ai expliqué que tu risquais de faire des choses … (inhumaines ?) … horribles. Ils en sont conscients. Mais ils savent aussi que nous avons peu de chance de résister sans ton aide.

Penser aux ennemis … humains … que je pourrais dévorer attisa encore ma faim. Pour peu, j'en aurais salivé. Je fermai les yeux et cachai mon visage dans mes genoux pour ne plus regarde Marc. Je m'efforçais de penser à autre chose, mais n'y parvenais plus.

—Va-t'en, dis-je difficilement, la gorge comme tapissée de lames de rasoir.

—Ne nous laisse pas tomber, on a besoin de toi.

—Va-t'en, répétai-je.

Un moment de silence s'imposa.

—Alors, c'est comme ça ! Tu ne vas rien faire pour nous. Tu en es à ce point ? On t'a aidée, au risque de nous mettre en danger et toi tu … Tant pis, laisse tomber, dit-il, accablé.

Je l'entendis descendre l'échelle, les barreaux de bois usés craquant sous son poids mais ne relevai la tête à aucun moment. Il avait raison, bien entendu, mais je n'avais plus la volonté de rien, même pas de faire ce qu'il fallait, même ce qui était juste. Il ne m'avait jamais parlé de la sorte ... ni à quiconque d'ailleurs. Je pense qu'il avait peur. Je ne voulais pas les aider, je voulais mourir.

Ils passèrent le reste de la journée à se préparer à contrer une attaque bien plus dangereuse que les zombies.

La maison disparut à nouveau dans le noir, absente de lumières extérieures pour ne pas attirer des hordes de zombies. Ils s'affairèrent encore quelques heures, puis, peu après minuit, fourbus du travail d'une intense journée, ils rentrèrent se reposer. Plus personne ne sortit et, hors de ma vue, mon envie de les attaquer diminua sans pour autant disparaître complètement car je savais où les trouver. La douleur s'accentuait et chaque mouvement, aussi infime fut-il, devenait une torture. Je n'arrivais presque plus à penser, même pas à ma misérable existence, focalisant mon esprit à faire disparaître la douleur et la faim.

Lorsque l'aube me montra à nouveau la maison, un premier humain sortit et ne regarda même plus dans ma direction, presque comme s'il avait oublié que j'étais là. Ou alors était-il trop préoccupé par une éventuelle attaque ?

Le ciel était gris et lourd. Il allait certainement pleuvoir.

Ma perception des humains avait diminué. Je ne reconnaissais même plus l'homme qui était sorti. J'avais beau me triturer l'esprit, je ne le reconnaissais pas. Ce n'était ni Marc, ni Lucas, ni Axelle, c'est tout ce que je pouvais encore dire. J'avais l'impression que je pouvais d'ici voir ses veines noircies, décuplant ma faim et son emprise sur moi.

Peu après, alors que le soleil réchauffait l'herbe humide de rosée, l'agitation reprit de plus belle. Il restait visiblement encore beaucoup à faire. Deux d'entre eux sortirent en voiture, sans doute pour aller chercher quelques biens nécessaires. Était-ce une bonne idée aujourd'hui si quelqu'un allait les attaquer ? Ce devait être vraiment important.

Marc jetait souvent des coups d'œil dans ma direction, il portait un t-shirt avec lequel je l'avais souvent vu à l'école ... avant tout ça, du temps où nous étions encore ensemble. Un t-shirt gris, délavé, flanqué d'une photo stylisée d'une manette de jeux. Il regardait vers moi, mais n'osait pas venir. Était-ce par respect de ma décision, par peur ou pour éviter une nouvelle crise avec Axelle ? Peu importait tant qu'il n'approchait pas de moi.

J'essayai de distraire mon esprit de la douleur et la faim en pensant à tout et n'importe quoi. Je me revoyais avec June dans sa chambre ... mais rapidement les images déviaient vers sa mère que j'égorgeais et le regard empli de haine que June m'avait lancé dans la taverne quelques jours auparavant. Je pensais à mon père et aux soirées que nous passions à lire des passages de philosophes ... puis je le voyais se relever en zombie dans son laboratoire après que je l'ai assassiné. Ma mère décomposée qui ne sourirait plus jamais et le coup de marteau qui l'avait tuée.

Allais-je tuer toutes les personnes que je

connaissais ? Était-ce ça mon nouveau destin ?

Ma vie d'avant ... ma vie d'avant.

La douleur.

La faim.

La faim.

La douleur ... et tous ces humains qui s'agitaient devant moi, m'invitant à les dévorer. Je fermai les yeux pour ne plus les voir, tentant de diminuer l'envie, mais la douleur restait, plus présente et plus forte à chaque minute qui passait. Pourquoi n'avais-je pas le courage de fuir ? Mais le courage n'était pas le problème. C'était plutôt l'envie. Je n'avais plus envie de rien. Plus envie de partir, plus envie de rester, plus envie de bouger. Simplement attendre que mon côté zombie prenne le dessus et que je ne sois plus obligée de réfléchir. A cet instant précis, la douleur et la faim exceptées, j'enviais les zombies qui erraient sans but, sans se poser de question, libérés de toute conscience.

Soudain, mon attention fut attirée par un bruit, je relevai la tête et regardai en direction de la maison. Un coin de la maison était en feu, visiblement embrasé par un cocktail Molotov. Marc et les autres couraient dans tous les sens, cherchant leurs armes.

Lucas fut le premier arrivé sur le ponton de bois contre le mur et ouvrit immédiatement le feu sur leurs assaillants. Mais très vite, il dut se baisser. Des nuages de poussières éclatèrent au sommet du mur. Il servait de cible à son tour.

Je repris mes jambes contre moi, réconfort inutile contre la culpabilité qui me rongeait de les abandonner.

Une autre bouteille enflammée atterrit sur le toit de la maison, des gouttes de feu retombant sur la terrasse. Les tirs résonnaient à des kilomètres à la ronde. Bientôt, des hordes de zombies allaient prendre la maison d'assaut. Marc et ses amis couraient dans tous les sens tandis que les femmes tentaient désespérément d'éteindre les feux avec un jet d'eau et des seaux.

Un homme s'écroula, la poitrine dégoulinante d'un sang suave. Je suis certaine d'avoir senti l'odeur du sang d'où j'étais. Je faillis me lever … mais parvint à me contrôler la tête enfouie dans mes genoux.

Puis, un petit bruit bref attira mon attention juste au-dessus de moi. Je relevai la tête … une goutte de pluie. Ils allaient peut-être finalement avoir de la chance. Quelques minutes plus tard, la pluie tombait en averse et les feux s'éteignirent d'eux-mêmes peu à peu. Mais le combat faisait toujours rage.

Un bruit sourd retentit en même temps qu'un bruit de tôle froissée. Marc et ses amis perdirent l'équilibre et faillirent tomber. Leurs ennemis avaient manifestement lancé un véhicule sur le mur. Grâce aux conseils de Marc, ce dernier avait été doublé et tint bon. Reprenant leur position, ils ouvrirent à nouveau le feu pendant de longues minutes. Bientôt, un par un, ils se retournaient vers les autres, les bras levés, pour cesser le feu. Ils étaient déjà à court de munitions. Les autres diminuèrent la cadence afin d'économiser le peu qui leur restait.

Au signe d'un homme du groupe, ils sautèrent tous de joie pointant l'extérieur en riant. Sans même regarder, je compris aisément. Leurs assaillants étaient attaqués par une horde de zombies. Cette situation offrait un nouveau paradoxe, ils étaient contents de l'arrivée des zombies et plus ceux-ci étaient nombreux, mieux c'était. En quelques minutes, les combats cessèrent.

Quelques heures plus tard, ayant tué la plupart des zombies agglutinés devant le mur, ils sortirent de la propriété. Lorsqu'ils revinrent, leurs bras débordaient d'armes et de caisses. J'en conclus que leurs assaillants avaient totalement été massacrés par la horde avec l'aide du groupe d'Hubert.

L'après-midi fut d'une incroyable tristesse alors qu'ils enterraient un ami abattu. Mais le soir, lorsque les esprits se furent un peu calmés, ils prirent un verre bien mérité sur la terrasse, en chahutant.

Le noir enveloppa à nouveau le paysage, m'isolant une fois de plus dans la cabane. Le vent se leva pendant la nuit, secouant bruyamment les branches. Certaines craquaient mais tinrent bon. Les oiseaux avaient étouffé leurs trilles pour se mettre à l'abri. Aucune araignée ou autre insecte ne vint me déranger, comme si eux aussi sentaient qu'il fallait m'éviter comme la peste.

La douleur devint torture et mon immobilité n'arrangeait rien. Mais sans doute pouvais-je remercier Cayetano car je parvins à passer outre et finis par m'endormir, harassée par deux nuits sans repos.

Je fus réveillée par la pluie qui tombait sur les feuilles des arbres dans un bouquant infernal. Quelques gouttes perçaient le toit de la cabane et tombaient sur mon visage. Je me redressai à grand peine, entièrement envahie par la douleur et la faim.

Je devais m'extraire d'ici … et manger ! Tout mon corps réclamait avec force d'être nourri, surpassant de loin la capacité de retenue de mon esprit. Plus rien en moi n'allait s'opposer à ce que je commette l'irréparable. Je rampai jusqu'à la trappe et tentai de m'accrocher à l'échelle. Mais mes membres endoloris glissèrent sur un barreau et le suivant céda sous le choc. Je m'écrasai lourdement sur le sol, ce qui me coupa la respiration. Il fallut plusieurs minutes pour que je parvienne à me relever.

La souffrance rendait ma démarche hésitante, chaque pas exigeait un effort colossal, accélérant ma respiration jusqu'à la rendre rauque. Pas après pas, ne prêtant pas attention à la pluie qui me frappait le visage et mouillait mes vêtements, j'avançai vers la maison.

Quatre proies étaient assises sur la terrasse protégée par le perron. L'une d'elles, un jeune homme, se leva et regarda dans ma direction. Il portait un vieux t-shirt gris délavé. Quelques pas suffirent pour l'amener sur le dessus des escaliers, comme s'il voulait m'accueillir. La distance qui nous séparait diminuait lentement et la faim explosait en moi à me tordre le ventre, m'arrachant un râle d'impatience. J'aperçus nettement cette fois ses veines noircies qui m'appelaient inlassablement comme des sirènes. Leur chant annihilait toute faculté de réflexion en moi, fixée sur un seul objectif, celui de manger. Qui que ce soit !

Le jeune homme descendit les marches, il était tout près de moi. Tendre les bras vers lui pour l'agripper me foudroya de douleur, mais c'était le prix de la libération. A l'instant où je me jetai sur lui, quelqu'un le poussa violemment sur le côté. Dans mon élan, je tombai sur elle, l'emportant dans ma chute. La jeune femme se débattit en hurlant. Le manque et la colère décuplant mes forces, je plongeai mes dents à la base de son cou et tirai d'un coup sec. Le sang gicla. Je le bus goulûment. Il se répandit dans ma gorge, suave et salvateur, et la douleur disparut presqu'instantanément.

Mais ce ne fut pas suffisant, je voulais de la chair fraîche, au goût si doux, celle qui me libèrerait pour plus longtemps. Déviant vers l'épaule, je mordis de toutes mes forces à travers les vêtements. Sans difficulté, mes dents pénétrèrent le muscle. Je fermai la mâchoire, déchirant les fibres alors que ma proie hurlait de douleur. La chair était chaude et agréable.

Bientôt, la faim disparut et mon esprit reprit lentement le contrôle de mon corps.

La fille criait en tentant vainement de me repousser.

Soudain, un violent choc me déstabilisa et je tombai sur le côté. Relevant la tête, j'aperçus Marc qui hurlait.

— Marc ? Mais qu'est-ce qui …

Je baissai les yeux.

Axelle était étendue sur le sol, se vidant de son sang. Déjà, elle perdait connaissance. Je réalisai alors ce que je venais de commettre.

— Oh ! Mon dieu ! … Qu'ai-je fait ?

Marc la saisit par la nuque pour la redresser doucement, pressant de sa main la plaie béante à la base de son cou. Il tentait inutilement de la rassurer, je crois qu'il pleurait.

— Je … Je te l'avais dit, bégaya Axelle.

— Je suis désolé, dit-il en la serrant contre lui alors que sa tête s'abandonnait en arrière.

La seconde suivante, tous les habitants de la maison descendaient les escaliers en trombe une arme à la main et s'interposaient entre mes amis et moi, m'ordonnant de reculer.

Les larmes me submergèrent alors qu'un sanglot profond m'empêchait de parler. J'aurais voulu leur dire à quel point j'étais désolée mais cela n'aurait rien changé. Et de toute manière, je l'avais cherché en restant enfermée dans la cabane. Je regrettais réellement d'avoir blessé quelqu'un mais c'était l'aboutissement inévitable de mon isolement volontaire pour mourir. Et à présent que je m'étais nourrie, j'avais retrouvé tous mes esprits ... et même l'envie de vivre. Cette situation était le paradoxe même de mon existence.

La rage que je lisais sur leur visage ne méritait aucune explication et je suis encore étonnée aujourd'hui qu'aucun d'eux n'ait ouvert le feu pour m'abattre comme n'importe quel autre zombie.

Derrière eux, je vis Marc déposer doucement le corps sans vie d'Axelle et se redresser lentement, les épaules et la tête basses. Puis, j'entendis un ordre émanant d'Hubert.

— Rob, tue-la !

Je levai des yeux implorants, alors même que je l'avais cherché. Marc me regarda, les yeux emplis de larmes et de toute la tristesse qu'il éprouvait ... même à mon égard.

Il ne ferait rien pour venir à mon secours.

Le dénommé Rob avança d'un pas, son fusil de chasse précisément pointé sur ma tête, le regard bien décidé à faire feu avec un évident sentiment de satisfaction.

Cette fois, ça y était.

Soudain, il s'immobilisa et, une seconde plus tard, s'écroula d'une masse sur le sol ... un couteau planté dans la gorge. Personne ne bougea, abasourdi. Bondissant du toit, trois ombres tombèrent sur Marc et ses amis, les désarmant avec une incroyable rapidité.

Des amis d'Hubert tentèrent bien de riposter, mais furent aussitôt assassinés sans la moindre difficulté, s'effondrant sur le sol ... la gorge ouverte.

—Ça suffit ! ordonna Eras. Vous n'avez aucune chance contre nous, alors tenez-vous calmes et rien ne vous arrivera.

Pétrifiés par la rapidité avec laquelle ils s'étaient retrouvés impuissants, aucun des survivants ne broncha.

—Je préfère ça. Alors, c'est vous le fameux bienfaiteur ! lança-t-il à Hubert.

L'oncle resta muet, ne comprenant absolument pas de quoi il parlait. Les autres se tournèrent vers lui, le regard interrogateur et étonné.

—Vous ne l'admettrez naturellement pas, poursuivit Eras, mais nous savons que c'est vous. Nous avons trouvé les camions et vous avez des ressources conséquentes. Il n'est pas nécessaire d'en dire plus.

Nous étions tous tellement stupéfaits que personne n'osa prendre la parole. Eras continua dès lors son monologue.

—Bon, puisque personne ne semble vouloir m'aider dans cette discussion, je vais continuer seul.

June et l'autre femme qui l'accompagnait sourirent sadiquement. Mon ancienne amie me fusilla du regard, me glaçant sur place. Avait-elle pu changer à ce point ? La mort de sa mère avait-elle suffi à elle seule à lui inspirer une telle haine à mon égard ? Et la question qui s'imposa à mon esprit finit de me broyer le cœur. Était-elle devenue une élégide comme eux ? Pas elle ! Ma June ne pouvait pas avoir subi le même sort que moi. Qui aurait pu vouloir la tuer et dans quel but ?

Un lourd sanglot m'envahit à nouveau à l'idée

qu'elle puisse être morte et subir la même vie que moi. June ! Que t'ont-ils fait ?

—Vous vous imaginez tous que je vais vous tuer, mais il n'en est rien. Ce n'est pas mon travail. Je suis juste ici pour emmener Caroline. Maintenant que nous vous avons trouvée, je vais pouvoir exécuter la volonté de mon père.

J'observai June cherchant dans son attitude une preuve de sa transformation. Son teint était plus grisâtre. Ses veines ne ressortaient pas noirâtres à mes yeux comme celles des humains. Elle était différente, plus froide, plus effrayante. Quand bien même aurais-je voulu me rassurer d'une quelconque manière, il n'y avait aucun doute possible !

—Quant à vous, vous n'avez que deux possibilités. Dans peu de temps, une équipe va venir s'occuper de vous pour découvrir l'ampleur de votre organisation. (Hubert et ses amis se regardèrent dubitatifs) Vous pouvez donc les attendre ou vous enfuir inutilement ... ou vous donner la mort avant. A vous de voir. Mais dans tous les cas, vous n'êtes plus mon problème.

Ils n'avaient pas le droit de lui avoir fait subir le même sort qu'à moi. Je ne pouvais l'accepter. Je sentis une intense colère monter en moi, plus brûlante et plus forte que jamais. June était mon amie de toujours et ils avaient fait d'elle un monstre sans cœur.

Ils devaient payer !

D'un bond, je me relevai et sautai au cou d'Eras à la surprise générale. Le bras levé, les doigts figés en griffes mortelles, j'allais lui arracher la gorge en y mettant tout ma force et toute ma rage. Mais loin d'être surpris, il évita mon coup d'un simple recul puis me frappa violemment en plein ventre. Je m'effondrai sur le sol, le souffle coupé, toussant avec force. La seconde suivante son pied m'atteignait à l'épaule me faisant décoller du sol. Je défonçai brutalement la porte de la maison au-dessus de l'escalier, m'affalant lourdement sur le parquet du salon. Jamais on ne m'avait frappé avec une telle force et je n'aurais pas cru cela possible. À peine avais-je relevé la tête que Peitane apparaissait au-dessus de moi, un doigt sur la bouche pour m'inciter au silence.

— Ne dis rien, souffla-t-elle tout bas.

La seconde suivante, Lucas pénétrait dans la pièce. Je reconnus sa silhouette à contre-jour. Il s'immobilisa en voyant Peitane.

— Comment va-t-elle ? demanda sèchement Eras.

— Elle est évanouie, mentit Lucas, après une courte hésitation.

— Tant mieux, cela nous laissera un peu de calme.

Lucas semblait réfléchir à toute vitesse.

— Comment nous avez-vous trouvés ? demanda-t-il à Eras pour éclaircir intelligemment un point qui restait litigieux. J'avais cru comprendre que c'était sa copine qui vous renseignait.

— Peitane ? ... Elle n'a rien à voir là-dedans. Nous avons un élégide avec un pouvoir de localisation. J'ai d'ailleurs trouvé ça très drôle qu'elle imagine que c'était Peitane. Mais bon, elle doit être loin à présent.

June et Sophia éclatèrent d'un rire forcé.

Lucas adressa un sourire en coin à Peitane qui le lui rendit.

Je m'étais une fois de plus fait manipuler, j'étais vraiment une idiote ! Je regardai Peitane les larmes aux yeux. Elle comprit mon désarroi.

— Je sais, dit-elle rassurante. Ne t'en fais pas, on en

parlera plus tard. Viens ! ordonna-t-elle en me relevant. Il faut partir tant qu'on a un peu de temps devant nous.

—Suivez-moi, intervint Lucas. On va passer par la petite porte.

Peitane le regarda dubitative.

—Pas le temps de douter de moi. Venez !

Peitane me porta sans difficulté et emboita le pas de Lucas. Il traversa la cuisine puis une petite buanderie pour ouvrir une porte donnant sur l'extérieur. A pas pressés, silencieux, nous gagnâmes la grille de la propriété cadenassée comme d'habitude. Lucas dévia de quelques pas et, derrière un buisson, saisit un pied de biche. Il l'enfonça dans le joint d'une pierre à côté des gongs et poussa avec force. La pierre tomba sur le sol comme si elle ne tenait déjà plus. La charnière libérée, il put tirer sur la grille pour ouvrir un espace suffisant.

Peitane le regarda en souriant.

—Je prévois toujours une porte de sortie, dit-il simplement.

—Je vois, bien joué, le complimenta-t-elle.

La seconde suivante, nous étions dans un pick-up et Lucas démarrait.

Soudain, derrière nous, je vis Eras sauter du mur de la propriété et foncer sur nous. Il courait à une vitesse impressionnante.

—Fonce ! hurlais-je.

Le moteur vrombit alors que je me retrouvais collée dans le fond de mon siège. Eras ne nous rattrapa pas et un instant plus tard, nous le distancions avec soulagement. Brusquement, Sophia atterrit sur le capot, déséquilibrant notre véhicule. Lucas bondit sur les freins, la faisant tomber en arrière. La perte de vitesse permit à June de chuter dans le bac du pick-up. Elle me lança un regard de rage et bondit vers la fenêtre qui vola en éclats. Sur ces entrefaites, Lucas avait redémarré, obligeant Sophia à se jeter sur le côté pour ne pas se faire écraser. Alors que je me blottissais contre le dossier de Lucas pour éviter les coups de griffes de June, Peitane bondit du siège avant et frappa violemment. June perdit l'équilibre et tomba lourdement dans le bac tandis qu'Eras, agrippé à l'arrière, tirait sur ses bras pour grimper. Peitane passa à travers la fenêtre brisée, évita un coup de griffes de June et frappa à nouveau avec une incroyable rapidité. Son pied s'enfonça douloureusement dans la cage thoracique de June qui décolla du bac et tomba hors du véhicule emportant Eras avec elle.

Je me redressai pour voir les deux corps se relever péniblement. Eras se ressaisit rapidement et se mit à courir, manifestement décidé à ne pas nous laisser nous enfuir quand, subitement, il trébucha sans raison apparente et s'effondra sur le sol. Couché sur la route, j'eus l'impression qu'il se tenait le côté mais, nous éloignant à toute vitesse, je ne saurais dire s'il était blessé ou non.

Lucas ne ralentit pas la cadence pour mettre le plus de distance possible entre eux et nous. Lorsqu'il fut persuadé qu'ils n'avaient pas pu nous suivre, il ralentit enfin et s'enfonça dans les bois par un petit chemin de terre avant d'immobiliser le véhicule. Il resta un instant prostré sur le volant sans rien dire. Nous fîmes de même, tellement soulagées de nous en être sorties vivantes.

Quelques instants plus tard, Lucas sortit de la voiture sans rien dire, saisissant le marteau à sa ceinture. Nous descendîmes à notre tour et constatâmes qu'il tuait les quelques zombies qui s'approchaient de nous. Peitane partit l'aider tandis que je me massais le côté pour faire passer la douleur du coup d'Eras. Il avait frappé avec une telle violence que je devais sans aucun doute le salut à notre constitution plus robuste que celle d'un humain. J'observai les zombies qui cheminaient vers une fin certaine. Ils commençaient à manquer de nourriture et les premiers signes de décomposition étaient bien visibles. J'osais à peine imaginer la souffrance qui devait être la leur car je connaissais la faim qui les animait et la douleur qui les envahissait.

— Pauvres d'eux.

— Ça va ? demanda Peitane. Tu tiens le coup ?

— Oui … merci de m'avoir sauvée … une fois de plus. Je suis désolée de t'avoir écartée, mais je croyais que …

— Je sais ce que tu pensais, ne t'en fais pas. A ta place, j'aurais sans doute fait pareil. Tu as tellement été trompée que c'est …

Sans la laisser terminer, je la pris dans mes bras, profondément heureuse de la retrouver … et honteuse d'avoir mis sa parole en doute. J'avais préféré croire Eras alors qu'elle était la seule à avoir toujours pris ma défense. Ce fut dès lors la voix hésitante de tristesse que je lui demandai confirmation.

— Alors tu … tu es une Laneiros, c'est vrai ?

— Oui, hésita-t-elle. Mais je les ai quittés il y a si longtemps que je m'en souviens à peine. J'ai ensuite rejoins la rebellions de l'Ange.

— On dirait l'histoire de Cayetano.

— Oui, à peu de chose près, ce qu'il t'a dit est mon histoire, même s'il ne l'a pas fait exprès.

— Pourtant, vous m'aviez raconté avec l'Ange qu'il t'avait transformée en s'infiltrant chez les Laneiros.

— C'était nécessaire, je crois. Si nous t'avions dit d'entrée de jeu que j'étais une ex-ennemie, je ne crois pas que nous serions ici toutes les deux aujourd'hui.

— C'est vrai. Je suis désolée que nous ayons été séparées.

— Moi aussi. (Elle me serra dans ses bras, déclenchant mes larmes) Tu n'imagines pas à quel point j'en ai pleuré. Mais je ne pouvais me résoudre à t'abandonner … je t'aime trop, avoua-t-elle les yeux noyés.

Je saisis délicatement son visage pour l'embrasser. Instantanément, mes lèvres prirent feu et je sentis cette intense chaleur qui m'envahissait le corps comme à chaque fois. L'amour que j'éprouvais pour elle n'avait été entaché en aucune manière. Je me sentis à nouveau mieux et repris goût à la vie. Même si cette dernière n'était pas idéale, j'avais soudain l'impression qu'elle valait la peine que je me batte pour la préserver, rien que pour être auprès de Peitane. Le changement dans mon état fut rapide et pourtant, je l'accueillis avec plaisir, lasse de me sentir un monstre inutile.

—Que fait-on à présent ? demanda Lucas en m'arrachant à mes pensées.

—Tu dois partir, lui répondit immédiatement Peitane. Tu es en danger avec nous. Les Laneiros vont nous pourchasser et ils ont le moyen de nous retrouver facilement.

—Et alors ?

—Alors ! La fuite ne sera pas aisée et nous avons plus de chance d'y rester que de nous en sortir.

—Eh bien, avec moi vous aurez une chance supplémentaire. Si je suis parti avec vous, c'était pour éviter de rester enfermer dans une maison où il ne se passe jamais rien. Elle est tellement fortifiée qu'aucun zombie ne peut y pénétrer. Dans quelques mois, ils n'auront pas besoin des affreux pour se manger entre eux tellement ils s'ennuieront. Alors franchement, je suis bien mieux avec vous.

—Tu ne sais pas de quoi tu parles, commença Peitane, tu es …

—J'ai dévoré Axelle ! l'interrompis-je froidement.

—Je sais, confirma-t-elle l'air triste.

—C'est pour Lucas que je dis cela. Tu ne peux pas prendre le risque de rester avec nous.

—Je ne risque plus rien, vous avez votre propre nourriture dans le sac à l'arrière du pick-up, je l'ai reconnu sur le dos de Peitane. Et puis, tu sais te retenir jusqu'à la limite et quand tu craques comme ce matin, tu es à peine plus rapide qu'un zombie. Tu n'as donc aucune chance d'arriver à me mordre. Crois-moi, je ne crains rien … et vous avez besoin de mon aide, vous avez besoin de toute l'aide que vous pourrez trouver. Vous montrer réticentes envers mon aide n'est plus un luxe que vous pouvez vous permettre. Je me trompe ?

—Peu importe, le débat est clos, voulut conclure Peitane avant que je n'intervienne.

—Il a raison, admis-je. Son aide sera la bienvenue et puis, c'est son choix.

—Quoi ? Mais tu es folle ! Je refuse d'être responsable de sa vie.

—Tu ne seras responsable de rien du tout, la contredit Lucas. On s'entraidera, c'est tout. Et si je meurs, ce sera ma faute. Alors ? Vous acceptez?

Peitane me fusilla du regard, opposée farouchement à cette option. Je lui souris et déposai délicatement un baiser sur ses lèvres.

—C'est pas du jeu, objecta-t-elle. Ok, tu peux rester mais tu as intérêt à te montrer utile.

—Je viens déjà de vous sauver la vie, tu veux encore d'autres preuves ?

—La ferme ! cracha-t-elle de mauvaise foi.

Lucas lui sourit, je fis de même. Elle finit par pouffer de rire, nous emmenant avec elle. Cela faisait du bien de décompresser un peu, nous en avions tellement besoin. Et l'aventure dans laquelle nous étions embarqués n'allait certainement pas nous offrir beaucoup de moments comme celui-ci. D'ailleurs …

—Bon, reprit Peitane. Nous n'avons pas de temps à perdre. Si nous voulons avoir une chance, nous devons reprendre immédiatement notre route vers notre objectif initial.

—Détruire le localisateur, dit Lucas.

—Détruire le localisateur, confirma Peitane. Tant

qu'il existera, nous ne serons pas tranquilles.

— Attendez, et que faites-vous de Marc et des autres ? intervins-je.

Ils se regardèrent tristement, ayant compris bien plus vite que moi. Sans doute étaient-ils déjà morts, assassinés par la rage d'Eras de m'avoir laissé filer. Lorsque je compris, les larmes m'envahirent. J'étais à nouveau responsable de plusieurs morts.

— Je suis désolée, dit Peitane. Mais tu ne pouvais rien y faire. Ils seraient morts de toute façon.

— A cause de moi.

— A cause des Laneiros ! Tu dois arrêter de sans cesse prendre la faute sur toi. Ce sont eux qui persécutent, ils sont donc les seuls responsables de leurs actes. Que je sache, ce n'est pas toi qui leur demande de tuer tout le monde.

— Oui, dis-je en m'appuyant sur le pick-up, mais tous ceux qui me côtoient meurent les uns après les autres.

— Raison de plus pour mettre fin à tout cela, dit Lucas. Tu dois les arrêter ! Et nous t'aiderons. C'est d'accord ?

Je signai oui de la tête mais restai peu convaincue.

Nous ne parlâmes plus de cela. Lucas prépara un feu avant de partir à la recherche de petits animaux à manger. Ce garçon était décidément plein de ressources. La nuit ne nous offrit que peu de repos. Le sentiment d'insécurité était encore trop présent et si Lucas n'avait pas camouflé le feu, nous l'aurions éteint depuis longtemps.

Je pensais à June, revoyant son visage lorsqu'elle avait sauté à l'arrière du pick-up et tenté de m'agripper. Elle affichait une telle détermination et une telle soif de me tuer, c'était inconcevable. Elle n'avait plus grand-chose à voir avec la June que j'avais connue et qui était mon amie. J'étais devenue son ennemie jurée, le but ultime de sa vengeance.

La culpabilité me tordit le ventre et la tristesse bloqua ma gorge. J'aurais voulu m'excuser, lui dire à quel point je regrettais, comme cela me déchirait le cœur d'avoir détruit sa famille. Mais elle resterait sourde à mes supplications. Je l'avais perdue à tout jamais.

A présent, j'espérais seulement arriver au terme de notre mission sans devoir l'affronter. Si cela devait arriver malgré tout, ce serait le pire combat de toute ma vie … et je n'étais même pas sûre de me défendre. Finalement, j'avais mérité qu'elle se venge de moi. Son combat était légitime … a contrario du mien.

Le feu était mort depuis longtemps lorsque le sommeil eut finalement raison de mes pensées lugubres. Mais ce ne fut que de courte durée. Je fus réveillée à l'aube par le crépitement des braises et le chant des oiseaux présageant une belle journée sans pluie. Malgré la fraîcheur du matin, cela me réchauffa le cœur.

Le crépitement du feu ?

J'ouvris doucement les yeux.

L'ombre floue d'un homme assis sur une pierre se détailla progressivement pour dévoiler son pull à capuche.

—Tu as déjà rallumé le feu ?demandai-je à Lucas.

—Oui, j'ai pensé que cela te ferait plaisir.

Mais ce n'était pas la voix de Lucas, et encore moins celle de Peitane !

Je me redressai d'un bond et regardaï autour de moi. Lucas et Peitane dormaient encore. J'eus envie de crier, mais n'en fis rien. L'homme dégageait quelque chose de serein et bizarrement, je ne ressentais aucune menace. Je pensais pourtant à Eras et donc la peur aurait dû me faire fuir à toutes jambes mais ce ne fut pas le cas. Ce n'était pas notre poursuivant, j'en étais étrangement convaincue.

Son visage s'effaçait dans l'ombre de sa capuche, et il gardait la tête légèrement baissée. Du bout d'un bâton, il ravivait calmement les braises. Je confirmai encore qu'il était seul, rien ne bougeait dans le bois. Je ne voyais pas ses yeux pourtant, je le sentais concentré sur le feu.

Nous restâmes quelques secondes sans rien dire. Le silence était pesant, mon cœur battait la chamade. Mais cela n'était pas de la peur. Je n'aurais su dire pourquoi, j'avais l'impression que je savais qui il était, et cette sensation ne m'inspirait aucune peur. S'il avait représenté une menace, je pense que je l'aurais ressenti.

—Que voulez-vous ? demandai-je doucement sans parler trop fort.

Encore aujourd'hui, je me demande pourquoi j'ai fait cela. Pour une raison qui m'échappe, je ne voulais pas réveiller mes compagnons. Je voulais d'abord discuter seule avec lui.

—T'aider.

—Pourquoi ?

—Parce que tu en as besoin, répondit-il en remuant encore les braises.

Il restait immobile, regardant le feu avec

fascination, je pouvais le ressentir sans même voir ses yeux. Comment avait-il pu allumer le feu sans nous réveiller ? Même un briquet aurait fait du bruit.

—Qu'est-ce qui vous fait penser que nous avons besoin d'aide ?

—Cela fait longtemps que je me bats contre les Laneiros. Sans aide, tu n'as aucune chance.

Sa voix était rauque et pourtant, j'avais l'impression de la reconnaître.

—J'ai de l'aide, voulus-je me protéger.

—Eux ? demanda-t-il en les pointant de son bâton rougeoyant.

—Ce sont de bons amis.

—J'en suis convaincu, mais avoir de *bons amis* ne suffit pas pour s'attaquer à un empire.

—C'est un bon début, insistai-je en serrant mes genoux contre moi.

—Ça te laisse au stade des intentions. C'est un peu faible.

—On y arrivera.

—Vous êtes des amateurs.

—Qu'est-ce qui vous fait dire cela ? demandai-je un peu frustrée.

—J'ai pu m'asseoir ici et faire du feu sans qu'aucun d'entre vous ne réagisse.

—Et vous allez nous aider ?

—Oui.

—Pourquoi ?

—Parce que je poursuis le même but que toi.

—Et en quoi notre « petit groupe qui n'a aucune chance » pourrait bien être si important que vous vouliez l'aider ?

—Tu le sais très bien.

—C'est vrai, avouai-je en baissant les yeux. Mais pourquoi devrais-je vous faire confiance ?

Son attitude était troublante. Il était quasiment immobile et, avec le visage dans l'ombre, il semblait irréel, c'était comme si je parlais à un rêve.

Il remua les cendres avec obsession.

—Parce que tu me connais.

—Je sais … et pourtant, je n'ai pas la moindre idée de qui vous êtes. C'est vraiment étrange.

—Alors pourquoi n'as-tu pas hurlé pour réveiller tes amis ?

—Je ne sais pas.

—Mensonge à nouveau. Cela fait partie de tes dons. Tu ressens les choses.

—Vous semblez bien me connaître.

—En effet.

—Alors vous savez que j'attire le malheur sur moi.

—Tu es victime, pas bourreau. Le malheur vient des Laneiros, pas de toi.

—Vous ne savez pas tout.

—J'en sais plus que tu ne crois, dit-il en se levant.

Perturbée par son changement d'attitude, je me redressai d'un bond. Le craquement des branches sous nos pieds réveilla mes compagnons. Ils me regardèrent étonnés avant de se rendre compte que nous n'étions pas seuls. Ils bondirent sur leurs pieds, l'arme à la main, regardant tout autour de nous pour s'assurer que personne d'autre n'était là.

D'un geste de la main et d'un signe de tête, je leur demandai de se calmer et de ranger leurs armes. Après un court instant et une légère hésitation, ils suivirent mon conseil, regardant l'étranger avec défiance.

Je me retournai vers lui.

—Et vous savez quoi ?

Il se pencha pour ramasser un morceau de bois, provoquant un sursaut de Lucas et Peitane. Je les rassurai d'un nouveau signe de la main. L'homme lança le bois dans le feu, faisant jaillir une nuée d'étincelles.

—Je sais que tu te sens coupable d'avoir libéré les zombies, provoquant ainsi la fin du monde. (Je sentis mon ventre se serrer de tristesse) Je sais que tu te crois responsable de la mort de beaucoup de tes amis. Je sais que tu te demandes si ton existence en tant que sicar en vaut la peine. Je sais que tu es triste pour la mort de ta mère.

Les larmes mouillèrent mes yeux avant de s'écouler sur mes joues.

—Ça suffit ! intervint Peitane.

Mais je l'arrêtai à nouveau d'un signe sans même la regarder.

—Je sais, poursuivit-il, que tu penses que tous ceux qui t'entourent veulent te tromper comme Cayetano et l'Ange. Tu as perdu confiance. Je sais que tu regrettes tous les morts dont tu crois être la cause et que c'est pour cela que tu as aidé ce jeune couple et les familles du café. Mais paradoxalement, tout ça n'est pas le pire.

Je savais ce qu'il allait dire, je le sentais. Je me mis à pleurer sous les yeux médusés de mes amis, trouvant difficilement ma respiration au milieu des sanglots. Je serrais les poings à m'en faire blanchir les jointures.

—Le pire, dit-il solennellement en s'approchant de moi jusqu'à ce que son souffle soit quasi perceptible, c'est que tu t'en veux plus que tout pour la mort de quelqu'un d'autre.

J'arrivais à peine à rester debout, les yeux rouges et la vision brouillée de larmes.

—Comment ... ? voulus-je demander.

—Parce que je te connais mieux que quiconque.

Mon cœur explosa. Il n'y avait qu'une seule personne pour affirmer cela.

—Papa ?

Il découvrit son visage.

Je perdis l'équilibre et me raccrochai à ses bras, quelque chose venait d'exploser en moi. Sans difficulté, il me releva et me serra contre lui.

—Oui ... c'est moi, ma chérie.

L'étreinte dans laquelle je l'agrippai était proportionnelle à la tristesse et la culpabilité que j'avais jadis ressenties en me rendant compte que mes mains étaient la cause de sa mort. Les larmes coulaient plus que je l'aurais voulu. Nous restâmes soudés une éternité, je ne voulais plus le lâcher, je ne voulais plus le perdre, les questions viendraient plus tard.

Livre 6

DES ALLIÉS INATTENDUS

Assis près du feu, je restais blottie contre lui. Son bras sur mon épaule me rassurait, comme lorsque nous regardions la télévision ou lisions des passages de philosophes le soir. Ces moments me manquaient. Je ne me rendais pas compte, à cette époque, de l'importance de ces quelques heures. A cet instant, j'en percevais toute l'intensité. Une phrase de Shakespeare me revint à l'esprit et elle était vraiment opportune : « Sage est le père qui connaît son enfant ». Et il avait raison, mon père me connaissait mieux que quiconque et avait toujours fait preuve d'une sagesse exemplaire avec moi.

La fraîcheur du matin ne m'atteignait pas, l'amour de mon père suffisait à me réchauffer le cœur et, collée à lui, mon corps s'abandonnait.

—Pouvez-vous nous expliquer comment vous êtes encore en vie ? demanda gentiment Peitane.

—Oh, papa, désolée. Je ne t'ai pas présenté ...

—Peitane, m'interrompit-il, une sicar aux nombreux talents au combat et un don non moins efficace, et Lucas, pour qui le combat est également relativement aisé. Heureux de te revoir en vie, petit.

Mon père parlait avec une assurance et une

prestance que je ne lui connaissais pas. Il avait changé, c'était évident.

—Heureux de vous revoir également, Monsieur.

—Nous n'en sommes plus là, appelez-moi Jean, et tutoyez-moi, je préfère.

Lucas acquiesça d'un signe de tête avant de poursuivre avec un soupçon d'hésitation dans la voix.

—Heureux de te revoir … Jean.

—Merci à tous les deux de l'aide que vous avez apportée à ma fille. J'aurais voulu intervenir plus tôt, mais ce n'était malheureusement pas possible. Je t'assure cependant que je ne t'ai pas quittée une seule seconde depuis ta sortie du manoir.

—Expliquez-nous s'il vous plaît, demanda Peitane. Cela fait beaucoup d'inconnues, nous aimerions savoir.

—Très bien …

Il me redressa doucement puis se leva pour prendre un morceau de bois et le jeter dans le feu. Je me demandais quelle pouvait bien être cette obsession qu'il avait avec le feu.

—Vous avez bien choisi votre endroit, les complimenta-t-il. Le feu n'est pas visible de la route et la fumée s'étouffe dans le feuillage dense des arbres. Même si cela n'est pas fait exprès, c'était une option idéale. (Il se rassit) Quoi qu'il en soit. Cette histoire va réveiller pas mal de mauvais souvenirs, mais je suis d'accord avec vous, vous êtes en droit de savoir.

Il remua les braises avec son bâton … encore.

—Je travaille depuis longtemps pour les Delarivière. J'ai repris le flambeau de mes aïeux en continuant les recherches. Ta grand-mère est la première à avoir trouvé la formule du sérum mais elle n'était pas parvenue à la synthétiser. C'est moi qui ai transformé la théorie en pratique. Mais le sérum n'était pas encore au point comme tu le sais. Il ramène bien à la vie, mais n'arrête pas la décomposition du corps. J'ai travaillé dès lors sur le deuxième sérum et ne l'ai découvert qu'il y a peu, un an tout au plus. Depuis, je cherchais à synthétiser un sérum unique ... jusqu'à ma mort.

— Mais, comment as-tu survécu ? lui demandai-je.

— De la même manière que toi, grâce au sérum.

C'était évident, et pourtant, j'accusai le coup. Il était un sicar ! Pourtant, la question restait en suspens. Comment avait-il pu recevoir le sérum ? Il s'était transformé en zombie et je croyais réellement que la police avait fait le reste.

— Comment ? Par qui ? demandai-je.

— Ta mère.

— Maman !? m'écriai-je, surprise.

— Oui. Visiblement elle ne t'en a rien dit. Lors de votre fuite, elle prit un peu de temps pour m'injecter le sérum. Tu ne t'en souviens certainement pas car tu étais encore dans ta phase de perte de mémoire, mais c'était bien elle.

— Comment peux-tu en être aussi sûr ? Tu étais un zombie. Ta mémoire n'était pas meilleure que la mienne.

— En effet, avoua-t-il en fouillant dans la poche latérale de son pantalon. Plusieurs heures après ma mort, et même plusieurs heures après mon réveil, quand j'ai enfin repris mes esprits, transi de douleur et enfermé dans un local à part, je trouvai ce mot posé sur le sol.

Il me tendit un morceau de papier chiffonné, presque déchiré aux pliures, signe qu'il avait dû le lire souvent.

Sachant qu'il venait de maman, je me mis à pleurer en pensant à la tristesse qu'il avait dû éprouver … en pensant à elle tout simplement. Elle avait vécu une souffrance perpétuelle en tant que sicar et, comme si la douleur inhérente à notre condition n'était pas suffisante, sa vie s'était achevée dans la torture, de la main de sa propre fille. Un tel sort était inhumain et, très égoïstement, je ne me souhaitais pas le même.

Jean,

Je ne peux te pardonner ces années de souffrance car même si tes intentions étaient les ~~plus~~ meilleures, tu n'aurais pas dû me maintenir à tout prix en vie. Le fait que tu réservais le même sort à notre fille démontre que tu n'as rien appris de moi. Comme d'habitude, tu es resté sourd à nos supplications, croyant prendre une fois de plus la bonne décision.

Pourtant, je ne peux me résoudre à te tuer comme je l'ai si souvent voulu. A présent, tu vas comprendre ce que nous endurons autrement que par des tests de laboratoire.

Bonne chance et essaie de profiter de cette seconde vie pour épanouir… pour nous fois.

Adieu

Je reconnus immédiatement l'écriture de maman. Elle disait détester mon père après tout ce qu'il lui avait fait subir, mais je connaissais ma mère et parvint à lire entre les lignes. Je crois qu'au fond, elle l'aimait encore. Le fait est qu'elle a voulu le protéger et ce papier en était la preuve. Elle essaya par tous les moyens de le haïr mais n'y est jamais totalement parvenue. Je crois même qu'elle comprenait malgré tout qu'il faisait tout ce qu'il pouvait pour essayer de la sauver ... mais il avait découvert le remède trop tard ... trop tard pour elle. Tant de ressentiment mélangé à l'amour m'infligèrent une immense tristesse et un sentiment d'oppression dans la poitrine. Lorsque je relevai les yeux, mon père pleurait. J'étais certaine qu'il connaissait le message par cœur et le récitait intérieurement au même rythme que je le lisais. Je m'approchai de lui et le pris dans mes bras.

—Elle t'aimait encore ... malgré tout.

—Je sais, dit-il en se frottant les yeux, et c'est cela le pire. Qu'a-t-elle dû ressentir à se faire torturer par celui qu'elle aimait ? Même si ce n'était pas mon intention, j'étais persuadé de faire ce qu'il fallait pour nous réunir. Je me trompais une fois de plus. Je l'avais abandonnée sa maladie durant, et je l'avais déjà perdue bien avant sa mort. Nous réunir n'était plus possible. J'aurai dû le savoir et la laisser partir.

—Elle le savait.

—C'est ce que j'ai toujours espéré.

—Elle le savait, répétai-je en posant ma main sur son bras.

—Merci. Quoi qu'il en soit (il prit une grande inspiration et essuya ses larmes), j'ai eu du mal à m'échapper du laboratoire sans me faire attraper par la police et j'ai même été obligé de tuer deux agents. Quoiqu'à cet instant, force m'est d'admettre que cela ne me parut pas vraiment pénible comme vous le savez. Heureusement pour moi, je connaissais mieux les lieux qu'eux.

—Comment as-tu géré la faim ? lui demandai-je.

—J'avais un avantage sur la plupart des sicars. Je savais ce qui m'attendait et j'étais sur place pour prendre du sérum et de la nourriture. J'en pris au passage en m'enfuyant. Ce ne fut donc pas le plus compliqué. Non, le plus dur fut de savoir quoi faire. Je n'avais aucun moyen de contacter ceux que je croyais encore être la famille. Je décidai alors d'attendre qu'ils viennent à moi. Lorsque Cayetano et ses sbires arrivèrent, je voulus les rejoindre, mais la présence des policiers m'incita à rester caché. Ce fut une aubaine car, grâce à eux, je pus entendre la conversation. Je compris alors pour qui je travaillais réellement. Pas la peine de te dire à quel point ce fut un choc.

J'étais en effet passée par là moi aussi. Mais dans son cas, après tant d'années de travail pour le mauvais camp, ce dut réellement être horrible. Je me contentai d'esquisser un furtif sourire.

—J'étais perdu, désorienté. Je suis resté quelque temps à errer, me demandant quoi faire. Puis, un jour, un homme m'aborda alors que je déambulais dans les rues. Je passe les détails, mais il réussit à me prouver qu'il faisait bien partie des Delarivière. C'est comme cela que je rejoignis pour la première fois ma vraie famille.

—Je ne comprends pas, intervint Peitane. Comment n'ont-ils jamais pris contact avec vous plus tôt ? Et puis, vous deviez connaître vos parents et grands-parents.

Comment ne vous êtes-vous pas rendu compte plus tôt que vous travailliez pour les mauvaises personnes ?

—Etant donné notre situation, avec les Laneiros et les Acostas qui nous pourchassaient en permanence, notre famille n'a gardé que très peu de contacts. C'était le seul moyen de ne pas tous nous faire décimer. D'ailleurs, si rien n'avait changé, j'aurais bientôt tout expliqué à Caroline et elle aurait dû partir vers un endroit que je n'aurais moi-même pas connu. Sa mort fut le déclencheur de tout ce qui est arrivé par la suite. Quant à savoir pourquoi les Delarivière, les vrais, n'ont pas pris contact avec moi, c'était parce que j'étais, sans le savoir, perpétuellement surveillé, au travail, dans mes déplacements, à la maison. Ils filtraient chacune des personnes qui entraient en contact avec moi. A aucun moment les Delarivière ne purent me rencontrer. Le risque était trop grand, ils ne pouvaient pas se découvrir sous peine de se faire anéantir … même pour moi.

—Qu'as-tu fait alors ? demandai-je.

—Pendant plusieurs semaines, je leur ai expliqué mes recherches. C'est pendant cette période que j'ai découvert mon don.

—Votre … Ton don ? demanda Lucas.

Sans dire un mot mon père baissa les yeux vers le feu. Les flammes étaient puissantes et léchaient voracement le bois. Pourtant, la seconde suivante, elles s'élevèrent à près d'un mètre du sol puis disparurent, ne laissant que des braises avant de reprendre leur travail naturel.

Je faillis tomber à la renverse.

—CE don, dit-il en souriant à Lucas. Et ce fait changea tout. Nous avions la preuve qu'il n'était pas nécessaire de s'abreuver à la source pour devenir élégide. Avec mon sérum, être un descendant suffisait. Mais cela, tu le sais déjà, tu l'as découvert par toi-même. (Il remua un instant les braises) Je leur parlai alors de toi ... et depuis ce jour, je te suis à la trace. J'ai eu du mal à te retrouver mais lorsque tu déclenchas, à l'avance, le plan des Laneiros, ce fut plus aisé. J'ai naturellement voulu venir te chercher, mais la famille me l'interdit. Il savait pour le localisateur des Laneiros et t'avoir auprès de nous aurait indubitablement signé notre arrêt de mort.

—Et qu'est-ce qui a changé aujourd'hui ? Ils peuvent toujours la localiser.

—Oui, mais nous avons à présent un moyen de contrer cela. Je vous montrerai. Je suis désolé, s'excusa-t-il en me serrant contre lui. J'en ai pleuré pendant des jours de te savoir seule à nouveau avec ces animaux à tes trousses, mais je n'avais pas le choix. Je décidai dès lors de rester en retrait, mais jamais loin, et de t'aider au mieux sans me faire voir.

Je m'écartai de lui pour le regarder.

—Alors, c'était toi le sac et le camion de nourriture ?

—C'était moi, en effet. Et à bien d'autres moments que tu ne soupçonnes même pas. Ce ne fut pas tâche facile pour ne pas nous faire voir, mais nous y sommes parvenus.

—Nous ? s'inquiéta Peitane en regardant tout autour.

—Bien sûr, crois-tu que j'étais seul ? Ils sont un peu plus loin dans le bois, sur un autre chemin. Et d'ailleurs, si vous êtes d'accord, je crois qu'il serait intéressant de les rejoindre.

—Pourquoi ? demanda Peitane. Qui nous dit que nous pouvons avoir confiance ?

—Personne, simplement le fait que je sois le père de Caro et ...

—Vous pourriez être un changelin.

—Les changelins qui n'ont pas bu à la source comme l'Ange n'ont pas de pouvoir.

—Cela voudrait justement dire que vous avez bu à la source et que vous êtes peut-être toujours du côté des Laneiros. J'ai quand même du mal à croire que vous avez travaillé pendant tant d'années pour eux sans rien savoir.

—Et pourtant, c'est le cas.

—Admettons. Cela ne m'enlève pas de l'idée que vous êtes peut-être un changelin.

—Comme tu le sais déjà, les changelins ne sont peut-être plus vos amis, mais ils sont en tout cas les ennemis des Laneiros. De plus, depuis l'ouverture par l'Ange, les changelins sont redevenus des loups ... ou quelque chose d'approchant.

—Peitane, tu fais quoi là ? demandai-je un peu vexée qu'elle agresse ainsi mon père.

—N'as-tu pas déjà été assez trompée ? vociféra-t-elle en se levant. Es-tu réellement prête à le suivre sans t'assurer de son identité ? Alors, si c'est réellement ton père, je peux comprendre que tu veuilles rester auprès de lui, même si je trouve cela risqué puisqu'il a travaillé pendant des années pour nos ennemis. Mais alors, soit au moins certaine que c'est bien lui et pas un changelin.

—Elle n'a pas tort, la soutint Lucas qui restait calmement assis. Désolé, Jean !

—Pas de problème, vous êtes des amis fidèles pour elle et je respecte cela. Et ils ont raison, tu ne dois plus faire confiance à n'importe qui. Que voulez-vous que je fasse pour vous prouver qui je suis ?

Peitane m'invita à nous éloigner. Soupirant de toutes ces manigances qui me fatiguaient, je la suivis à contrecœur, juste derrière Lucas. Nous parcourûmes une dizaine de mètres avant qu'elle ne juge la distance suffisante.

—Tu dois trouver quelque chose qui prouve son identité de manière irréfutable, mais cherche bien. N'oublie pas que les Laneiros vous épiaient depuis longtemps. Ce que vous avez fait ensemble quand tu étais petite ne suffira pas.

—Elle a raison, confirma Lucas. S'il est un imposteur, il aura sans doute bien étudié son sujet. Tu dois trouver quelque chose que vous avez fait ou dit mais qui ne ferait pas partie des choses qu'ils auraient pu noter ou retenir.

—Ou alors jouer sur un trait de caractère qu'il ne pourrait pas imiter, ajouta Peitane.

—C'est d'accord, acquiesçai-je, irritée de leur insistance. Laissez-moi réfléchir un instant.

Les idées se bousculaient dans ma tête. Je revoyais les images de mon enfance, les bons et les mauvais moments que nous avions passés ensemble avec ou sans maman. Je ressentis alors une intense tristesse et une profonde nostalgie de cette vie insouciante. Il était vraiment difficile de trouver quelque chose que nos ennemis n'auraient eu aucune chance de voir ou entendre ... ou en tout cas d'en prendre note. Puis finalement ...

—Je crois savoir ...

—Tu crois ! s'exclama Peitane. Nous n'en sommes plus là. Tu ne peux pas te contenter de croire. S'il y a le moindre doute, on le plante là et on s'enfuit en courant. C'est clair ?

— Ok, c'est bon ! Je SAIS ce que je vais faire. Allons-y.

Je ne poserais aucune question et n'aborderais aucun souvenir réellement commun. Je pensais plutôt à une discussion que nous n'avions pas réellement eue.

— La mort est-elle réellement inéluctable ? demandai-je sous les yeux effarés de mes deux amis.

Mon père sourit.

— Ainsi tu m'entendais … Ne sommes-nous réellement que la somme de processus électrochimiques dans notre cerveau ?

— Mais qu'en est-il de l'âme ? poursuivis-je.

— En dehors de sa signification religieuse improbable, tout le monde semble pourtant d'accord sur le fait que nous en ayons une.

Je souris à mon tour et signait oui de la tête vers Peitane.

— Quoi ? C'est tout ? s'inquiéta-t-elle.

— C'est une discussion que nous n'avons jamais eue. Mon père me lisait des passages de philosophes lorsque j'étais morte. Je ne vois vraiment pas pourquoi nos ennemis auraient pris note de cela. Mon père lisait alors à côté d'une morte. (Je me tournai vers lui) Oui, je t'entendais. C'était vraiment flippant d'ailleurs car je croyais encore être vivante. Entendre ta voix dans ma tête faillit me la faire perdre. Mais dans un sens, je crois que c'est elle qui m'a guidée vers la sortie même si ce fut un peu brutalement.

— J'en suis heureux. Malgré le fait que tu étais morte, te lire ces passages me ramenait à nos soirées où nous lisions ensemble. Cela me manquait terriblement.

— A moi aussi.

— C'est bon, j'ai compris, nous interrompit Peitane. On peut y aller ?

Je lui souris et, après avoir étouffé le feu, nous nous mîmes en route à travers les bois. Plusieurs minutes furent nécessaires avant d'apercevoir, à travers les troncs noués de la vieille forêt, un premier camion de couleur neutre, se fondant parfaitement dans le paysage. Plus nous approchions, plus nous découvrions de camions, cinq au total dont un semblait différent. Les arrêtes de la remorque étaient recouvertes d'épaisses cornières de métal, un peu comme si elle était blindée.

Une dizaine d'hommes en armes montaient la garde. Aucun d'eux ne nous fit signe ou ne nous adressa ne fut-ce qu'un sourire lorsque nous passâmes. Ils prenaient visiblement leur tâche très au sérieux, cela me fit sourire.

Peitane par contre toisait tout le monde comme si elle voyait en eux une menace. Dans un sens, je trouvais ça comique.

Une femme s'avança vers nous. Pourtant très belle, son visage affichait une incroyable dureté … elle était en guerre, c'était évident.

— Jean. Heureuse de ta réussite, salua-t-elle mon père.

Elle parlait d'une voix ferme mais on sentait dans son intonation qu'elle vouait un immense respect à mon père. Le fait qu'il était un véritable descendant des Delarivière ne devait pas y être étranger.

— Merci. Les enfants, je vous présente Hélène, la responsable de notre groupe. Hélène, je te présente ma fille, …

—La fameuse Caroline. Enchantée, me salua-t-elle en inclinant la tête.

Je lui rendis respectueusement son salut.

—Son amie, Peitane, poursuivit-il, et voici Lucas.

—Nous sommes heureux de vous accueillir parmi nous. Désolée de tout ce que vous avez dû subir pour arriver ici. Vous devez être soulagés de vous retrouver du bon côté.

—Qui dit que nous sommes du bon côté, la houspilla Peitane.

Hélène fut choquée de cette réaction et me regarda, interloquée.

—Ne faites pas attention à elle, lui conseillai-je, elle est par trop suspicieuse.

—Et toi pas assez, rétorqua-t-elle.

—Je sais, mon amour, mais cette fois, je le sens bien.

—Quoi qu'il en soit, poursuivit Hélène, votre père nous a déjà briefés sur vos objectifs. Si vous le permettez, nous voudrions vous offrir notre aide.

« Briefé » ? Voilà une manière de parler bien militaire. Si elle était dans l'armée avant tout ceci, l'explication de sa fermeté s'imposait d'elle-même.

—Toute aide sera la bienvenue, la remerciai-je.

—Je vous montre nos installations ? proposa mon père.

—C'est une bonne idée, confirma Hélène. Vous pouvez confier vos sacs à mes hommes, ils les rangeront avec les autres fournitures.

A peine avait-elle fini sa phrase que deux hommes s'avançaient pour saisir les sacs de Peitane et Lucas. Lucas ne bougea pas, mais Peitane se retourna avec une incroyable rapidité, empoigna le bras de l'homme et le mit à terre avec une clé soutenue sur le coude, lui arrachant un cri de douleur. L'instant d'après, les gardes se retournaient vers nous et pointaient leurs armes dans notre direction.

—Ho là ! Du calme, cria Hélène. Baissez vos armes ! (Ils ne bougèrent pas) Baissez vos armes ! ... Voilà, c'est mieux. Tout le monde se calme et vous la première, dit-elle à Peitane.

—Personne ne touchera à mon sac, répondit-elle en regardant autour d'elle pour s'assurer que personne ne bougeait.

—C'est d'accord, vous pouvez le garder. Vous êtes ici chez vous, vous êtes libre de faire ce que bon vous semble tant que vous ne mettez pas la sécurité de mes hommes en jeu. A présent, pouvez-vous le lâcher ?

Peitane relâcha son étreinte. Hélène s'avança vers l'homme et l'aida à se relever.

—Ça va ?

L'homme opina du chef.

—Mais oui, ça va, insista Peitane, je ne l'ai pas cassé son petit bras.

Devant tant d'agressivité et d'arrogance, Hélène s'approcha tout près de Peitane.

—Mademoiselle, vous êtes notre invitée et de ce fait, je me dois d'être tolérante, mais attention à ne pas aller trop loin. La prochaine fois que vous touchez un de mes hommes, je m'occuperai personnellement de vous.

—Ah oui ? Pourquoi ne pas le faire tout de suite. Au moins les choses seront claires, la nargua Peitane, nez à nez.

—C'est bon ! intervins-je en la prenant par le bras pour l'emmener plus loin. Non mais ça va pas !

l'engueulai-je à voix basse. Qu'est-ce qui te prends ?

— Je ne le sens pas, on devrait partir.

— Maintenant que j'ai enfin retrouvé mon père, pas question. Je reste ... et toi ?

— Comment ça ... *et moi* ? Je reste aussi bien sûr. Je ne vais pas te laisser une fois de plus tomber dans un piège sans te protéger. On fait comme tu veux, mais je t'aurai prévenue.

— C'est parfait, alors détends-toi un peu, s'il te plait.

— Je ne promets rien ...

Nous fîmes rapidement le tour du campement sécurisé : un camion de nourriture, un camion contenant des ordinateurs, un autre avec de l'équipement et des armes, encore un aménagé en laboratoire et finalement, le camion « blindé ».

Sur notre passage, les soldats nous dévisageaient, ce qui me mit véritablement mal à l'aise. J'essayais de ne pas y prêter attention, mais ce n'était pas évident car je gardais également un œil sur Peitane qui les toisait sans la moindre discrétion. Je voulais éviter que la situation ne dégénère plus encore.

J'avais confiance en mon père. J'étais peut-être encore naïve de croire que l'amour filial pouvait être plus fort que n'importe quelle forme de traitrise mais c'était ainsi. Si je devais un jour perdre cette dernière forme de confiance, je n'aurais vraiment plus aucune raison de vivre car plus rien n'aurait de sens ni d'intérêt. Je voulais laisser à mon père la chance d'être présent pour moi. Et puis j'avais besoin de lui à mes côtés. Depuis qu'il m'avait retrouvée, je me sentais moins perdue et esseulée.

— C'est dans ce camion que tu vas voyager, dit mon père alors que la porte latérale du camion blindé s'ouvrait. Il y a tout le confort nécessaire.

Nous pénétrâmes à l'intérieur et pûmes constater qu'il n'avait pas menti. Des fauteuils, des divans, des tables, un semblant de bar et même si je ne pouvais en être sûre, j'étais persuadée qu'il était possible de mettre de la musique.

—Si tu dois voyager enfermée, autant que cela paraisse aussi agréable que possible.

—Comment ça *voyager enfermée*, s'insurgea Peitane … dans ce camion ?

—C'est le seul moyen pour que les Laneiros ne vous retrouvent pas. Ils disposent, vous le savez, d'un moyen de vous localiser. Ce camion permet de l'empêcher.

—Et comment pouvez-vous en être certain ?

—Nous avons rendu une petite visite à l'Ange. Nous savions que son pouvoir bloquait les Laneiros. Je ne vous mentirai pas, la visite ne fut pas courtoise et nous y avons perdu quelques hommes. Mais grâce à cela, j'ai pu mettre au point un système qui isole le camion.

Je trouvai à cet instant l'explication à l'anormale lenteur de l'Ange lorsque je l'avais affrontée à la taverne. Il était bel et bien fatigué. Il avait donc péché par excès de confiance et cela lui avait coûté la vie.

—Nous te devons dès lors d'être encore en vie aujourd'hui, le remerciai-je.

—Pourquoi ? demanda-t-il.

—Si nous sommes arrivés à battre l'Ange à l'auberge, c'est en grande partie parce qu'il semblait plus lent que d'habitude, comme s'il était fatigué. Je sais maintenant pourquoi.

—En effet, c'est probablement lié. Désolé de ne pas

être intervenu. Nous surveillions June et Eras à ce moment. Nous n'avons pas pensé que l'Ange s'en prendrait également à vous. Une erreur de jugement qui aurait pu te coûter la vie.

—Ce ne fut pas le cas et vous nous avez aidés indirectement. Merci.

— Avec plaisir.

—Et vous êtes sûrs que ce camion nous protège des Laneiros, intervint Peitane, toujours aussi sèchement.

—On ne peut naturellement pas en être sûr et certain. Disons que les probabilités sont très grandes.

—Les proba ... vous vous moquez de nous !

—C'est le meilleur moyen que nous ayons, et ce sera toujours mieux que de se balader au grand air. Il faudra faire avec, dit Hélène.

—Faire avec ! C'est une blague. (Elle se tourna vers moi) Dis-moi que tu ne vas pas tomber dans le piège. Tu ne vas quand même pas accepter de voyager à l'aveugle dans un camion-prison. Tu ne vois donc pas que c'est un piège !

Je ne répondis rien ... en fait, je ne savais vraiment pas quoi répondre. Peut-être avait-elle raison. Mais en même temps, c'était une magnifique opportunité.

—Peut-être pourrais-tu nous faire un peu plus confiance, dit mon père. Nous vous avons sauvés en vous fournissant de la nourriture, en écartant autant que possible les obstacles de votre chemin, en affaiblissant l'Ange et nous vous proposons de sortir de la rue pour un endroit protégé.

—Oui, comme Cayetano l'a fait avec Caro. Il l'a sortie de la rue pour la *protéger*. On a vu ce que ça a donné. Caro, tu ne vois pas que c'est le même scénario !

Elle n'avait pas tort mais d'un autre côté, mon

instinct, ou mon pouvoir, je n'en sais trop rien, me disait que je pouvais avoir confiance. Pouvais-je m'y fier ?

— Pourquoi êtes-vous si suspicieuse ? soupçonna Hélène.

— Parce qu'on a trop souvent été trahies ces derniers temps.

— Êtes-vous sûre que c'est la seule raison ?

— De quoi parlez-vous ?

— Vous semblez bien encline à vouloir nous quitter alors même que nous vous offrons une couverture. Je trouve simplement cela étrange. Pourquoi vouloir à tout prix rester exposés aux Laneiros ?

— Oh, je vois, de la psychologie inversée. Vous voulez reporter les soupçons sur celui qui vous attaque. C'est intelligent. Mais je ne marche pas. Je n'ai plus à faire mes preuves à l'inverse de vous.

— Si vous le dites, la nargua Hélène.

Peitane, en colère, voulut s'avancer vers elle, mais Lucas la retint par le bras. Elle n'insista pas mais la rage se lisait sur son visage.

— Et puis … faites comme bon vous semble. Je préfère ne plus assister à ce gentil piège de famille. C'est toi qui vois, me lança-t-elle. Je t'attends dehors si tu changes d'avis. Mais si tu décides de rester, je ne monterai dans ce camion qu'à la seule condition qu'elle n'y soit pas … sous risque de la tuer avant le prochain arrêt.

Elle sortit en claquant la porte.

Je n'aimais pas la voir comme ça. Je savais qu'elle agissait ainsi pour me protéger et qu'elle ne pensait pas à mal. Mais en dehors de toute notion de confiance, avions-nous réellement le choix ? Combien de temps tiendrions-nous encore avec les Laneiros à nos trousses ?

—Que décides-tu ? demanda mon père. C'est ton choix. Quoi que tu décides, je le respecterai.

J'hésitai un instant, regardant chacun à tour de rôle. Même sur le visage de Lucas, je ne trouvais aucune réponse. Et pourtant je devais décider.

J'opinai du chef ... et j'allais devoir l'expliquer à Peitane. Lorsque je sortis du camion, descendant les trois marches métalliques, elle déambulait un peu plus loin dans le bois. Elle venait de ramasser une branche d'arbre et s'amusait à la casser en tous petits morceaux. A sa démarche, je devinais sa nervosité. J'osais à peine imaginer sa réaction lorsque j'allais lui annoncer que je restais. Je savais qu'elle ne partirait pas, elle ne me quitterait pas. Cela me mit mal à l'aise. Je ne voulais pas lui imposer quoi que soit, ce n'est pas comme cela que ça fonctionnait dans un couple. Mais je n'avais pas vraiment le choix, je devais le faire, j'en avais l'intime conviction ... et j'espérais ne pas me tromper cette fois.

—Ne prends pas la peine de dire quoi que ce soit, dit-elle vivement, avant que j'ouvre la bouche. Je sais quelle décision tu as prise. Je suis de ton côté quoi qu'il arrive.

—Ça ne t'ennuie pas ?

—Si, mais je sais aussi que c'est ce que tu dois faire, rester auprès de ton père.

—Merci, soufflai-je en m'approchant d'elle pour l'embrasser.

—Mais ça ne veut pas dire que je leur fais confiance, me stoppa-t-elle. Je resterai sur mes gardes et au moindre signe, je les massacre tous.

—C'est d'accord, souris-je en l'embrassant.

Mes lèvres prirent feu comme à l'accoutumée car je sentais la douceur de sa bouche pulpeuse. Mon cœur battit plus fort. Je la serrai dans mes bras pour la remercier autrement qu'avec des mots de tout ce qu'elle faisait pour moi.

Nous sentîmes sur nous le regard intrigué des soldats qui montaient la garde. Lorsque nous nous séparâmes, un sourire éclairait nos visages.

Un bruit de branche cassée dans la forêt attira subitement notre attention. L'instant d'après, une femme à la démarche lente et pendulée apparut derrière un arbre, les bras ballants. Elle portait un chemisier clair, sale, en partie déchiré sur le haut, laissant pendre lamentablement son sein gauche. Une jupe très courte dévoilait des jambes trop fines. J'eus pitié d'elle de la voir ainsi et d'imaginer la douleur qu'elle devait ressentir à cause de la faim. A notre vue, elle accéléra légèrement sa progression dans un râle d'excitation et leva péniblement les bras dans notre direction. Ce mouvement dut s'avérer une véritable torture mais une seule chose comptait pour elle à présent : faire passer la douleur en se nourrissant.

Je regardai Peitane avec tristesse et sortis mon marteau d'abattoir de son fourreau. Quelques pas suffirent à la rejoindre. D'un coup bref, mais assuré, je lui brisai le crâne pour atteindre le cerveau, elle s'effondra d'une masse. Sa torture permanente prenait définitivement fin. Même si je ne croyais pas beaucoup à tout cela, j'espérais qu'elle m'en serait reconnaissante où qu'elle aille.

Je restai un instant à la regarder. Privés de toute possibilité de réflexion, les zombies n'accordaient pas la moindre importance à la pudeur, seule la faim dominait leurs pensées. Dans sa chute, sa jupe déjà courte s'était encore relevée, dévoilant son sexe. Pauvre d'elle, mon cœur se serra. Je me penchai pour ramener le morceau de tissu trop chiche sur ses cuisses et remontai son chemisier pour cacher son sein nu. Elle ne méritait pas de rester ainsi à la vue et aux railleries qui n'allaient pas manquer de la part des soldats.

— Tu vas enfin pouvoir te reposer, lui soufflai-je les yeux humides.

Peitane déposa une main sur mon épaule.

— Ne t'attarde pas sur elle, nous ...

— Je peux quand même m'attrister de sa situation ! la houspillai-je sans lui laisser terminer sa phrase.

— Oui, mais une autre fois, insista-t-elle en faisant un signe de tête vers l'intérieur de la forêt.

Je relevai les yeux et aperçus les zombies qui approchaient. Au même instant, deux des soldats crièrent l'alerte. Je me relevai sans plus regarder la pauvre femme, accaparée par la masse qui s'abattait sur nous. Ils étaient des dizaines, peut-être même des centaines. Une véritable foule qui avait du mal à contourner les arbres. Peitane saisit son marteau et me prit par le bras pour me ramener au campement.

Alors que les premiers coups de feu des armes automatiques retentissaient, Hélène arriva en courant. Lorsqu'elle prit conscience de la menace, elle ordonna de mettre les camions en route et de partir d'ici au plus vite.

Mais il était trop tard.

Même s'ils étaient bien organisés, il faudrait une dizaine de minutes pour tout embarquer et les zombies fondaient déjà sur nous. Au milieu de l'affolement et du boucan des armes, un cri retentit de l'autre côté du campement. Sans trop réfléchir, nous suivîmes Hélène.

—Une masse de zombies ! s'écria un soldat. On les suivait depuis plusieurs minutes, mais ils continuaient leur route sans nous voir. Les coups de feu ont dévié leur trajectoire, ils arrivent droit sur nous.

—Combien sont-ils ? demanda Hélène.

—Plus qu'à un concert de Lady Gaga ! On n'aura pas assez de munitions.

La pitié que j'avais exprimée envers la femme dénudée n'allait bientôt plus être de mise. Un massacre sans état d'âme allait devoir commencer.

Eras avait roulé à tombeau ouvert et en moins d'un jour, nous étions de retour à la *Casa Originale*. Après l'échec cuisant que nous venions de subir, et le fait d'avoir totalement perdu Caroline, nous ne pouvions plus nous permettre de la rechercher. Adolfo nous attendait.

Sophia et moi gardions la tête basse, sachant très bien que nous allions amèrement regretter notre échec. Mais Eras gardait sa prestance et ne comptait pas se justifier devant son père. Nous fûmes accueillis par Giordano, le frère d'Eras. Son sourire moqueur énerva un peu plus Eras qui ne lui adressa même pas la parole. Il nous signifia qu'Adolfo nous attendait dans la pièce principale. Cette nouvelle me redonna le sourire. Nous allions encore avoir l'occasion de participer à une orgie. Si pour Sophia cela était plus ou moins récurrent, pour moi, ce n'était que la deuxième fois et rien ne certifiait que j'en aurais encore l'opportunité. Et puis, cela voulait sans doute dire qu'Adolfo ne nous en voulait pas tant que ça.

—June, ne souris pas bêtement comme ça, me dit Sophia.

— Tu rigoles ou quoi ! C'est facile pour toi. Tu es de la famille et LA protégée d'Eras. Eras t'y invite souvent tellement il est fier de toi. Pour moi, c'est un vrai coup de chance. Et cette fois, crois-moi, plus besoin de drogue. Je compte bien profiter de chaque instant sans être dans les vapes.

— Ne pense pas trop en profiter. On revient sur un échec.

— Tu crois qu'il nous convierait à une orgie s'il nous en voulait vraiment ?

— Non, c'est vrai. Mais crois-moi, un échec ne reste jamais impuni chez les Laneiros. Alors si ce n'est pas maintenant, la journée n'est pas encore finie.

— Raison de plus pour en profiter, dis-je avec un large sourire.

— Tais-toi, on arrive.

Les portes des vestiaires s'ouvrirent à notre approche. Sans perdre une seconde, je commençai à me déshabiller. Sophia fit de même, mais elle était beaucoup plus tendue que moi. Je devais me calmer un peu. Pas question d'arriver au milieu des autres comme une gamine attendant son cadeau d'anniversaire. Je décidai dès lors d'afficher mon regard sévère. Cela me donnerait la prestance nécessaire à masquer ma joie et le fait que je me moquais d'avoir raté Caroline. Je l'aurais bien une autre fois. Pour l'heure, le plaisir allait effacer tout sentiment négatif.

Un instant plus tard, nous pénétrions dans la grande salle … et mon air sévère s'évanouit en une fraction de seconde. Nous nous retrouvions tous les trois devant toute la salle, mais nous étions les seuls déshabillés. Paradoxalement, cette situation me gêna atrocement et je pris conscience d'un vif sentiment de nudité. Je me couvris instinctivement les seins et le sexe comme je pouvais. Tous nous regardaient fixement. Certains tristement, d'autres avec un sourire sardonique et d'autres enfin avec indifférence. Je sentis Sophia se décomposer à côté de moi tandis qu'Eras restait imperturbable.

— Avancez ! ordonna Adolfo.

Après une petite hésitation, nous emboitâmes le pas d'Eras jusqu'au centre de la grande pièce. Lorsqu'il s'arrêta, nous restâmes légèrement en retrait. Nous nous sentions plus en sécurité derrière lui en n'affrontant pas directement le regard d'Adolfo.

— Lorsque je t'ai demandé la première fois de me ramener l'héritière, tu n'en as rien fait car tu avais un autre plan.

— Les Delari …

— Silence ! Je sais pourquoi tu l'as fait, nous en avons déjà parlé. La deuxième fois, tu as ignoré mon ordre, me renvoyant simplement mon messager. Et cette fois encore, ton intervention va à l'encontre de mes ordres, nous mettant dans une situation délicate.

Eras ne dit rien, cela n'en valait pas la peine. Il savait qu'Adolfo avait déjà porté son jugement et qu'il serait inflexible comme il l'avait toujours été en tant que commerçant. Il ne lui restait plus qu'à accepter la sentence, quelle qu'elle fut.

Cette fois, la peur m'envahit profondément. Le regard froid des autres me glaça sur place, je me mis à trembler. Jamais je n'avais eu aussi peur de toute ma vie. Adolfo était un homme impressionnant, même s'il n'était pas très grand ni très costaud. Chacune de ses paroles sonnait comme un couperet.

— La réussite de notre plan ne peut souffrir une

telle situation. L'obéissance et l'absence d'échec sont les deux seuls facteurs qui peuvent être pris en considération. Sans cela, …

— C'est bon, passe le sermon, l'interrompit sèchement Eras. Que comptes-tu faire pour me punir ?

Adolfo ne répondit pas tout de suite. Il attendait de se calmer après cette brutale interruption, puis il reprit la parole.

— A toi, rien.

A ces mots, Sophia et moi comprîmes immédiatement, relevant la tête pour regarder tout autour de nous. Mais personne n'avait bougé.

— Par contre, tu vas devoir en choisir une entre tes deux protégées. Choisis bien, car tu n'as qu'une seule chance de faire le choix qui s'impose pour la famille.

Pour la famille ! Et merde.

— Non, tu n'as pas le droit. Je suis le seul à avoir droit de vie ou de mort sur elles.

— Et c'est pourquoi c'est toi qui va faire ce choix … dans l'intérêt de la famille, insista Adolfo.

— Jamais !

— Tu sais comme moi que tu y es obligé sans que je doive t'y contraindre réellement. N'oublie pas que tu as la vie éternelle … c'est long l'éternité.

Eras baissa la tête. Toute sa prestance venait de s'effondrer à l'instant, il savait ne pas avoir le choix.

J'étais morte.

Jamais il ne choisirait Sophia. La panique s'empara de moi et, instinctivement, je fis un pas en arrière. Immédiatement, quelqu'un me saisit par les épaules et me porta un coup à la jambe, me forçant à m'agenouiller. La peur était telle que je ne ressentis aucune douleur lorsque mes genoux heurtèrent la pierre. Une seconde plus tard, Sophia tombait également. Je n'avais même pas remarqué que quelqu'un s'était placé derrière nous. Jamais je n'avais ressenti un tel sentiment d'impuissance. Nous nous retrouvions à leur merci, nues et sur le point de mourir. L'humiliation à son paroxysme. Je me mis à pleurer alors qu'Eras se tournait vers nous. Il nous observa un instant puis son regard s'arrêta sur moi. Je ne voulais pas mourir ! Pas comme ça. Les larmes coulaient sur mes joues, mes seins, et glissaient le long de mon ventre tant elles étaient abondantes. Je réalisais à présent à quoi ma soif de vengeance m'avait menée et je regrettais de ne pas être restée chez moi à pleurer ma mère. Tout cela n'en valait pas la peine ... et bientôt, tout cela n'aurait plus la moindre importance. C'était la fin.

—Je suis désolé, dit Eras en fermant les yeux.

Une larme perla sous ses paupières. Je ne pensais pas qu'il s'était déjà attaché autant à moi.

—Je dois faire le choix qui s'impose pour la famille ... et June est nécessaire pour combattre l'héritière.

Je subis un incroyable choc, tournant instantanément le regard vers Sophia. Elle accusa violemment la nouvelle, ne s'attendant pas du tout à être choisie. Elle chercha le regard d'Eras, implorante, mais il garda les yeux fermés. Ce fut sans aucun doute le choix le plus difficile de toute sa vie.

Je regardais partout, soulagée, respirant à nouveau. J'étais triste pour Sophia, elle était devenue mon amie, mais j'avais cru si profondément que ma dernière heure était venue ! Je me rendais compte que j'étais simplement libérée et que sa mort me paraissait bien dérisoire. J'étais en vie, c'était la seule chose qui importait. Et avec un peu de chance, l'orgie allait quand même avoir lieu. Je me surpris à sourire discrètement.

Qu'allait-il se passer à présent ? Allaient-ils la tuer ici sur place, d'une balle dans la tête, ou l'emmener ? La réponse arriva et elle effaça toute envie de sourire.

— Je demande …, voulut dire Eras mais sa gorge resta bloquée un instant, le *juicio del elegido*.

Je n'avais aucune idée de ce que c'était, mais il était évident qu'une tradition allait entrer en jeu et dans des familles aussi anciennes, je redoutais le pire. A ces mots, Sophia redressa la tête avec fierté. On aurait dit qu'une chance lui était offerte d'échapper à son châtiment … ou de mourir avec dignité. Elle n'attendit pas la réponse d'Adolfo pour se lever et forcer ainsi son destin. D'un signe de main empreint de dédain, le *pater familias* marqua son accord.

Eras scruta l'assemblée, fixant les élégides à tour de rôle. Finalement, trois d'entre eux s'avancèrent l'air maussade. J'avais l'impression que se porter volontaire les attristait, et qu'en même temps, ils voulaient honorer Sophia. Tous la connaissaient très bien et la combattre n'allait pas être facile pour eux … car il s'agirait d'un combat, c'était évident.

Eras s'approcha de moi.

— Tu vas avoir un rôle capital à jouer.

— Qui ? Moi ?

— Oui. C'est un affrontement contre le temps et c'est toi qui va déterminer la vitesse du sable qui s'écoule.

— Quoi ? Je ne comprends rien. Pourquoi ne le fais-tu pas ?

— Seuls trois volontaires se sont présentés et pour cet affrontement, il en faut quatre. Je dois donc être le dernier bourreau. Estime-toi heureuse qu'il n'y en ait pas eu rien que deux, sinon, tu aurais dû la combattre aussi.

—C'est parfait ! m'exclamai-je silencieusement. Tu vas pouvoir l'aider.

—Et la déshonorer ?

—On s'en moque. L'important est qu'elle reste en vie.

—Alors tu n'as rien compris.

La froideur dans sa voix me cloua sur place.

—Pardon, m'excusai-je, je n'aurais pas dû dire ça. Que dois-je faire ?

—Elle devra se battre contre nous …

—Contre vous quatre !?

—Oui, mais seulement tant que des humains seront encore en vie dans la pièce. Tu devras les trouver tous et les tuer. Plus vite tu iras, plus de chance elle aura d'en sortir vivante. Lorsque le combat prendra fin, si elle est encore capable de se relever, elle aura la vie sauve. Sinon, nous devrons l'achever.

Sa vie ne tenait plus qu'au fil ténu de ma rapidité. Je ne devais pas la laisser tomber. Maintenant que son sort n'était plus scellé, je ne me moquais plus du tout de ce qui pouvait lui arriver. Je me sentis même affreusement honteuse de ce que j'avais pu penser.

En entrant dans la pièce, j'avais déjà repéré deux humains que j'avais bien l'intention d'utiliser comme objets sexuels. Ils seraient les premiers à mourir. Je compris immédiatement que ma première attaque allait être le déclencheur du combat. Je restai un instant à examiner l'assemblée, cherchant toute personne aux veines grisées mais n'en trouvai que peu. Les autres devaient se trouver derrière des élégides. Parce que je ne pouvais me permettre d'attendre trop longtemps, je bondis sur le premier humain et le mordis violemment au cou. Je me tordis le cou pour arracher la chair et la veine jugulaire. Le sang gicla lorsque le tout se déchira, arrosant les spectateurs du combat.

Je jetai un coup d'œil rapide vers Sophia. Elle venait d'éviter un coup et frappait en retour de la paume de la main en plein nez. Le sang coulait déjà là-bas aussi.

Bien joué !

Mais je devais faire vite, ils étaient quatre, elle était seule.

Je fonçai sur le deuxième humain et entrepris le même travail. Lorsque le sang gicla à nouveau, j'aperçus Sophia étalée sur le sol le visage en sang. Je prenais beaucoup trop de temps. Les quelques secondes nécessaires à arracher la chair allaient la condamner. Je devais trouver une solution plus rapide. Prendre une seconde pour réfléchir, il le fallait.

Ça y est !

Je me concentrai au maximum et déchainai mon pouvoir. La seconde suivante tous les humains de la salle, voire même sans doute au-delà, se mirent à vomir leurs tripes sur le sol.

Bondissant de l'un à l'autre, je leur brisai le cou d'un mouvement sec. Quelques secondes plus tard, le dernier humain s'effondrait comme une poupée désarticulée.

—Stop ! hurlai-je à pleins poumons, avant même qu'il ne touche le sol.

Les quatre hommes s'écartèrent d'elle alors qu'ils la rouaient de coups à même le sol. Lorsque je l'aperçus, les larmes me submergèrent, j'étouffai un cri dans ma main. Affalée sur le sol, elle saignait abondamment, je ne distinguais plus son visage tuméfié. Un renfoncement au niveau des côtes laissait deviner de sérieuses fractures.

Elle ne bougeait pas.

Un temps s'écoula qui me parut une éternité, noyée dans le silence, puis elle roula doucement sur le côté. Deux côtes perçaient la peau par où s'écoulait le sang sur la pierre froide.

Le silence était si profond qu'on entendait son léger râle d'agonie.

Elle ne parviendrait jamais à se relever.

— *Vas-y*, priai-je en moi-même. *Relève-toi, je t'en prie.*

Elle roula à nouveau pour prendre appui sur ses mains. Un premier essai lui arracha un long cri de douleur lorsque ses côtes brisées se tordirent sous l'action de ses muscles. Elle se laissa glisser sur les genoux. Elle releva une jambe pour s'appuyer, mais son pied cassé flancha et elle s'effondra.

Dans un réflexe, je voulus l'aider mais une main s'abattit sur mon épaule et un coup sec au genou me mit à terre. Pas la peine de me retourner, j'avais compris le message.

Sophia reprit ses efforts dans une douleur atroce et finit par placer une jambe devant elle sans tomber. Les larmes me gagnèrent. Je vis ses muscles se bander lorsqu'elle poussa sur ses jambes pour se relever. A plusieurs reprises, je la vis chanceler, ce qui m'arracha un haut le cœur à chaque fois.

Mais elle y parvint, se maintenant sur un seul pied.

Elle était dans un état pitoyable. Nue, recouverte de sang, le visage boursoufflé et de nombreuses fractures dont plusieurs ouvertes. Elle n'avait eu aucune chance contre ses quatre adversaires ... mais elle avait tenu le coup malgré le temps pendant lequel je l'avais obligée à subir le martyre.

Eras s'approcha de moi.

— Tu as été efficace, merci.

Puis il tourna les talons et quitta la pièce.

L'homme qui m'avait mise à genoux se pencha vers moi et souffla à mon oreille :

— Tu peux aller l'aider à présent.

Sans me faire prier, je bondis pour la soutenir. Je n'avais rien pour l'emporter, pas de civière, pas de brancard. Je la portai précautionneusement dans mes bras jusqu'à sa chambre.

Les zombies envahissaient le campement de tous les côtés. Les soldats tombaient rapidement à court de munitions et certains étaient dévorés immédiatement. Le chaos avait pris possession des lieux et chacun se battait avec rage.

Comme notre pouvoir ne fonctionnait pas sur les zombies, Peitane et moi n'avions que notre marteau, notre agilité et notre force pour nous battre. Cela suffisait pour ne pas être débordées ... pour le moment. Mais nous allions certainement vite fatiguer, d'autant que le nombre d'humains du groupe d'Hélène diminuait à vue d'œil.

Mon père était le seul dont le pouvoir servait contre la horde. Il projetait d'immenses flammes sur les groupes qui s'approchaient de lui. Très vite il dut abandonner car utiliser son pouvoir de manière aussi intensive l'épuisait et les zombies enflammés n'arrêtaient pas leur progression pour autant. Au mieux, cela les désorientait-il.

—Ils vont tous se faire massacrer ! hurlai-je à Peitane. On doit créer une diversion pour les attirer vers nous.

—Ça va pas non ! Qu'ils se débrouillent !

—Peitane !

—Oh bon, ok, ça va ! Par les arbres ! ordonna-t-elle.

Nous bondîmes de tronc en tronc telles des panthères pour nous retrouver derrière la meute. Fonçant dans le tas en hurlant, nous attirions autant que possible leur attention. Malheureusement, nous ne pouvions le faire que d'un seul côté. L'autre horde resterait l'affaire d'Hélène et de ses hommes en espérant qu'ils s'en sortent. Frappant vite et fort, avec justesse, nous défoncions les crânes qui s'écroulaient les uns après les autres. La masse étant compacte, il nous suffisait d'en frapper deux, parfois trois, de reculer d'un pas, de frapper à nouveau et ainsi de suite. Les zombies nous suivaient en marchant sur les précédents, trébuchant la plupart du temps.

A chaque minute, des dizaines d'affreux tombaient mais la cadence diminuait avec l'augmentation de notre fatigue. Profitant d'un moment moins lourd, je jetai un coup d'œil à Peitane. Un groupe massif de zombies était parvenu à l'encercler et bientôt, elle allait se faire déborder. Mon sang ne fit qu'un tour, le cœur serré de peur de la perdre.

—Peitane ! Non ! hurlai-je en bondissant.

Je retombai sur une partie des zombies, emportant quelques-uns avec moi dans ma chute. Sans même me relever, je frappais frénétiquement en criant, oubliant totalement la fatigue. Grâce à cela, elle parvint à se dégager et retrouver une certaine liberté de mouvement.

Mais les zombies qui se massaient de son côté arrivaient déjà vers moi. Avant que je puisse me relever, deux affreux s'écroulaient sur moi. Trop occupée, Peitane n'allait pas venir à mon secours. J'en tuai un mais le deuxième m'agrippa à l'épaule. Encombrée par la chute du premier, il m'était impossible de le repousser. Dans un effort incroyable, je frappai par-dessus le cadavre, atteignant directement le crâne de l'autre... un peu par chance, force m'est de l'admettre. Il s'affala à son tour. Les deux zombies m'écrasaient. Je les soulevai légèrement pour les faire rouler sur le côté mais deux autres morts-vivants s'abattaient sur eux, me collant au sol. Je frappai de panique, sentant le combat m'échapper et en tuai un. L'autre m'attrapa le bras et mordit avidement.

Je hurlai de douleur.

Mon cri alerta Peitane qui bondit à son tour pour venir me sauver, négligeant de porter attention à la répartition des somnambules autour de nous. Elle frappa l'affamé qui s'écroula la bouche encore serrée sur mon avant-bras, m'arrachant un morceau de chair. Elle m'aida à me dégager et, le temps de me redresser, frappait déjà dans tous les sens en hurlant de rage. Profitant de notre proximité et de notre position désavantageuse, ils s'étaient regroupés autour de nous, nous mettant dans une situation pire encore.

J'étais épuisée et Peitane frappait de moins en moins fort. Nous avions besoin d'un moment de repos, aussi court fut-il.

—On recule de vingt mètres ! suggéra-t-elle.

Plutôt que de frapper, elle poussa un zombie du pied pour le faire tomber sur les autres. Cela nous donna l'occasion de fuir en nous faufilant difficilement entre eux. Leur lenteur nous permit de les distancer. Un peu plus loin, nous nous arrêtâmes face à la horde qui avançait lentement vers nous, nous offrant ainsi un peu de répit pour reprendre notre souffle et réévaluer la situation.

—Il en reste combien tu penses ? demandai-je, le souffle court.

—Je dirais deux mille, répondit-elle, en haletant.

—Fameuse horde.

—Je ne te le fais pas dire. Ton bras ?

—Ça ira, un peu de sérum et on n'en parlera plus dans deux jours.

—Contente de l'entendre.

—J'ai vraiment cru te perdre, lui dis-je tristement. Et ça, je n'aurais pas pu le supporter.

—C'était chaud, je te l'accorde.

—Promets-moi que rien ne nous séparera jamais, lui dis-je en la prenant dans mes bras.

—Tu en doute encore ? demanda-t-elle pour toute réponse.

—Non. Je t'aime.

—Je t'aime aussi, confirma-t-elle en m'embrassant.

—Il en reste quand même beaucoup, dis-je en observant la horde qui s'approchait.

—Heureusement qu'il n'y en avait pas autant que dans un concert de Lady Gaga, dit-elle en souriant, répétant la réflexion du garde.

—A ce rythme-là, on en a encore pour près de deux heures. On ne tiendra pas le coup.

—Je crains que non. Mais on va quand même essayer. En prenant quelques secondes de repos de temps en temps, on peut peut-être y arriver.

—On peut rêver tu veux dire ? lui souris-je.

—C'est tout ce qu'il nous reste, sourit-elle en retour.

—Et on ne peut pas s'enfuir.

—Si tu veux abandonner les autres et ton père, on

peut … et tu sais que je ne serais pas contre. (Je la regardai de travers) Mais ce n'est naturellement pas une option. Parfois, je regrette le temps où tu avais peur de tout.

—Moi pas, car aujourd'hui, dis-je en lui prenant la taille, je t'ai près de moi.

Je l'embrassai intensément.

—Waw, s'exclama-t-elle. Sexy avec la transpiration. Bon, c'est pas tout ça, il va falloir nous y remettre, dit-elle en pointant les zombies qui arrivaient à notre hauteur. Ton bras, ça ira ?

—Faudra bien.

Nous reprîmes notre marteau à pleine main et nous nous préparâmes à reprendre le massacre.

Mes muscles me faisaient mal, ils seraient bientôt tellement tétanisés que je n'arriverais plus à lever le bras pour frapper. Ma main me brûlait à l'endroit où je tenais le marteau et des cloques roses apparaissaient déjà. Seul mon instinct de survie pouvait me sortir de cette situation.

Quand soudain …

—Des rats dans votre appartement, ma p'tite dame !

Le temps de me retourner, des dizaines d'hommes passaient à côté de nous et engageaient le combat.

—Eric ! m'écriai-je en lui sautant au cou. Je suis si contente de te voir !

—On arrive à temps, je crois.

—Tu l'as dit, le salua Peitane, en ne faisant aucune remarque sur mon enthousiasme

—Qu'est-ce que tu fais là ? lui demandai-je.

—Tu crois que c'est vraiment le moment de poser la question ?

— Tu as raison, on en discutera plus tard.

Revigorée par cet appui, je me jetai dans la masse de zombies, absente de toute douleur et de toute fatigue … la magie de l'adrénaline.

Ce qui restait du groupe d'Hélène vint nous prêter main forte peu de temps après et la horde fondit à vue d'œil. J'étais heureuse de voir mon père, toujours en vie, se battre à mes côtés.

Essoufflé et épuisé, chacun souriait en évaluant le massacre, heureux d'être encore en vie, car tous n'avaient pas eu cette chance. La vision était apocalyptique. Je ne sais pas combien de corps jonchaient le sol, des milliers en tout cas.

J'enlaçai Peitane dans mes bras tellement j'étais heureuse qu'elle ne soit pas blessée. Sa perte me serait insupportable, elle faisait partie de moi. Ses baisers, si doux et brûlants à la fois, me rappelaient à chaque fois à quel point je l'aimais. Nous avions parcouru un tel chemin ensemble et elle m'avait sauvée tant de fois. J'étais devenue plus forte grâce à elle et ne me positionnais plus en victime. Mon évolution, je la lui devais en grande partie.

Hélène ordonna à ses hommes de retrouver les soldats morts et de les enterrer avec le respect qui leur était dû. En même temps, ils achèveraient les zombies qui bougeaient encore.

Lorsque mon père s'approcha de nous, je fus un peu gênée, réalisant que je n'avais pas la moindre idée de son opinion sur ma relation avec une fille. Mais je n'avais pas vraiment de crainte. Je ne l'imaginais pas choqué par cela car je lui savais une grande ouverture d'esprit.

—Ton amie est plus qu'un garde du corps, constata-t-il avec le sourire.

—Oui, répondis-je simplement en rougissant.

—Ne soit pas gênée ma chérie, d'après ce que j'ai pu voir, tu n'aurais pas pu mieux tomber. Elle se donnerait corps et âme pour toi, qu'est-ce qu'un père pourrait bien attendre de mieux de la part de son gen... euh ... en fait, je ne sais pas vraiment quel terme employer.

—Ce n'est pas grave, on voit bien ce que tu veux dire.

—Merci, ajouta Peitane.

—De quoi ? demanda-t-il.

—De ne pas nous juger, dit-elle un peu gênée également.

—On n'est plus au moyen âge. Les mentalités se doivent d'évoluer. Je ne dis pas que ça ne me fera pas bizarre, mais je vous souhaite vraiment d'être heureuses ... une fois que nous aurons réglé cette histoire de fous.

Je le remerciai en me jetant à son cou et le serrai aussi fort que possible ... mais j'avais oublié que nous étions plus fortes qu'avant. Il laissa échapper un râle tant il eut du mal à respirer. Je le lâchai en m'excusant. Il me sourit tendrement puis se tourna vers Peitane.

—Puis-je prendre ma belle-fille dans mes bras ?

Peitane rougit en me regardant puis accepta timidement d'un signe des épaules. Je souris, retenant une larme en les observant l'un contre l'autre.

L'arrivée d'Eric mit fin à ce moment de tendresse qui, il fallait bien le reconnaître, nous mettait un peu mal à l'aise tous les trois. Il était couvert de sang et sa machette dégoulinait encore. Mais il affichait ce sourire inébranlable que je lui connaissais.

— Alors, vas-tu enfin me dire ce qui nous vaut cette merveilleuse surprise ?

— Je n'y suis pas pour grand-chose. Il faut voir ça avec ton père.

— Avec … Mais comment ?

— Je te l'ai dit, expliqua mon père, depuis que je t'ai retrouvée à ta sortie du manoir, je ne t'ai plus quittée. Et je t'ai vue passer par la cité. Après ton départ, je suis allé les voir. Nous n'avons pas mis longtemps à sympathiser, Eric est quelqu'un de bien.

— Il nous a expliqué la situation, poursuivit Eric. Nous avons alors proposé de t'aider. Après ce que tu as fait pour nous lors de ton court passage, c'était la moindre des choses. Nous aurions souhaité venir plus nombreux, mais nous ne voulions que des volontaires et surtout, il n'était pas question de déforcer trop notre cité en cas d'attaque subite.

— Vous êtes inconscients, le houspillai-je. Vous voulez vraiment aller vers une mort certaine. Je ne peux pas vous demander ça. Rentrez chez vous, c'est mieux.

— Et si tu perds contre les … je ne sais plus comment … combien de temps crois-tu que nous resterons en vie ? (Je baissai les yeux) C'est bien ce qu'il me semblait. Avec notre aide, c'est une chance de réussite supplémentaire et peut-être un sauf-conduit pour notre cité. Ça en vaut donc la peine. En plus, pour nous remercier de notre aide, ton père nous a laissé un camion rempli de nourriture et de matériel pour nous installer en toute sécurité.

Je regardai mon père du coin de l'œil. Il se contenta de hausser les épaules en souriant. J'abandonnai l'idée de le convaincre, mon père avait été bien plus fort que moi.

Sans que je m'y attende, Peitane passa à côté de moi et prit Eric dans ses bras.

— Merci pour votre aide, on en avait bien besoin.

Je piquai un fard. C'était moi qui pouvais faire ça ... et elle le savait très bien, la garce ! Je souris de plus belle lorsqu'elle se retourna et me fit un clin d'œil.

— Je ne veux pas troubler cette touchante réunion, intervint Hélène, mais il serait bon de ne pas tarder pour se remettre en route et nous devons encore enterrer mes hommes.

— On va vous aider, dis-je immédiatement.

— Réellement ? osa-t-elle en regardant Peitane. (Peitane opina du chef en lui souriant) Merci beaucoup. Nous nous remettrons en route dans quatre heures au plus tard. Soyez prêts !

— A vos ordres ! lança Peitane en rigolant.

Hélène la fusilla du regard avant de se détendre un peu. Elle faillit ajouter quelque chose mais s'abstint et partit en levant les bras au ciel. Nous éclatâmes de rire. Malgré ce qui venait de se passer, l'ambiance devenait un peu moins explosive.

Mais très vite, nous revînmes à la réalité. Emportant les corps des soldats déchiquetés, nous prîmes conscience de la réelle ampleur du massacre en sortant de notre petit cocon de gaieté. Sur le campement, un lourd silence s'était abattu. Le bruit du vent dans les feuillages n'était brisé que par celui des pelles s'enfonçant dans un sol trop dur. Même les animaux restèrent silencieux, comme s'ils partageaient la tragédie qui venait d'avoir lieu.

Quatre heures, Hélène avait vu juste.

Le moteur des camions vrombit et nous nous

remîmes en route.

Direction : La *Casa Originale*.

Descendant toujours plus vers le sud, peu après la frontière, les camions s'arrêtèrent sur une aire d'autoroute. A cet endroit, juste après les montagnes, peu de voitures obstruaient la route et notre progression serait plus rapide. Les chauffeurs devaient se reposer, non pas pour respecter le code de la route, mais parce qu'ils participeraient également à l'affrontement qui nous attendait quelques jours plus tard. Pour la première fois, notre situation se concrétisa. Si jusqu'ici cela n'avait été qu'un projet, plus nous approchions, plus l'idée se matérialisait dans notre tête. Je commençais à angoisser, dormant moins bien et parlant peu.

Ici encore, sur ce parking au sommet d'une colline, je m'étais isolée sur un banc au bord d'un grand talus offrant une vue imprenable sur les montagnes d'un côté et l'immense plaine de l'autre. Le soleil me réchauffait agréablement malgré les températures basses de ce début d'hiver qui piquaient légèrement la peau. A cet endroit haut perché, le vent restait pourtant discret, comme s'il participait à la tragédie qui se jouait dans notre monde. Ce devait être sa manière à lui de saluer les nombreux morts dont la plupart étaient innocents.

Peitane fut la première, naturellement, à s'inquiéter de me voir si esseulée. Si j'éludai ses questions, elle savait ce qui m'arrivait. Je me contentai de lui répondre ne pas comprendre pourquoi *elle* n'était pas stressée, tentant par ce moyen de ne pas lui répondre directement. Mais elle n'avait pas vraiment de justification à son calme. Elle était plutôt impatiente d'en découdre. Voilà bien un trait de caractère que je ne comprenais pas chez elle. Alors que je n'aspirais qu'à la paix, elle n'était vraiment heureuse que lorsque que l'adrénaline la faisait fonctionner. Si par chance nous en réchappions, pourrait-elle vivre au calme avec moi ? Rien n'était moins sûr dans ma tête.

Je m'inclinai légèrement pour poser ma tête sur son épaule et regarder l'horizon. C'était tellement paisible.

—Que penses-tu d'un *après tout ça* ? lui demandai-je.

—Que veux-tu dire ?

—Si on s'en sort, que ferons-nous ?

—Je ne sais pas. Je n'y pense pas vraiment en fait. Je suis juste impatiente d'y être.

—Es-tu impatiente de mourir ?

—Non, bien sûr. Mais ce combat réserve énormément de surprises, je suis impatiente qu'elles éclatent au grand jour. Je crois que ce sera assez jouissif.

—Tu es complètement cinglée.

—Oui, confirma-t-elle. Et c'est en partie pour cela que tu m'aimes non ?

—Pas vraiment en fait. Ça me ferait plutôt peur.

—Pourquoi ? demanda-t-elle en me caressant le bras.

Je me redressai pour la regarder.

— Crois-tu pouvoir vivre tranquillement après tout cela. Car moi, je voudrai bien me poser. Je n'ai pas l'esprit d'aventure et de combat comme toi. J'ai donc peur que tu t'ennuies et que tu finisses par me quitter.

— Tu n'as pas de soucis à te faire, je trouverai toujours bien de quoi m'occuper comme je le désire, même si on s'installe au milieu de nulle part. Je ne veux pas que tu te mettes des idées pareilles en tête. Je t'aime, ça c'est la vérité.

— Merci, ça me rassure un peu. Moi aussi je t'aime … comme jamais personne avant toi.

Je me reposai sur son épaule. Si nous n'étions pas dans une situation aussi critique, j'aurais pu rester ici longtemps … avec elle, simplement à admirer les montagnes.

Mais c'était sans compter avec les préparatifs de la grande bataille …

— Je pense que tu devrais venir voir, dit-elle calmement.

— Qu'est-ce qu'il se passe ?

— Je ne sais pas trop, mais ça ne me dit rien qui vaille.

— D'accord, acquiesçai-je à contrecœur.

Des soldats débarquaient de lourdes caisses de métal rouge et les disposaient à côté d'une sorte de grosse boite à outil qui prenait du courant au camion. Pendant ce temps, d'autres montaient des lits de camp militaires, une trentaine environ. Mon père semblait vérifier des indicateurs sur l'étrange boite à outil.

Hélène restait sur le côté, supervisant le chaos organisé.

— Papa ? Que se passe-t-il ? dis-je en me dirigeant

vers lui.

Il se releva en sursaut, surpris de mon arrivée … mais ce n'était pas la seule raison. Il semblait mal à l'aise. Je sentis immédiatement que l'explication qu'il allait me fournir ne me plairait pas. Il resta un instant silencieux, cherchant visiblement ses mots.

— Tu m'inquiètes, là, insistai-je. Dis-moi ce que vous faites.

— Eh bien, c'est quelque chose que nous avions prévu de faire plus tôt mais les évènements se sont un peu précipités. Et comme nous approchons de l'affrontement avec les Laneiros, … nous avons certaines mesures à prendre.

— Du genre ? demanda Peitane.

Il déglutit pour dénouer sa gorge.

— Papa ?

Il restait silencieux, ce qui augmenta encore mon angoisse. C'est finalement Hélène qui répondit.

— Du genre qui nous donnera plus de soldats capables d'affronter nos ennemis.

— Que voulez-vous dire ? lui demandai-je.

— Oh non, c'est pas vrai ! s'exclama Peitane. Vous n'allez pas faire ça !

— On n'a pas le choix, s'énerva Hélène.

— Quoi ? Qu'est-ce qu'il se passe ? paniquai-je. Est-ce que quelqu'un peut m'éclairer ?

— Ils vont fabriquer des sicars, me répondit Peitane froidement en fusillant Hélène du regard.

— Quoi ! Mais …

J'interrogeai successivement du regard mon père et Hélène, espérant que Peitane s'était trompée. Mais leur silence fut plus révélateur que n'importe quelle réponse. Tandis que mon père détournait la tête,

Hélène gardait son allure fière et autoritaire, visiblement certaine de sa décision.

—Mais vous êtes complètement dingues ! Vous n'allez quand même pas tuer vos propres hommes. Vous n'avez pas le droit de leur imposer cela.

—Ils sont tous volontaires, affirma froidement Hélène.

—Tu m'étonnes, se moqua Peitane.

—Qu'insinuez-vous ?! s'offusqua la cheffe du groupe.

—Ce sont des militaires ! Ou en tout cas, ils se considèrent comme tels. Vous offrez à ces lobotomisés une possibilité de devenir des surhommes. Je suis sûre qu'ils pissent partout à l'heure qu'il est, impatients de se faire transformer. Mais je doute qu'ils sachent exactement ce que cela implique d'être dans notre peau.

—Si, ils sont parfaitement au courant.

—C'est ce qu'on va voir. Messieurs ! hurla Peitane. Venez par ici. Venez, je vous dis, c'est un ordre de votre cheffe, ajouta-t-elle en pointant Hélène par-dessus son épaule.

—Arrêtez-ça tout de suite ! ordonna Hélène à Peitane. Ce n'est pas votre rôle.

—Est-ce qu'on vous a bien expliqué toutes les implications de votre choix ? (Ils restèrent tous muets, jetant des regards interrogateurs à leur cheffe) Je ne crois pas, non.

—Stop !

—Vous a-t-on parlé de la faim permanente, de la douleur, de la colère. L'immortalité et la force ne sont que le côté positif de la transformation. Et contrairement à ce qu'on vous a dit, comme vous n'êtes pas des Delarivière, vous n'aurez aucun don. Finalement, les côtés négatifs sont bien plus importants que ...

— Arrêtez cela tout de suite ! s'énervait Hélène.

Je la vis poser la main sur son pistolet mais elle ne le sortit pas de son étui.

— Peitane ..., tentai-je pour attirer en vain son attention.

— Alors ? continua-t-elle sans se soucier de moi ni d'Hélène. La faim ne disparait jamais et la douleur revient très vite. Si une seule fois vous perdez l'occasion de manger, vous vous jetterez sur le premier venu. Un passant, un ami ... votre femme, vos enfants...

— Ça suffit ! hurla Hélène en dégainant.

— Hélène ! Rengainez cette arme, criai-je. (Elle n'en fit rien) Papa ! Fais quelque chose. (Il baissa les yeux) Tu ne peux pas laisser faire ça. Hélène, arrêtez-ça, je vous en prie !

— ...Et rien ne pourra vous en empêcher, poursuivait Peitane. Vous n'aurez pas la force de lutter car la faim sera dominante. Est-ce cela que vous voulez ? Tuer votre famille ... comme cela nous est arrivé. Pourrez-vous à vivre avec ça !

Soudain, un coup de feu retentit, me faisant sursauter.

Je vis Peitane chuter vers l'avant et s'effondrer sur le sol. Le temps que je reprenne mes esprits, elle hurlait de douleur. Mais très vite, elle se ressaisit et, grognant de colère, se releva. Le regard dément, elle toisa Hélène qui venait soudain de perdre une grande partie de son assurance. Je n'avais jamais vu les yeux de Peitane aussi furieux, son visage rougit de colère, elle en oublia presque sa blessure à l'épaule.

—Ça, lança-t-elle, ce n'était pas très malin de votre part.

Elle bondit sur Hélène dont le pistolet trembla de surprise. La femme tira un nouveau coup de feu, mais dans l'urgence, manqua Peitane qui lui tomba dessus lourdement.

Renversée, Hélène voulut se protéger le visage avec ses bras. Mais simple humaine face à une sicar, Peitane n'eut aucun mal à les lui écarter. Puis, d'un coup sec, elle plongea sur son cou.

—Non ! hurlai-je.

Mais elle ne m'entendait plus. La rage venait de la submerger, elle ne contrôlait plus son corps, c'était le zombie qui était à l'œuvre. Tel un animal, elle la mordit et arracha la chair dans une giclée de sang puis, plongeant à nouveau, elle se délecta du liquide salvateur et de la chair tandis que les jambes d'Hélène tremblaient encore. Je voulus courir vers elle pour la retenir, mais à la vue et à l'odeur du sang, l'envie de me jeter à mon tour sur sa victime m'envahit tel un raz-de-marée. Je m'arrêtai net, gardant le contrôle de mes instincts de zombie.

Mon père préféra détourner les yeux.

Dans un éclair de lucidité, je jetai un coup d'œil vers les soldats. Ils s'apprêtaient à nous attaquer pour prendre la défense de leur cheffe. Je m'interposai, leur enjoignant de ne pas avancer. Mais ils ne m'écoutèrent pas et foncèrent. Concentrée sur mon pouvoir, je visualisai dans ma tête leur système nerveux et surtout leur colonne vertébrale. Puis je libérai le tout brusquement en ouvrant les yeux. Les soldats se tordirent de douleur en s'effondrant sur le sol, tous en proie à une crise d'épilepsie.

J'arrêtai immédiatement.

Me tournant vers Peitane, je la vis se redresser et regarder tristement le corps sans vie. Couverte de sang, elle dévia son regard vers moi, implorant silencieusement mon pardon. Elle n'avait pas su se contrôler ... mais pouvais-je lui en vouloir ? Cela m'était déjà arrivé, et plus d'une fois. Dans un sens, elle n'avait fait que se défendre. Du moins était-ce ce dont j'essayais de me convaincre.

Je ressentis profondément la tristesse qu'elle éprouvait et je ne retins qu'avec difficulté les larmes qui envahissaient mes yeux. Au prix d'un effort surhumain, je me tournai vers les soldats. Ce qui venait de se passer était une tragédie, mais je vis là une occasion de l'utiliser à notre avantage ... au risque de passer à nouveau pour un monstre.

Bien qu'en fait, ce fut exactement ce qu'il fallait.

— Voilà ce que nous sommes en réalité ! hurlai-je aux soldats qui tentaient péniblement de se relever. (J'adoptai ensuite une voix plus calme) Ne nous prenez pas pour des superhéros. Nous sommes des zombies, quoi qu'on en dise. Nous luttons à chaque instant pour ne pas céder à nos instincts de morts-vivants et nous vivons dans une peur constante que la douleur et la colère reviennent comme ce fut le cas pour elle.

Je pointai Peitane du doigt pour leur montrer sa tristesse. De lourdes larmes coulaient sur ses joues. Elle tomba à genoux, la tête serrée entre ses mains.

— Nous nous battons sans cesse contre l'envie de vous sauter à la gorge pour nous nourrir de votre sang et de votre chair, qui est le seul moyen de faire disparaître totalement la faim et la douleur. Mais il suffit d'un évènement, même mineur parfois, pour que tout bascule dans l'horreur. (Je m'approchai d'eux) Qu'espérez-vous ? Sortir vivants de cette histoire et retourner voir votre famille ou vos amis ? Que ferez-vous alors ? Leur direz-vous ce que vous êtes devenus ? Vivrez-vous tranquilles en sachant que si vous louper un seul substitut de repas ou pire, si vous tombez à court, vous risquez de les assassiner. Est-ce réellement cela que vous voulez ?

—Et si c'est ce que nous voulons malgré tout, intervint un des soldats. Il y a autre chose dans la balance. Si nous allons au combat en tant qu'humains, nous n'avons quasiment aucune chance d'en sortir. Devenir sicar nous offre une chance supplémentaire de gagner. Qui vous dit que nous ne préférons pas rester en vie même si cela veut dire avec un handicap ?

—Un handicap ? On ne parle pas de devenir unijambiste ici, on parle d'assassiner vos amis, votre famille. Revenez un peu à la réalité, bon dieu !

—Moi, je vois les choses différemment. Je compare cela au diabète. Si un diabétique n'a pas sa piqûre, il tombe malade et en meurt. C'est un peu pareil pour nous. Or, des diabétiques peuvent très bien vivre une vie normale. Est-ce pour autant que cette vie est idéale ? Non, certainement pas. Mais au moins, ils sont en vie. Tant que le prof (il parlait visiblement de mon père) pourra nous fabriquer notre nourriture, nous ne serons que des diabétiques.

—Vous êtes complètement malades.

Bien qu'en fait, je n'arrivais pas à lui donner tort. Avec de la nourriture, nous pouvions continuer à vivre presque normalement. Mais je ne voulais pas le leur avouer, je ne voulais pas qu'ils deviennent des monstres comme nous.

—Pour moi, fit le soldat, le choix est simple. Je choisis une chance supplémentaire de vivre, même si cette vie est faite de contraintes. Alors ? Qui est avec moi ?

Un silence s'imposa mais il fut bientôt brisé par un premier soldat qui se rallia à lui. Puis un deuxième, un troisième et, quelques instants plus tard, tous les soldats.

J'étais dépitée.

Mon père posa une main sur mon épaule et tenta une phrase rassurante, mais je l'interrompis sèchement.

—Et toi, tu vas le faire ?! Tu vas les tuer et leur injecter le sérum ?

—C'est notre seule chance contre les Laneiros.

—Laisse les Laneiros en dehors de ça ! le houspillai-je. C'est TA décision, ne te justifie pas en te servant des autres. Où est mon père ? Hein ? Où est-il ? (Les larmes m'envahirent) Tu n'as plus rien à voir avec lui, crachai-je avec dédain. Ou peut-être as-tu toujours été ainsi finalement ? Est-ce que seules tes expériences comptent ? Est-ce pour cela que tu as torturé maman pendant des années ? Pour la science ?

Je m'éloignai du groupe en accrochant Peitane au passage. Nous nous installâmes sur le banc où elle était venue me chercher et nous restâmes là un bon moment, seules, sans rien dire. Personne n'osa nous approcher, même pas mon père. Ce qui se déroulait à deux pas de nous était inconcevable. Il n'y avait rien d'humain dans de tels actes et même la nécessité ne pouvait le justifier à mes yeux.

Je me perdis dans mes pensées et pendant ce temps, le massacre commençait. Je n'en pouvais plus de rester là, à quelques mètres de mon père et de ses soldats commettant l'impensable. Les entendre discuter, sachant ce qui se passait me soulevait le cœur, même si je savais qu'ils faisaient ça pour une bonne cause. Je me levai sans dire un mot et me mis à marcher. Comprenant mon état d'esprit, Peitane n'essaya pas de me suivre. Quelques instants plus tard, ce fut encore pire. Les cris de douleur consécutifs aux transformations commencèrent … me rappelant la mienne. Les mains sur les oreilles, les larmes aux yeux, je me mis à errer dans la station-service, regardant les pompes laissées à l'abandon.

Puis, j'aperçus un zombie assis contre le mur du restoroute. Il ne bougeait pas, mais ne montrait aucun signe de fracture au niveau de la tête. Je m'approchai pour m'assurer qu'il était bien mort. Lorsqu'un déchet craqua sous mon pied, il releva péniblement la tête en poussant un râle que je connaissais à présent trop bien.

Il mourait de faim.

Au prix d'un effort incroyable, il parvint à lever un bras … qui retomba aussi vite. Il était dans un état de décomposition très avancé et si faible. Se mettre debout ne lui était plus possible, il ne devait plus avoir mangé depuis longtemps, des semaines sans aucun doute. Comment s'était-il retrouvé ici ? Je n'y voyais qu'une explication possible. Il devait faire partie des zombies qui étaient enfermés depuis des années et que j'avais libérés. Il s'était égaré ici et comme il n'y avait pas ou peu de passage dans cette station perdue, il n'avait plus rien trouvé à manger. Sans nourriture à proximité, il s'était en quelque sorte mis en pause. J'imaginai la douleur qui devait être la sienne et me rappelai les semaines où Cayetano m'avait laissé enfermée pour me torturer. Si le docteur n'était pas venu me faire des piqûres de sérum rouge, je serais devenue comme lui, comme chez l'oncle de Marc. J'avais connu la même souffrance que lui … mais pas pendant des dizaines voire des centaines d'années comme lui.

Je fus envahie par un vif sentiment de pitié.

Les paroles de Cayetano me revinrent en mémoire. Il m'avait raconté les expériences menées sur les zombies. Les têtes vivantes qu'ils gardaient … depuis des centaines d'années. Leur souffrance devait être inimaginable. Je pouvais aisément comprendre la sensation de sécheresse dans sa gorge, comme si elle était parcourue de centaines de lames de rasoir. Et cette douleur devait s'ajouter à la souffrance musculaire.

Quelqu'un devait le libérer. Je m'agenouillai devant lui. Il m'agrippa le bras, mais n'avait plus la force de m'attirer à lui. La tristesse de sa situation et sa douleur m'arrachèrent une larme. Mon ventre se serra, provoquant un début de sanglot.

—Tu étais peut-être quelqu'un de bien, il y a longtemps. Je suis désolée de ce qui t'arrive.

Mais il ne me comprenait plus. La faim et la souffrance lui avaient fait perdre la mémoire et toute capacité de compréhension. Comme ce fut le cas pour moi chez l'oncle de Marc … en bien pire encore. Mes mots devenaient dès lors inutiles.

—Tu n'en es pas conscient, mais je vais te libérer, pour ton bien. Pour que tu trouves enfin la paix, où que tu ailles.

Je lui caressai le crâne aux cheveux blancs clairsemés, en espérant lui apporter un peu de réconfort. Les larmes coulant abondamment le long de mes joues, je me redressai, saisis mon marteau et frappai aussi fort que je pus. La rage qui m'animait était telle que je lui arrachai la moitié du visage dans une gerbe de sang noirâtre.

Puis je tombai à genoux dans un profond sanglot.

Dans quel monde vivais-je à présent ? Un monde d'horreur, de monstres, de traîtrise, sans loi ... sans foi. Pourquoi devrais-je encore continuer ? Pourquoi ?

Tuer les Laneiros, si nous y parvenions, ne ferait que reporter le problème. Les Acostas prendraient le relai ... ou les changelins. Serait-ce mieux? Non, sans doute pas.

J'avais frappé le mort-vivant avec tant de force que ma blessure au bras s'était rouverte. Une petite tache de sang souillait le pansement. La main tremblante de rage, j'arrachai le bandage. Cafouillant dans mes mouvements, j'eus toutes les peines du monde à l'enlever. Des larmes perlaient sur ma joue, des larmes de colère et d'amertume. Ma blessure était déjà presque guérie grâce au sérum et le saignement était minime. Je ne remettrais plus de bandage.

Recouvrant un peu mes esprits, je laissai mes bras pendre sur mes genoux. Je regardais mes mains tremblantes, la vue troublée de larmes.

A quoi bon ?

Puis, je me remémorai les épreuves par lesquelles j'étais passée et mon point de vue commença à changer. Je ne voulais plus me poser en victime et je refusais la vanité des actions précédentes. Je n'avais pas surmonté tant de difficultés pour tout laisser tomber. De plus, si j'abandonnais, les seuls humains encore en vie aujourd'hui ne le resteraient pas longtemps. J'étais déjà responsable du plus grand génocide de l'histoire, je me devais de sauver le peu qui pouvait encore l'être.

J'essuyai mes larmes et repris la direction des camions d'un pas assuré. Si j'étais prête à me battre pour les autres et sacrifier ma vie pour cela, qui étais-je pour juger ceux qui voulaient faire de même, quelles que soient les méthodes. Plutôt que de les rejeter, il aurait été plus intelligent de les remercier ... et de les aider.

J'expliquai mon point de vue à Peitane qui se rallia une fois de plus à mon avis et c'est ensemble que nous retrouvâmes mon père pour lui offrir notre aide. Il resta bien entendu sceptique face à mon soudain changement d'attitude, mais je lui expliquai mes raisons et très vite il me dit à quel point il était fier de moi.

J'en éprouvai un vif sentiment de réconfort et repris goût à me battre. Je n'étais pas la seule à me poser tous ces cas de conscience, m'expliqua-t-il, et beaucoup de monde s'était déplacé pour m'aider.

Je le voyais en effet et l'en remerciai.

—Je ne parle pas uniquement des Delarivière et d'Eric, dit-il un sourire au coin des lèvres, bien d'autres sont également en route.

—Que veux-tu dire ?

Pour toute réponse, il leva la tête pour regarder par-dessus mon épaule. Hésitantes, nous nous retournâmes et aperçûmes un nombre impressionnant de véhicules sur l'autoroute se dirigeant vers nous.

—Les Delarivière ? demandai-je.

—Non, ils nous attendent un peu plus loin. Je pense que cela va te surprendre.

—Qui est-ce ?

—Tu verras.

Le spectacle était impressionnant tant il y avait de

véhicules. Depuis l'apocalypse, nous n'avions vu que des carcasses de voitures abandonnées et des rues désertes. Et là, un convoi complet arrivait à vive allure. Un instant plus tard, les premières voitures s'arrêtaient à notre niveau alors que les autres formaient un serpent sur l'autoroute.

Mon cœur palpitait, impatient de découvrir d'où pouvait venir tant de personnes pour nous aider.

Après avoir bu à la source, Sophia s'endormit rapidement et ne se réveilla que le lendemain dans l'après-midi. Ses blessures avaient quasiment guéri. Un hématome persistait à l'endroit des fractures où nous avions remis les os en place, mais demain, il n'y paraîtrait plus. Le sérum avait un pouvoir de guérison véritablement impressionnant et notre constitution pouvait décidément tout encaisser,

Je ne quittai pas son chevet tant qu'elle resta inconsciente, oubliant même de manger. Cela me donnait du temps pour réfléchir à tout ce qui s'était passé et surtout, aux pensées qui m'avaient envahie la veille. Mon contentement lorsqu'elle fut choisie à ma place était celle qui me taraudait le plus.

Lorsqu'enfin elle ouvrit les yeux, je lui souris de bonheur. Elle mit un certain temps à reprendre ses esprits puis me sourit à son tour.

— Bonjour, la saluai-je.

— Je suis restée longtemps inconsciente ?

— Un peu plus d'une journée. Tes blessures sont déjà presque guéries.

— Merci, me dit-elle, les yeux humides.

— De quoi ?

— Je suis encore en vie, articula-t-elle difficilement.

— Et pourtant, j'ai été trop lente, je m'en excuse. Si j'avais été plus rapide, tu aurais moins souffert. Mais j'ai été un peu surprise, je ne m'attendais pas du tout à ça et j'ai mis un certain temps à réagir comme il le fallait.

— Ce n'est rien.

— … Je suis désolée, dis-je en baissant tristement les yeux.

— Je te l'ai dit, ce n'est rien.

— Si. Lorsque la sentence est tombée, j'avais eu tellement peur que j'ai espéré que ce serait toi qui mourrait, qu'Eras te choisirait à ma place. (Les larmes m'envahirent) Et maintenant, je m'en veux tellement.

— Ne t'en fait pas. C'est normal. La première fois que cela m'est arrivé, il y a des années, alors que j'étais aussi jeune que toi, j'ai eu le même réflexe … mais l'autre ne s'en est pas sorti. Et aujourd'hui, je dois vivre avec le remords. Donc tu vois, je comprends très bien par quoi tu es passée.

— Me pardonneras-tu un jour ?

— C'est déjà fait, me rassura-t-elle en me prenant la main.

— Merci.

Un poids énorme s'ôta de mon cœur, mais le nœud de culpabilité qui me rongeait le ventre n'allait pas disparaître aussi vite. J'appuyai ma tête sur sa main en pleurant tant je voulais m'excuser. Elle passa sa main dans mes cheveux pour me rassurer.

Nous fûmes interrompues quand la porte de la chambre s'ouvrit après deux petites frappes légères. Eras nous salua avec un large sourire.

—Je suis heureux de voir que tu vas bien, dit-il à Sophia. Tu t'es très bien battue, je suis fier de toi.

—Merci.

—Je suis désolé de vous interrompre, mais mon père nous demande ...

—Eras, l'interrompis-je, pensant qu'il nous invitait à une orgie, je n'ai pas vraiment la tête à ça pour l'instant.

—... dans son bureau.

—Ah, pardon, m'excusai-je un peu gênée de ne pas l'avoir laissé terminer sa phrase.

Sophia fit immédiatement mine de se lever mais Eras l'arrêta.

—Pas toi, tu dois continuer à te reposer. J'irai avec June, on te tiendra au courant.

—Mais ...

—Pas de discussion. Tu n'es pas encore en état. June, tu me suis.

Je confirmai d'un signe de tête et me levai en faisant un clin d'œil à Sophia.

—Je reviens tout de suite, la rassurai-je.

Même si je n'y étais plus venue depuis mon arrivée à la *Casa Originale*, je n'avais pas oublié le bureau du « père » et surtout ce qu'il m'y avait fait subir. Les images qu'il m'avait alors injectées en tête n'avaient jamais disparu et même si, à présent, je n'en souffrais plus physiquement, elles hantaient encore certaines de mes nuits. Y retourner les raviverait certainement et je sentis mon dos devenir moite.

Il nous accueillit avec le sourire, comme s'il ne s'était rien passé la veille. Pour lui, nous avions visiblement payé honorablement la dette de nos erreurs. C'était rassurant dans un sens, mais cette façon d'agir me fit froid dans le dos.

— Père, salua Eras.

— Entrez. Un cognac pour toi ?

— Volontiers.

— Un porto blanc pour toi ? demanda-t-il ensuite en me regardant.

Il n'avait pas oublié que c'était ce que j'avais bu à mon arrivée.

— Merci, oui.

Il se dirigea vers le petit meuble, l'ouvrit délicatement et servit nos deux verres. Puis, il nous invita à nous asseoir en tendant nos verres. Il s'installa en face de nous. Je me sentais incroyablement mal à l'aise tant il m'impressionnait ... et me terrifiait.

— Nous avons enfin reçu des nouvelles au sujet de Caroline. Notre élégide a pu nous dire où elle se trouvait. Malheureusement, il n'a pu le faire que par intermittence mais nous avons malgré tout suffisamment d'informations. Elle arrive chez nous ! (Nous ne réagîmes pas, nous le savions déjà) Bon, je m'attendais à une réaction de votre part, mais ce n'est pas grave. Nous n'avons donc plus qu'à l'attendre.

Je vis sur le visage d'Eras la sévérité qui l'animait face à cette nouvelle et j'imaginai sans peine ce qui lui passait par l'esprit. Depuis le début, il maintenait qu'il suffisait d'attendre et de la suivre, qu'elle viendrait à nous, mais son père n'avait jamais rien voulu entendre. Et Sophia avait failli y perdre la vie ... pour rien. Mais Adolfo était « le père » et en tant que tel ses décisions ne pouvaient souffrir aucune discussion.

— Cependant, continua Adolfo, elle ne sera pas seule. Elle a été rejointe par le groupe des Delarivière et par un autre groupe d'humains. A l'allure à laquelle ils progressent, ils seront ici dans deux jours.

—Deux jours ! m'exclamai-je.

—Toujours aussi spontanée, constata Adolfo. Même la peur ne change pas ton caractère, c'est un avantage que je salue, même si c'est le genre de trait de caractère qui peut coûter la vie. Mais soit. Oui, en effet, deux jours. Et nous devons donc nous préparer à les affronter car je doute qu'ils viennent pour discuter ou prendre un apéro.

—Qu'envisages-tu ? s'intéressa Eras.

—Le plan Acostas.

—Quoi ! hurla Eras.

—Je savais que ça te plairait, dit-il avec humour.

—Si ce plan est appelé de la sorte, c'est qu'il y a une bonne raison.

—Je sais, confirma-t-il en se levant pour se resservir un verre. Mais je ne pense pas que nous ayons le choix. C'est pour cela que je voulais la capturer et ne pas attendre qu'elle arrive. Une capture nous assurait qu'elle soit seule. A présent, elle vient avec une armée.

Le visage frustré d'Eras changea tout à coup pour devenir plus humble. Son père avait raison et il aurait dû l'écouter. Je pense qu'il le savait inconsciemment depuis le départ mais se refusait à l'admettre, voulant exprimer ses propres idées. Mais son père était un marchand émérite depuis des centaines d'années. Son expérience surpassait de loin la fougue d'Eras et ce dernier s'en mordait aujourd'hui les doigts. Je pense que, sans l'enfoncer d'avantage, Adolfo venait de manière très diplomatique de donner une incroyable leçon de vie à son fils.

—Sans une armée à nos côtés, il se pourrait que

nous perdions.

—Mais si nous déclenchons le plan Acostas, que ferons-nous contre eux s'ils attaquent ?

—Et ils ne manqueront pas de le faire dès qu'ils apprendront que nous avons mis nos forces dans une première bataille. Nous n'aurons donc que très peu de temps pour nous réorganiser. Ce qui veut dire que nous allons devoir travailler à ces deux objectifs simultanément.

Il me semblait qu'il abordait cette situation avec sérénité. J'enviais son expérience et son sang-froid. A moins qu'il ne soit un peu trop sûr de lui et de sa victoire.

—Je ne suis jamais sûr de gagner ... dit-il soudain.

Et m... j'avais oublié qu'il lisait dans les pensées.

—... seulement, paniquer à l'avance ne peut que provoquer des erreurs.

—Que veux-tu que nous fassions dans ce cas ? Car j'imagine que tu as déjà réfléchi à la question.

—C'est vrai. Je vais organiser notre défense dans le cas où les Acostas nous attaqueraient rapidement après cet affrontement. June, je veux que tu développes ton pouvoir au maximum avec notre professeur et que tu t'entraînes au combat. Caroline sera ta cible, à toi et toi seule. Mais n'oublie pas, elle ne doit pas mourir.

—J'ai compris.

—Parfait. Quant à toi, Eras, voici ce que je veux que tu fasses.

Je reconnus immédiatement celui qui descendait de la voiture. C'était l'un des hommes avec qui l'Ange transformé en loup avait discuté dans le village changelin.

Je reculai d'un pas, imitée par Peitane.

— Ne vous inquiétez pas, nous dit mon père. Ils viennent pour nous aider.

— Mais, comment … ?

— Les Delarivière nous ont expliqué la situation, répondit l'homme. Lorsque l'Ange partit à votre poursuite, les changelins que nous avions rappelés arrivèrent quelques jours plus tard et il en arrive encore tous les jours. C'est alors que cette femme s'est présentée à nous.

Je tournai la tête et vis mon père la saluer chaleureusement.

— Nathalie est une des nôtres, continua mon père. Elle fait partie d'un autre groupe. Ses talents de négociatrice nous semblaient adéquats pour discuter avec les changelins.

— En effet, poursuivit le changelin. Elle est arrivée à nous convaincre que les buts de l'Ange n'étaient pas la bonne solution. Nous avons essayé de le retrouver, mais vous l'aviez déjà tué. C'est dommage car il était un combattant hors pair, son aveuglement aura finalement causé sa perte. Aujourd'hui, nous sommes bien conscients que si nous voulons continuer à vivre en paix comme avant, nous devons nous joindre à vous.

L'Ange m'était toujours apparu comme un homme d'une grande sagesse. Il avait toujours été de bon conseil dès mon arrivée au manoir et pourtant, sous ses traits de moine se cachait un plan monstrueux. La vraie nature des gens nous apparait souvent tard et nous nous méprenons la plupart du temps. Mais si les changelins s'étaient alliés à nous, leur mode de vie n'en restait pas moins horrible.

— Vivre en paix comme avant ? m'offensai-je. En continuant d'emprisonner de pauvre gens ?

— Notre mode de vie ne vous regarde pas. Nous ne jugeons pas le vôtre, alors nous vous demandons de nous accorder la même politesse. Nous acceptons de vous aider, mais c'est à cette unique condition.

Le ton qu'il employa, bien que très poli, fut péremptoire et sans appel. La dénommée Nathalie et mon père m'implorèrent du regard de ne pas gâcher tous leurs efforts. Nous avions besoin de leur aide, c'était indéniable … et je devrais faire avec, même si cela me révoltait. Dès lors, tout comme j'avais accepté de fermer les yeux sur la création de sicar par mon père, je décidai de ne pas alimenter plus avant la discussion.

— Merci pour votre aide, dis-je simplement résolue.

— Combien de changelins avez-vous pu rassembler ? demanda mon père.

— Nous sommes deux mille et d'autres tenteront

encore de nous rejoindre avant l'affrontement. Je vous rassure, ajouta-t-il en me regardant, nous n'avons commis aucun génocide. Nos humains d'origine sont toujours en vie et heureux dans leurs villages.

Mais je n'en crus rien. Il nous avait expliqué qu'une fois sortis de leur village, les humains kidnappés ne pouvaient plus y retourner. Dès lors, s'ils étaient encore en vie, les changelins seraient des loups à présent. Je ressentis une profonde tristesse et mes yeux se troublèrent de larmes. Toutes ces personnes, enlevées à la naissance, emprisonnées et assassinées ... pour quoi finalement ? Elles croyaient être heureuses, mais si elles avaient eu conscience de leur vraie situation, si aucun sort ne les avait retenues, il en aurait sans doute été différemment.

Et je m'apprêtais à fermer les yeux ... pour notre survie. Je me dégoutais !

N'y tenant plus, je préférai m'éloigner sans rien ajouter. Peitane me suivit en s'inquiétant de ma réaction. Je la pris dans mes bras et la serrai aussi fort que je pus.

—Je t'aime tellement. Tu es la seule qui me donne encore la force de continuer et de supporter tout cela. Toute cette violence, toutes ces traîtrises, toutes ces monstruosités.

Elle m'embrassa, mettant le feu en moi. Mais cette fois, il ne s'agissait pas de provoquer une quelconque excitation. La chaleur qui m'envahit était réconfortante. Elle maîtrisait son pouvoir à la perfection.

J'en fut d'ailleurs un peu jalouse. J'avais perdu mes deux premiers pouvoirs, contrôler les zombies et communiquer par la pensée et il ne me restait plus aujourd'hui que celui de provoquer des crises d'épilepsie chez les humains. Cela ne me serait pas d'une grande utilité dans notre combat à venir. Car même si je savais que ce pouvoir était susceptible de déboucher sur quelque chose d'autre, de plus large et de plus puissant, il me faudrait des années pour le développer. Et je ne disposais que de quelques jours. Je me présenterais devant les Laneiros comme une sicar normale, sans pouvoir. Mon contrôle sur les zombies me manqua à cet instant. J'aurais pu les regrouper en masse et les lancer sur la *Casa Originale*.

Heureusement, je n'étais plus seule. Même si je n'approuvais absolument pas les méthodes de mes alliés, que ce soient celles de mon père ou des changelins, je n'avais d'autre choix que de les accepter. J'allais devoir ravaler mes réticences pour survivre.

Honte sur moi !

Nous nous étions rapidement mis en route pour rejoindre les autres groupes de Delarivière ... qui avaient créé un nombre impressionnant de sicar ... et continuions notre route vers notre probable mort. Deux jours plus tard, alors que nous arrivions en vue du village où se terrait la *Casa Originale*, les zombies se faisaient de plus en plus rares. Les quelques malheureux qui erraient encore était dans un état de décomposition très avancée et visiblement plus qu'affamés.

Les routes désertées, nous ne croisions même plus d'humains.

Le monde était mort.

Plus personne pour le maintenir en vie. Les radios s'étaient tues les premières, suivies de peu par les réseaux téléphoniques et internet. Depuis près de deux semaines déjà, l'électricité était coupée. Ceux qui seraient incapables d'apprendre à cultiver la terre ou pratiquer l'élevage mourraient lentement, au fur et à mesure du manque de nourriture dans les magasins.

Nous avions plusieurs fois changé de direction. Certaines routes obstruées offraient trop de possibilité d'embuscade. Par-delà des obstacles, nous vîmes les villageois vaquer à leurs occupations, nous regardant d'un air étonné. Ils ne semblaient pas apeurés, comme s'ils n'étaient pas vraiment conscients du danger que représentaient les zombies ... comme s'ils n'étaient même pas au courant. Je m'en étonnai au début, mais peu à peu, j'en imaginai la raison. Les Laneiros les protégeaient.

Finalement, en fin d'après-midi, les différents convois s'engagèrent sur une route unique qui débouchait dans une grande plaine en contrebas de la villa, visible au sommet d'une colline abrupte. A ses pieds, une trentaine d'hommes nous attendaient. Nous étions encore loin, mais je reconnus Eras, June et la femme qui les accompagnait, Sophia.

Nous étions tombés dans leur piège comme des amateurs !

Ils avaient voulu nous regrouper ici même, dans cette vaste étendue entourée de forêts sombres, et nous rassembler dans cet entonnoir. Sans moyen de communication, les différents groupes avaient tenté de trouver un chemin pour atteindre leur objectif et s'étaient tous retrouvés au même endroit.

Nous avions été trop rapides, gagnés par notre impatience.

Nous aurions dû prendre le temps de mieux nous

organiser, de communiquer à l'aide d'éclaireurs. L'effet de surprise était notre arme principale, mais la vraie surprise fut pour nous. Comme tout ce qui m'est arrivé depuis ma mort, les Laneiros parvenaient toujours à nous avoir. Constamment, ils nous devançaient. Quelle folie de vouloir nous attaquer à eux ! Ils étaient bien plus forts et plus intelligents que nous, nous n'avions pas la moindre chance.

Mais il était trop tard pour faire marche arrière, l'affrontement aurait bien lieu et avec lui … enfin … l'aboutissement de tout ce cauchemar.

Nous laissâmes les véhicules le long de la route et pénétrâmes sur la vaste étendue d'herbe et de roche. Je me souviens ne pas avoir eu froid alors même que notre respiration provoquait des panaches de buée. Était-ce notre constitution ? J'en doute. C'était l'angoisse qui me tenaillait. J'aurais pourtant dû me sentir plus à l'aise car nous étions près de trois mille alors qu'ils n'étaient venus qu'à une trentaine. Mais cela sentait le piège à plein nez. Ils ne se laisseraient pas avoir aussi facilement … le rictus qu'ils affichaient en témoignait.

Quatre personnes s'avancèrent pour nous rencontrer. Je reconnus Eras et June mais pas les deux autres. Le plus vieux devait être Adolfo mais je n'avais pas la moindre idée de l'autre.

Alors que notre groupe s'arrêtait à une distance raisonnable, nous avançâmes à notre tour, Peitane, mon père, le chef des changelins, Nathalie, Eric et moi.

—Vous voici enfin ! entama le plus âgé. Je me présente, Adolfo Laneiros. (Gagné !) Et voici mes fils, Eras et Giordano. Je présume qu'il est inutile de vous présenter June, notre dernière recrue. Très prometteuse, vous pourrez le constater vous-même. (Il afficha un large sourire en nous détaillant à tour de rôle) Voici donc la fameuse Caroline, ce joyau inestimable ! Pour lequel tout le monde s'est rassemblé aujourd'hui.

— Détrompez-vous, ils ne sont pas là pour moi, l'interpelai-je sèchement. Ils sont là pour vous … pour vous tuer tous.

— C'est ce qu'il m'a semblé comprendre. Mais dites-moi, même si nous allons nous battre, la politesse reste de mise. Aurais-tu l'obligeance de nous présenter tes amis ?

— Vous êtes ridicule, mais soit. Voici mon père, lui c'est Eric. A ma droite, le chef des changelins et …

— Les changelins ! Quelle surprise ! s'exclama-t-il d'un air noble exagéré. Pourtant, je m'attendais à ce que vous sortiez de votre trou un jour ou l'autre. Vous êtes donc arrivés un peu plus tôt que prévu.

— Le moment nous semblait bien choisi, affirma le changelin.

— Et voici le représentant officiel des Delarivière. C'est un honneur de vous rencontrer. Vous êtes celui par qui les vaines tentatives de ma défunte fille prennent forme. Un vrai génie, dit-on.

— Dommage de devoir gaspiller ce savoir à de telles monstruosités, rétorqua mon père.

— Personne ne vous y forçait.

— Si, au contraire. Vous !

— Indirectement peut-être, oui. Et cette charmante dame ?

— Nathalie, je suis moi aussi une Delarivière depuis mon mariage. C'est moi qui dirige les actions de notre famille.

— Incroyable ! Vous m'en voyez honoré. Bien que

vos « actions » comme vous dites, n'ont pas porté beaucoup de fruits puisque nous sommes parvenus à faire travailler votre meilleur homme pour nous.

—Espèce de …

—Je suis heureux d'avoir pu vous parler avant de nous battre, dit-il en l'interrompant.

—Vous n'essayez pas de nous convaincre d'éviter le combat ? demanda mon père.

—Non, ce serait inutile. La solution serait que Caroline vienne avec nous et que vous partiez d'ici. Or, je lis dans votre esprit de père que c'est hors de question. De même, chez … Eric, c'est ça ? … l'esprit des cités l'empêche d'abandonner un des siens. Et finalement, les changelins sont trop heureux d'en découdre avec nous pour partir les bras croisés. Vous voyez, je ne me fais aucune illusion.

—Et moi, l'interrompit Peitane, vous ne voulez pas savoir ce que j'en pense ? demanda-t-elle, avec un large sourire.

—C'est inutile, je sais exactement à quoi tu penses … ma chérie. Dans mes bras, ma petite Peitane, tu as été parfaite.

—Merci grand-père, dit-elle en s'avançant dans les bras tendus.

Mon cœur implosa, m'infligeant la pire souffrance de ma courte vie. Je ressentis la douleur envahir mon corps et je faillis perdre l'équilibre. Le choc fut tel que tout se bloqua en moi … une fois de plus. Mais cette fois, même les larmes ne parvinrent pas à couler malgré l'incommensurable tristesse qui me submergeait.

—Tu nous as manqué, lui dit-il, en la serrant contre lui.

—Vous aussi … ainsi que nos « petites fêtes », dit-elle, en souriant. Il faudra en organiser une dès que tout ceci sera terminé.

— La plus grande, en l'honneur de ton retour.

Peitane, celle que j'aimais par-dessus tout, m'avait trahie ... comme tous les autres. Ce monde n'était que mensonges et traitrise. Elle me regarda avec un sourire pincé dans lequel se mêlait malgré tout de la tristesse. Pourquoi ?

— Je crois qu'elle devrait te l'expliquer elle-même, dit Alfonso, qui avait lu dans mes pensées.

— Je suis une Laneiros, commença-t-elle en me fixant, et pour moi, la famille est plus importante que tout. Ne l'avais-tu pas encore compris avec Cayetano ? Je suis la fille de Galia, devenue Acostas. Leur combat n'étant pas le mien, j'ai rejoint mes origines. Elles sont bien plus intéressantes à vivre. (Je sentis les larmes perler à mes yeux mais quelque chose les retenait encore) Allons, dit-elle, en me prenant les mains, tu vois bien qu'ici vous n'avez aucune chance. Regarde-toi, tu t'es fait manipuler par tout le monde depuis le début. Comment espères-tu survivre ? Rejoins-nous. Tu verras, les orgies sont exceptionnelles même si tu n'es pas vraiment faite pour cela. Tu es trop sage.

— Alors, mon don n'était pas réel, parvins-je à articuler.

— Ton don ? Quel don ?

— La chaleur ressentie lors de nos baisers.

— A ça ! Si, il l'est. Je suis réellement tombée amoureuse de toi.

— Mais alors ...

— Alors quoi ? L'amour triomphe de tout ? Réveille-toi, bon sang. Tu n'es pas dans Blanche Neige ici. Vivre, et surtout profiter de tous les plaisirs, voilà ce qui compte vraiment. L'amour n'est qu'une prison qui t'empêche de faire ce que tu veux, quand tu veux. Et ce n'est pas du tout ce que je choisis.

Adolfo et les autres souriaient en écoutant Peitane m'asséner sa vérité. Même June souriait perfidement devant la souffrance qu'elle m'infligeait. Chaque battement de mon cœur exigeait un effort considérable tant Peitane l'avait malmené avec force, l'avait manipulé à sa guise sans que je le soupçonne.

—Pourtant, tu m'as sauvée de June à l'auberge et chez l'oncle de Marc.

Les larmes me noyaient le visage et mon corps durci par la tristesse et le désarroi m'empêchait de raisonner. Mon père posa doucement sa main sur mon épaule.

—Nous cherchions toujours à identifier ton bienfaiteur, ton père en l'occurrence, poursuivit-elle sans répondre. Les attaques d'Eras n'avaient pour but que de renforcer votre confiance en moi pour qu'il se dévoile et que je puisse faire mes rapports. (Elle se tourna vers Adolfo) Au fait, désolé grand-père, je ne savais pas qu'il agissait contre tes ordres.

—Je sais, ne t'en fait pas, la rassura-t-il.

—Et c'est pour cela que tu essayais en permanence d'écarter ceux qui voulaient se joindre à nous. Tu ne voulais pas me protéger, tu voulais m'isoler, parvins-je à murmurer.

—C'est ça ! Le but final a toujours été de livrer l'héritière dans le moins bon état psychologique possible pour pouvoir la briser plus facilement.

—Et tu as admirablement travaillé, la congratula Adolfo.

—Merci, père ! Aujourd'hui, nous en aurons même

deux pour le prix d'un. Décidément ce fut la meilleure mission de toute ma vie.

— Alors, il n'y a jamais eu de localisateur ?

— Si, moi. Un peu par hasard il est vrai, mais l'idée de Cayetano de faire de moi un double espion était assez géniale, en fait.

— Double ?

— Espionner l'ange en même temps que toi. Deux personnes différentes auraient été moins commodes à gérer. Il sentait déjà que l'Ange essayerait de te faire évader. Même le jour de ta libération était planifié. Comme Cayetano ne parvenait pas à gagner ta confiance, on a eu l'idée de commencer ta conversion un peu plus tôt, d'où les tortures. Le but était d'inciter l'Ange à intervenir. Il devait mourir et je devais m'échapper seule avec toi. Tu devais m'accorder ta confiance et je devais t'amener jusqu'ici. (Elle accompagnait son récit de gestes un peu exagérés) La première partie du programme fut assez aisée grâce à Cayetano qui te fit subtilement tomber amoureuse de moi. Pour lui ce ne fut pas si facile car te faire changer d'orientation sexuelle n'était pas une mince affaire. Mais c'était important. Pour que tout se passe au mieux, il fallait plus que ta confiance en moi sinon, à la moindre anicroche tu m'aurais éjectée. Par contre, si tu étais amoureuse de moi, peu importait les révélations, j'aurais toujours le moyen de revenir vers toi. Et ce fut d'ailleurs le cas. Je t'ai livrée à Cayetano et tu m'as acceptée. Tu apprends que je suis une Laneiros et que c'est moi le localisateur et tu fais quoi ? Tu fermes encore les yeux et tu m'embrasses de plus belle. Cayetano était réellement très doué.

» Par contre, te faire sortir du manoir fut nettement

plus compliqué que prévu. Les sicars du manoir qui n'étaient au courant de rien ne devaient pas s'en mêler. Or, le fait que l'Ange m'oblige à laisser les deux gardes en vie, leur permettant de donner l'alerte, fut une tragédie. Je n'étais même plus sûre de m'en sortir vivante. Et si les sicar tuaient l'Ange et te capturaient, tout notre plan tombait à l'eau. C'est finalement l'Ange lui-même qui nous offrit notre porte de sortie avec la libération des zombies. Lorsque je vous ai quittés pour aller actionner le système, tu as dû remarquer que cela m'avait pris pas mal de temps. En fait, j'ai d'abord demandé son accord à père car cela déclenchait notre plan global plus d'un an à l'avance. Heureusement pour nous, il accepta. Ma mission était sauvée et maintenue. Dommage que Cayetano soit mort dans son combat contre l'Ange.

» Puis, ce fut le village changelin. J'avoue ne pas m'être attendue à cela. Quand tu t'es opposée à lui, j'y ai vu une opportunité. Il suffisait que je laisse l'Ange nous battre. Je savais qu'il nous aimait beaucoup et qu'il nous bannirait plutôt que de nous tuer. Et là, enfin, je serais seule avec toi.

Cette fois, les larmes traversèrent toutes les barrières pour s'écouler en un flot continu.

— Et voilà qu'on tombe sur Marc ! s'exclama-t-elle, exaspérée. Eras dut alors intervenir mais une dispute avec grand-père lui fit faire une erreur en tentant de m'écarter. Nous avons résolu ça après que tu m'aies évincée. Il nous fallait donc te récupérer chez l'oncle de Marc. Quand nous avons compris ce que tu faisais dans ta cabane, nous sûmes qu'il suffirait d'attendre le bon moment pour intervenir et te permettre de t'échapper avec moi pour que tu retrouves confiance en moi.

Pourquoi crois-tu qu'Eras t'a éjectée dans la maison où personne ne pouvait plus te voir ?

» Et là, c'est Lucas qui vient jouer les trouble-fêtes. Puis ton père, puis les Delarivière et enfin les changelins ! J'ai cru devenir folle et en plus, tu restais sourde à mes supplications de partir seules. Au moins dans ce cas, as-tu pris les bonnes décisions ... sans le savoir. Alors j'ai bien dû me contenter de jouer les informateurs.

» Voilà, tu sais tout à présent.

Je ne savais plus quoi dire. Les révélations de Peitane m'écrasaient douloureusement le cœur et mon esprit se renfermait comme une coquille. En regardant nos ennemis, dont Peitane faisait désormais partie, et en repensant à tout ce qu'ils m'avaient fait endurer, mon cœur se durcit comme de la pierre. Leur mainmise sur moi était achevée. Les larmes se tarirent brusquement. Je redressai la tête et durcit mon regard.

— Alors, qu'il en soit ainsi. Tu mourras avec eux, dis-je sur un ton glacial.

Les sourires s'effacèrent de leurs visages et Peitane marqua le coup. Elle prit un instant pour se ressaisir.

— Alors, tu vas enfin ...

— Assez ! hurlai-je si fort qu'elle sursauta et tomba presque à la renverse. Rejoins ta famille de dégénérés et ne m'adresse plus jamais la parole ! Tu mourras avec eux, répétai-je.

Je toisai tour à tour, June, Eras, Giordano et Adolfo.

— Avant que nous ne vous massacrions tous, j'aurais une dernière question, affirmai-je en toisant l'élégide originel.

— Je t'écoute.

— Pourquoi tuer les humains, alors qu'ils sont votre

nourriture ?

—Si les vaches et autres cochons étaient l'espèce dominante sur la terre et aussi bien armée que les humains, il te faudrait trouver un moyen radical de les affaiblir une bonne fois pour ne pas te faire détruire. Surtout que les humains étaient très puissants, il faut le reconnaître.

—Qu'est-ce qu'ils ont à voir avec les vaches et les … oh ! Mon dieu. De l'élevage ! Vous voulez élever les humains comme des animaux.

—Pas *comme*. Les humains ont un peu vite oublié qu'ils *sont* des animaux comme les autres.

—Et vous avez déjà commencé. C'est pour cela que votre village est hors d'atteinte des zombies. Je croyais qu'ils étaient protégés, mais en fait, vous les confinez déjà.

—Je vois que ta réputation n'est pas surfaite. Ta naïveté est sans égale mais tu as l'esprit vif.

—Merci, dis-je en soutenant son regard.

—Mais avec plaisir.

—Non, vous n'avez pas compris. Je ne vous dis pas merci pour le soi-disant compliment mais pour m'avoir fourni la dernière motivation à votre extermination. Vous avez choisi un combat à l'ancienne. Bien rangé chacun de son côté. Vu votre âge, cela ne m'étonne pas. Alors, allons-y. Rejoignons nos rangs et lançons l'attaque selon vos règles. Nous verrons alors si une réelle motivation peut faire face à l'arrogance des nouveaux Nazis une fois de plus.

Je tournai les talons. Je ne réfléchissais plus à rien, mon esprit focalisé sur le combat à venir et la haine qui avait envahi tout mon être.

—Ça va ? s'inquiéta mon père.

—Non ! Et ça n'ira pas tant qu'ils ne seront pas tous morts.

Il n'insista pas.

Lorsque nous arrivâmes près de notre groupe, je me retournai et examinai la plaine. À l'extrémité, en face de nous, nos ennemis.

—Alors, on fonce ? demanda Eric.

—Ce n'est pas l'envie qui me manque mais les Laneiros sont très intelligents, ils l'ont suffisamment prouvé. S'ils nous ont attirés ici, ce n'est pas pour rien. Qu'y a-t-il dans ces bois ? Si nous fonçons tête baissée, ils nous prendrons en tenaille. Nous devrions trouver un moyen de les surprendre. Le peu d'avantage que cela nous donnerait serait bon à prendre.

—C'est vrai, intervint le chef changelin. Ils s'attendent à nous voir foncer directement sur eux, sinon, ils ne resteraient pas là à attendre en se moquant. Ils nous narguent. Il faut trouver une alternative.

—Pourquoi ne pas attaquer par les bois dans ce cas ? proposa Eric. Autant charger directement ceux qui veulent nous prendre à revers.

—On doit aussi garder suffisamment de forces au centre, fis-je remarquer, car lorsque nous lancerons l'attaque, ils ne resteront certainement pas inactifs. Moi, je reste au centre. Ils sont à moi.

—Qu'est-ce qu'on va trouver dans les bois, selon toi ? demanda mon père.

—Si je me rappelle bien les cours du prof au manoir, les Laneiros n'ont jamais voulu créer beaucoup d'élégides pour garder un certain contrôle. En plus, ils sont encore certainement éparpillés aux quatre coins du monde dans leurs manoirs respectifs à prendre le contrôle des pays.

— Et donc, insista Eric, que le cours d'histoire lassait déjà.

— Avec un peu de chance, les élégides sont tous groupés devant nous. Et les Laneiros n'ont pas d'aide potentielle.

— Alors, il n'y a rien ? demanda le changelin.

— Si, certainement. Mais ils ne peuvent avoir qu'une seule aide possible, celle qui leur a permis d'exterminer les humains.

— Les zombies ! s'exclama Eric.

— Les zombies, confirmai-je.

— C'est une bonne nouvelle.

— Pas vraiment. Les zombies sont lents et non armés, mais en masse ils sont redoutables. Souvenez-vous de l'attaque du campement. Deux ou trois mille zombies ont failli nous décimer alors que nous étions armés de fusils automatiques. Imaginez dix mille zombies ou vingt mille.

— J'aime mieux pas, souffla Eric.

— Dix mille, comment serait-ce possible ? demanda le changelin.

— Dans le manoir-prison où j'étais, ils en avaient autant dans les sous-sols. La villa est trois fois plus grande et la propriété dix fois supérieure.

— Je n'aime pas ça du tout, dit mon père.

— Moi non plus, mais on ne peut plus faire marche arrière. Donc, comment fait-on ?

— Je propose que les sicar se dispersent en trois groupes égaux. Un par forêt, gauche et droite, et un au centre avec nous. Les changelins en deux groupes, dans les deux forêts. Eric et ses hommes à droite ; la forêt est plus grande, il y a donc plus de chance d'y trouver de la résistance. Papa, les sicar seront-ils d'accord ?

—J'en fais mon affaire. S'ils ne suivent pas mes ordres, je ne fournis plus de nourriture.

—Justement, à propos de cela, je veux que tu restes en arrière.

—Hors de question ! Je ne t'abandonne pas une fois de plus.

—Si nous gagnons, tu es la seule personne qui pourra nourrir tous les sicar que tu as créés et éviter ainsi qu'ils massacrent quantité d'innocents. Si tu veux prendre tes responsabilités, c'est le moment. Assume ta décision d'avoir fabriqué autant de monstres.

Mes paroles étaient dures … comme mon cœur à cet instant, mais il ne s'en offusqua pas. Il réfléchit un instant puis sourit.

—C'est d'accord. Je suis fier de toi, tu es devenue une vraie femme à présent.

—La force des choses.

—Maintenant que j'y pense, nous pourrions changer de tactique.

—On ne va pas tout remettre en question, dis-je.

—Pas tout non. Mais si je dois rester derrière, je veux aider d'où je suis. Je peux enflammer les deux forêts et les obliger à sortir. Au moins n'y aura-t-il plus de surprise.

—Êtes-vous tous d'accord avec ça ?

Eric et le changelin opinèrent du chef.

—Alors, allons-y cette fois !

Livre 7

Mon père se mit en position. Avec un briquet et un bidon d'essence il enflamma quelques brindilles qu'il alimenta avec son don. Pendant ce temps, Eric et le changelin donnaient les indications pour former les trois équipes.

—Tu vas lancer des boules de feu comme lors de l'attaque du campement ? demandai-je à mon père.

—Je ne suis pas un héros de *Marvel*, ça ne marche pas comme cela. Au campement, je me contentais d'attiser les flammes et de les diriger sur les zombies. Ça n'agit donc qu'à très courte distance. Ici, je vais tenter d'enflammer l'herbe jusqu'aux arbres. Si ça ne fonctionne pas, ce que je crains étant donné la température et l'humidité, j'irai jusqu'à la forêt la plus dense et je concentrerai mes efforts à cet endroit.

—D'accord.

—Dans ce cas, nous pourrions mettre plus d'effectifs à gauche et au centre, fit remarquer le changelin.

—Bonne idée, confirma Eric. Mais restez attentifs. Si le feu ne fonctionne pas comme prévu, on aura besoin de renfort à droite.

—Vas-y papa, n'attendons plus.

Il se concentra en direction de la forêt. Les flammes gagnèrent en intensité et commencèrent à se propager aux herbes en un couloir de feu. Mais plus la distance augmentait, plus le feu s'étouffait et bientôt, il n'avança plus, ayant atteint la limite du pouvoir de mon père.

De l'autre côté de la plaine, les Laneiros nous montraient du doigt en se moquant des pauvres amateurs que nous étions.

—Accompagne le feu ! dit le changelin. Que nos équipes se mettent en mouvement, ordonna-t-il ensuite.

Il était temps, en effet.

Tandis que les groupes se séparaient, les Laneiros se mirent également en marche.

Cette fois, nous y étions, la bataille pouvait commencer.

Le face à face.

A mi-chemin de la plaine, je jetai un coup d'œil vers les forêts pour tenter de voir si le combat avait débuté. Mais nos troupes ressortaient des bois en courant pour venir nous rejoindre.

Je regardai par-dessus leurs épaules … il n'y avait rien. Ralentissant le pas, j'eus comme un pressentiment. Après m'être immobilisée, provoquant l'arrêt de notre groupe, je regardai derrière nous.

Des milliers de zombies arrivaient par la route, sortant de nulle part. Je ne pourrais sans doute jamais les compter tous, ils devaient être des dizaines de milliers.

Nous étions encerclés ! Les Laneiros avaient une fois de plus prouvé leur supériorité et leur intelligence.

Les forêts n'avaient pour but que de nous faire douter et nous canaliser … et ils avaient réussi. Nous n'avions plus d'échappatoire. Nos ennemis foncèrent pour ne pas nous laisser le temps de nous réorganiser. Nous voulions les surprendre et nous avions fait exactement tout ce qu'ils espéraient.

Des amateurs !

Nous n'avions plus aucune chance.

Un flash me brouilla subitement la vue, imposant à mon esprit d'étranges images de scènes d'exécution. Je secouai la tête pour tenter de les chasser, mais rien n'y fit. Je ressentis alors la peur et la détresse des condamnés face à leurs dernières secondes de vie. Les images étaient si pressantes que j'en oubliais nos ennemis. Regardant autour de moi, je vis mes amis dans le même état que moi. Cela ne pouvait venir que d'un pouvoir.

A l'arrière des Laneiros, Adolfo en grande concentration écartait légèrement les bras et maintenait les mains grandes ouvertes.

— Je te vois, dis-je pour moi-même.

Malgré mon esprit encombré, j'arrivai à me concentrer suffisamment sur lui pour activer mon seul pouvoir. Mais j'avais oublié qu'il ne fonctionnait que sur les humains.

— Ah non, pas question ! m'insurgeai-je, furieuse.

Intensifiant ma concentration sur son corps, je fis disparaître tous les autres élégides de mon champ de vision. Je me focalisai sur Adolfo sur sa colonne vertébrale illuminée par son système nerveux. Lui seul existait désormais, les autres ennemis s'étaient effacés. Brutalement, je libérai mon pouvoir. Je le vis se tordre de douleur sur le sol en hurlant. Les images disparurent de son esprit et du mien avec les sensations qui les accompagnaient. Brusquement, je fus prise de douloureuses crampes au ventre et une forte envie de vomir. J'aperçus June qui me fixait, le regard empli de haine.

Mais le chaos qui régnait la déroutait, trop novice pour maintenir sa concentration, je pus ainsi me relever. Je courus sur le côté me perdre dans la masse du combat, utilisant mon pouvoir par à-coup pour immobiliser ceux qui voulaient se jeter sur moi et éviter de trop me fatiguer. Je jubilais d'avoir pu adapter mon pouvoir pour le rendre efficace sur les élégides et l'utilisais à tout va.

June me perdit au milieu des autres et se retrouva aux prises avec des changelins. Elle utilisait son pouvoir de manière intensive, les êtres de légende s'écroulaient en vomissant à tour de rôle. Elle profitait de leur faiblesse pour les tuer d'un coup de machette. Elle s'était bien entraînée malgré tout.

Sans don, notre groupe se faisait décimer par les élégides qui utilisaient le leur constamment. Des hommes se tordaient de douleur avant de prendre un coup puissant sur le crâne, les tuant assurément. Certains s'immobilisaient, comme figés dans le temps, d'autres tombaient simplement inconscients. La diversité des pouvoirs des élégides était impressionnante.

A l'arrière, mon père aidait Eric et ses hommes à affronter les zombies, des centaines de fois plus nombreux qu'eux, mais la détermination dont ils faisaient preuve les rendait plus efficaces que nous. Tandis que mon père créait des murs de feu, la masse de mordeurs se concentrait dans un couloir plus étroit, empêchant ainsi un encerclement. Le travail des jeunes de la cité s'en trouvait facilité.

Si les élégides ne se préoccupaient pas d'eux, ne les considérant pas comme une menace, il en était tout autrement pour nous. Nous nous faisions massacrer et malgré mon pouvoir, je n'avais aucun moyen de nous donner l'avantage. Me faufilant tant bien que mal, je ne m'attardai pas pour combattre. J'immobilisai un court instant mes ennemis pour m'ouvrir la voie et prendre June à revers. Si je ne parvenais pas à lui échapper, je ne serais plus d'aucune utilité à personne. Sur mon passage, j'en profitais pour perturber quelques élégides et donner ainsi l'avantage à mes alliés dans leur corps à corps.

Lorsqu'un sicar s'écroula devant moi, je tombai nez à nez avec Peitane. Une vague de haine m'envahit tout entière, décuplant ma force et l'intensité de mon pouvoir. Je le ressentis comme une onde de chaleur qui se répandit à l'intérieur.

— Tu n'es pas mon objectif, dit-elle, déjà essoufflée. Je ne te tuerai p...

Enragée, je ne la laissai pas terminer sa phrase, et déchainai mon pouvoir sur elle, l'agenouillant à force de décharges électriques dans tout son centre nerveux. Je levai mon marteau et m'apprêtai à la frapper lorsqu'une intense douleur à l'estomac me plia à nouveau en deux. Peitane en profita pour se relever et bondit hors d'atteinte. Dans un réflexe inouï, j'évitai la frappe de June. Reprenant immédiatement mes appuis, je bondis vers elle, la renversant. A genoux sur elle, je bloquai son bras armé.

— Ne fais pas cela, lui dis-je, tu n'y es pas obligée. N'oublie pas ce que nous étions avant tout cela.

—Une fois de plus, Adolfo avait raison.

—Pourquoi ?

—Il savait que tu hésiterais.

Je fus alors déchirée par une douleur fulgurante. Elle m'avait planté un couteau dans le côté. Sans effort, elle me fit basculer en jetant un regard autour d'elle. Ne décelant aucun danger immédiat, elle prit le temps de parler encore.

—Tu vas enfin payer !

—Que t'ont-ils donc fait ? demandai-je tristement, les yeux brouillés par les larmes.

—Ils m'ont ouvert les yeux et offert un monde incroyable de plaisir. Rien que tu puisses égaler. A présent. Meurs !

Son bras s'abattit sur moi, je fermai les yeux.

Mais rien ne se produisit et j'entendis un bruit sourd au-dessus de moi. Lorsque j'ouvris les yeux, June avait été projetée deux mètres plus loin. Eras à côté d'elle, la regardait avec rage.

—Tu avais été prévenue, elle ne devait pas mourir.

—Je m'en moque ! Je veux qu'elle meure !

La tactique des Laneiros à mon égard venait de trouver sa faille. Ils avaient implanté tellement de haine en elle qu'elle ne respectait plus les ordres. L'instant d'après, un couteau pénétrait sa boite crânienne. Ses yeux se révulsèrent puis se fermèrent avant qu'elle ne s'effondre sur le sol. Malgré la situation, June restait mon amie de toujours et je n'acceptais pas que quelqu'un puisse la tuer. Ils avaient fait d'elle un monstre, ils étaient les seuls responsables, pas elle ! Cédant à la colère, je tentai de me relever. Mais la douleur au côté me foudroya sur place, je m'effondrai sur le sol. La colère se transforma en rage et l'onde de chaleur devint un volcan que je n'arrivais plus à maîtriser. Tout mon corps se crispa, m'infligeant plus de douleur encore à l'endroit de ma blessure. Je me repliai sur moi-même, retenant un hurlement de douleur. Eras s'approcha lentement de moi, éliminant avec facilité ceux qui s'attaquaient à lui. Il était incroyablement rapide. Il venait me chercher pour m'emmener, m'emprisonner, me torturer et mener leurs expériences.

Plus jamais !

Je ne serais plus jamais prisonnière, la torture me faisait trop peur. La panique se mêla à ma rage et à la douleur, s'intensifiant l'une l'autre. Je me rappelai en une fraction de seconde les humiliations, les frustrations, les moqueries endurées à cause de cette famille maudite. Fixant intensément Eras tant je voulais sa mort, je vis une zone de son cerveau s'illuminer, m'indiquant le centre névralgique des élégides. Je perdis bientôt tout contrôle. La chaleur qui saturait mon corps me brûla au point de me faire mal et ne disparut que lorsque tout mon pouvoir ...
... EXPLOSA !
Je sentis la pierre entourant mon cœur se désagréger en moi et me libérer de cette emprise froide. Une violente secousse m'ébranla ... puis ce fut le noir.

—Caroline, réveille-toi ! Tu m'entends ? Réveille-toi !
J'ouvris péniblement les yeux. Mon père était

penché au-dessus de moi, tentant de me faire revenir à la réalité. J'avais l'impression de me réveiller une seconde fois d'un mauvais cauchemar.

Regardant autour de moi, je ne pus que constater la réalité de ce rêve. Des centaines de cadavres recouvraient la plaine où les combats faisaient encore rage.

—Que s'est-il passé ? demandai-je.

—Je ne sais pas, mais en tout cas, tu as tué tous les élégides.

—Quoi ! m'exclamai-je en râlant de douleur lorsque je tentai de me relever.

La blessure me torturait mais ce que disait mon père me sembla si invraisemblable que je voulus me lever pour le vérifier par moi-même. Il m'aida en posant mon bras sur ma nuque. Tous les élégides étaient en effet morts, toute la famille Laneiros décimée.

Enfin.

Les cadavres sur le sol affichaient des visages déformés par la douleur et du sang coulait de tous leurs orifices. Bien que cela signifiait notre victoire, car les zombies ne feraient pas le poids contre le reste de nos troupes, j'éprouvai une profonde tristesse. Mon cœur ayant explosé avec l'éruption de mon pouvoir, les sentiments reprenaient à présent leur place.

La déroute de mes compagnons n'avait pas duré. Déjà, ils s'étaient rassemblés et les sicars, les changelins et les compagnons d'Eric affrontaient la horde de zombie avec une ferveur incroyable. Ils sentaient la victoire proche.

J'aperçus June.

Lâchant mon père, je me dirigeai titubante vers elle. Qu'avaient-ils fait de toi, ma belle ? Sans eux, nous vivrions encore notre adolescence heureuse et insouciante. Peut-être serions-nous même ensemble aujourd'hui, qui sait ?

— *Et maintenant, tu gis là*, pensai-je, *morte en voulant assouvir une vengeance artificiellement créée par des monstres.*

Une main invisible empoigna mes entrailles pour les tordre. J'aurais voulu m'agenouiller, mais je n'aurais jamais pu me relever seule. Je restai dès lors tristement debout à côté d'elle.

Retenant mes larmes, mes yeux tombèrent sur le corps inerte de Peitane. Je sentis mon cœur se serrer brutalement. Les larmes franchirent toutes les barrières que j'avais pu dresser sur leur chemin. Je les sentais couler mais ne cherchai pas à les sécher. Arrivée à sa hauteur, mes jambes se dérobèrent et je me retrouvai à genoux à côté d'elle alors qu'une vive douleur m'élançait le côté. De ma manche, j'essuyai le sang qui avait coulé sur son visage. Elle était toujours aussi belle, les traits marqués, les yeux ouverts presque translucides et sa magnifique bouche avide de baisers. Malgré la douleur, je me penchai pour l'embrasser. Lorsque mes lèvres touchèrent les siennes … rien ne se passa, plus de feu en moi. Rien qu'un corps froid et inerte. Mes larmes se transformèrent en sanglots.

— Reviens, reviens avec moi, je t'en prie, suppliai-je en pleurant.

Mais elle ne réagit pas. Malgré tout ce qui s'était passé, malgré ce qu'elle était devenue, je la voulais à mes côtés, je ne pouvais vivre sans elle. J'aurais tant voulu que la pierre emprisonne à nouveau mon cœur pour ne plus ressentir cet amour destructeur.

— Tu es si belle et nous étions si bien ensemble. Tu

n'as pas le droit de me quitter.

Sa tête s'abandonna sur le côté comme si elle ne voulait plus me regarder. Cela me déchira un peu plus le cœur. Je la soulevai, oubliant la douleur et tournai son visage vers moi.

—Tu n'as pas le droit de m'abandonner ! dis-je vindicative. Tu dois rester avec moi, sans toi je ne suis rien.

Je respirais à peine tant mon sanglot était profond.

—Reviens ! ordonnai-je. Reviens, tu m'entends ? Reviens !

Je frappais de tout ce qui me restait de force sur sa poitrine, espérant ranimer son cœur. Les secondes s'écoulèrent autant que le sang de ma blessure ... mais rien n'y fit.

Lorsque mes forces m'abandonnèrent, je la posai sur le sol, prostrée vers l'avant, ma tête sur sa poitrine. Puis, une idée germa en moi. Et si je pouvais inverser ce que je lui avais fait subir dans le cerveau ? Un mince espoir sur lequel je décidai de me focaliser. Je me concentrai aussi fort que je pus malgré la fatigue et la douleur. Soudain, la tache dans le cerveau que j'avais vue chez Eras s'illumina. Je tentai de l'atteindre, non plus avec rage, mais avec tout l'amour que je pouvais ressentir pour elle. La lumière se mit à briller plus intensément, je sentis mon cœur battre à tout rompre. Serait-il possible que ... ? Une montée d'adrénaline m'autorisa un surplus de concentration et finalement, la lumière brilla si fort à mes yeux que j'eus l'impression qu'elle se répandait dans tout son corps.

Ses yeux s'agitèrent et je sentis un sursaut de son bras.

Mon cœur battait si fort que j'eus l'impression qu'il

allait me briser les côtes. Les larmes jaillirent de plus belle, mais d'espoir cette fois. J'étais euphorique, à tel point que plus aucune douleur ne m'atteignait. Soudain, elle prit une grande inspiration en se cambrant vers l'arrière puis ouvrit les yeux.

— Peitane ! Oh Peitane ! m'exclamai-je, en la serrant aussi fort que je pus contre moi. Je suis si heureuse. J'ai vraiment cru te perdre.

Mais déjà, elle cherchait à s'agripper à moi alors que j'entendais sa respiration s'intensifier. Je m'écartai légèrement. J'eus juste le temps de la repousser pour la faire tomber vers l'arrière avant ... qu'elle ne me morde. Elle se redressa immédiatement dans un râle rauque et tenta à nouveau de m'agripper. Je la bloquai de ma main, regardant ses yeux sans vie. De sa bouche si belle, un filet de bave et de sang s'écoulait, marquant l'envie qu'elle avait de me dévorer. J'avais fait d'elle un zombie, sans âme, sans but, si ce n'était celui de manger pour calmer la douleur. Je pleurais à grands cris en retenant ses bras pour qu'elle n'approche pas. Elle ne me reconnaissait plus, je n'étais plus rien pour elle, rien qu'un morceau de viande. Je la serrai à nouveau contre moi, si fort qu'elle ne pouvait faire aucun geste. Je voulais sentir une dernière fois son corps contre le mien en espérant toujours qu'elle me communique un peu de sa chaleur ... en vain.

Finalement, déviant ses bras, je la fis se coucher à côté de moi la bloquant sur le sol alors que ses bras tendus essayaient toujours de m'agripper. Les larmes d'une tristesse incommensurable coulaient sans discontinuer tandis que je cherchais la force de mettre fin à son calvaire. Mais cette force m'avait quittée et je n'arrivais pas à saisir mon marteau.

Eric surgit à cet instant.

Les survivants de notre groupe s'occupaient des derniers zombies et, la situation se calmant, il voulait voir comment j'allais.

—J'ai fait d'elle un zombie, balbutiai-je.

—Je suis désolé.

—Je ... Je n'y arriverai pas.

Il me regarda tristement et s'agenouilla une main sur mon épaule. Sans hésiter, avec beaucoup de respect et le regard grave, il sortit son pistolet.

—La dernière, dit-il en vérifiant son chargeur.

Il visa et tira.

Ces mots sont les derniers que j'écris pour vous raconter mon histoire. Je n'ai plus de force et mes larmes mouillent encore ces pages. J'ai le cœur meurtri et la conscience trop lourde.

Merci de m'avoir lue jusqu'au bout.

N'oubliez jamais les gens qui ont vécu et sont morts à mes côtés. N'oubliez jamais les atrocités que nous avons dû subir car, je l'espère, elles vous serviront pour survivre à votre tour.

Lorsque vous lirez ces pages, j'espère que le monde aura retrouvé sa raison et que vous pourrez vivre enfin en paix.

Adieu et que la vie vous soit aussi douce que possible.

Lorsque j'entrai dans sa chambre, Caroline terminait les dernières lignes de son journal. Elle était calme, sereine. Dans ses yeux, je lus toute sa désillusion et pourtant il n'y avait aucune rancœur, aucune colère. Elle sourit même lorsqu'elle vit que c'était moi et sachant ce que cela signifiait.

— Les autres sont prêts, on t'attend dehors, lui dis-je.

— Oui, j'arrive. Oh ! Marc ? m'arrêta-t-elle.

— Oui ?

— Merci.

Je lui souris, il n'y avait rien à ajouter.

Lorsqu'elle sortit de la maison, elle portait toujours le pull que lui avait offert Eric dans les premiers jours de sa transformation. Personne ne comprenait vraiment pourquoi elle y accordait tant d'importance et jamais elle ne me l'avait expliqué.

Il faisait beau ce jour-là. Le printemps prenait doucement le pas sur l'hiver et les températures étaient devenues plus clémentes. Les arbres reprenaient des couleurs, les oiseaux recommençaient leur trille et le ciel était d'un bleu magnifique.

— Avais-je jamais regardé la nature de la sorte ? me dit-elle. Je n'en suis pas certaine.

Je n'ajoutai rien. Elle s'approcha de moi et me tendit son journal. Elle me demanda de veiller sur lui. Sur la couverture de carton, trois inscriptions se mêlaient à des taches de larmes.

La Mort pour Compagne
La Mort pour Maîtresse
La Mort pour Divorce

C'est un peu pour cela que j'écris ces quelques lignes. Je voulais compléter son histoire. Je ne savais pas trop si elle voulait que tous la connaissent, j'ai imaginé que oui en lisant les dernières lignes. J'espère avoir bien fait.

Elle me prit dans ses bras.

Mon cœur se serra. Dans le fond, je pense que je l'aimais toujours mais ces derniers mois l'avaient trop marquée et la perte de Peitane avait refermé son cœur à jamais. Lorsqu'elle était revenue, après la bataille, elle avait voulu savoir si Eras nous avait tous tués après sa fuite de chez l'oncle Hubert. Elle fut soulagée en voyant que nous étions vivants.

Elle s'excusa encore pour Axelle.

A présent, elle voulait seulement un endroit tranquille où vivre et tenter d'oublier. Mais les récents événements empêchèrent oncle Hubert de l'accueillir une fois de plus. Elle avait alors rejoint nos amis du café. Apparemment, elle s'y sentait bien, avec son père. Charles, Louis et les autres parvenaient même de temps en temps à lui rendre le sourire.

Puis un jour, elle revint me voir. J'en étais heureux, bien entendu, car elle voulait que je lui rende un service. Je pense avoir été la dernière personne à qui elle voulait se confier. Je suis donc reparti avec elle. Je me souviens avoir été impressionné par ce que nos amis avaient réalisé pour survivre ces quelques mois d'hiver. La propriété était solidement encerclée et des animaux broutaient nonchalamment dans des enclos. Les zombies se massaient à certains endroits contre les clôtures, mais ces dernières étaient robustes. Nos amis en tuaient quelques-uns chaque jour. Le printemps était à peine commencé, mais déjà, les carrés de terre étaient prêts à accueillir quelques cultures.

Et aujourd'hui, nous étions là, devant leur maison, rassemblés en l'attendant. Thérèse, Nicole et Arlette pleuraient à chaudes larmes et tous, nous affichions une mine triste.

Sauf Caroline. Elle avait l'air bien, totalement sereine. Je lui souris en retenant mes larmes. Elle se dirigea vers les trois femmes et les serra tour à tour dans ses bras, provoquant une explosion collective de sanglots. Pourtant, aucune des trois ne dit rien. Elle leur sourit.

—Que la vie vous soit belle. Profitez de chaque instant, ils sont précieux.

Elles signèrent oui de la tête en essuyant leurs larmes, tentant un sourire triste.

Elle se dirigea ensuite vers Louis.

—Salut beauté ! Fais bon voyage, dit-il en la prenant dans ses bras.

—Tu vas nous manquer, dit Charles en l'embrassant. Tu mettais un peu plus de soleil dans nos journées et ça faisait du bien face aux trois vieilles sorcières.

— Hé ! s'exclama sa femme.

Caroline lui sourit et lui caressa la joue.

— Prends soin d'elles, lui dit-elle.

— Compte sur moi.

Pierre ne dit rien en l'embrassant mais son visage exprimait toutes les phrases qu'il ne pouvait prononcer.

— Vous avez construit un bel endroit de vie, dit-elle. Profitez-en bien.

— On y compte bien, mais ça aurait été mieux si tu étais restée avec nous.

Elle sourit et l'embrassa à nouveau.

Encore aujourd'hui, je ne sais pas si elle était incroyablement forte car la quiétude avec laquelle elle abordait les choses était réellement remarquable. J'avais mis du temps à accepter de l'aider tant ce qu'elle demandait était difficile, mais elle avait su trouver les mots. Et aujourd'hui, l'instant était venu de tenir mon engagement.

— Tu es prêt ? demanda-t-elle à son père.

— Oui, allons-y.

Ils n'avaient plus qu'une étape à franchir.

Nous nous rendîmes une cinquantaine de kilomètres plus au sud, dans un endroit magnifique où des falaises abruptes offraient une vue splendide sur le reste des montagnes. A cet endroit, pas ou si peu de somnambules. L'endroit était vraiment paisible et c'est pour cela que Caroline l'avait choisi. Le vent venait frapper la falaise émergeant avec force de son sommet en tourbillonnant, nous forçant à remonter le col de nos vestes. Nous restâmes un moment à regarder l'horizon, aucun de nous ne parlait.

Puis, finalement, je me devais de poser la question.

— Êtes-vous certains de vouloir partir ?

— Oui, répondit calmement Caroline.

— Merci de nous avoir accompagnés, dit son père.

Caroline me serra dans ses bras avant de me tendre un papier plié.

— Tu le liras plus tard, dit-elle en souriant.

Elle me prit dans ses bras et, paradoxalement, je ressentis sa quiétude. Je crois même qu'elle me l'a transmise. Cela devait faire partie de ses dons. Si bien que d'un seul coup, la tristesse devint beaucoup plus supportable.

Elle prit son père par la main et, sous mon regard impuissant, ils se dirigèrent vers la falaise. Je ne sais toujours pas l'expliquer aujourd'hui, mais lorsque je les vis, ensemble, sauter dans le vide, je compris pourquoi ils l'avaient fait. Je ne cherchai dès lors pas à m'approcher du gouffre, ça n'en valait pas la peine. Ils étaient morts comme ils l'avaient désiré.

Je ne suis pas sûr de savoir pourquoi elle avait voulu que je sois présent. Elle voulait me donner son journal, c'est certain, mais ils n'avaient pas besoin de moi pour les conduire à la falaise. Je n'y vois dès lors qu'une explication : elle voulait quelqu'un en qui elle avait confiance pour accompagner leurs derniers instants. Je suis heureux d'avoir pu lui offrir cela.

Je souris, heureux de leur amitié, puis je dépliai le papier de Caroline.

Marc,

Vraiment merci pour ton aide. J'aurais aimé t'épargner ça mais je n'avais personne d'autre vers qui me tourner et seul un vrai ami pouvait m'aider à passer ce cap. Je ne voulais pas partir en n'emportant que ma tristesse et grâce à toi, j'ai également une belle image à emmener avec moi.

Edgar Poe disait : "Quelquefois, hélas! La conscience humaine supporte un fardeau d'une si lourde horreur, qu'elle ne peut s'en décharger que dans le tombeau." C'était mon cas et je ne pouvais pas continuer comme ça.

En voyant la vie qui m'attendait, fuir constemment les Acostas, les zombies, la guerre entre les Changelins et le reste du monde... et vivre dans la "mort", je pense encore aux lectures que nous avions le soir avec mon père. L'une d'elles, d'Émile Zola disait : "Devant la mort, toutes les querelles finissent."

Je crois que c'était le seul moyen pour moi d'en finir réellement avec tout ça. Je pourrais me battre pendant dix centaines d'années, ça ne s'arrêterait jamais.

Je suis fatiguée... En dehors de toi et de mon père, j'ai perdu toutes les personnes qui comptaient pour moi. Je n'ai plus rien... que la mort. Elle aura été une compagne macabre pendant tous ces mois et j'en suis même tombée amoureuse. Mais avant qu'elle ne détruise de l'intérieur, je me devais d'en divorcer. Paradoxalement, seule la mort peut me libérer de la mort.

Vis ta vie. Ne te contente pas de la subir et j'espère que tu pourras lui trouver le sens qui m'a fait défaut.

Adieu, sois heureux

Caroline

345

www.ingramcontent.com/pod-product-compliance
Lightning Source LLC
Chambersburg PA
CBHW051231260626
47162CB00002B/379